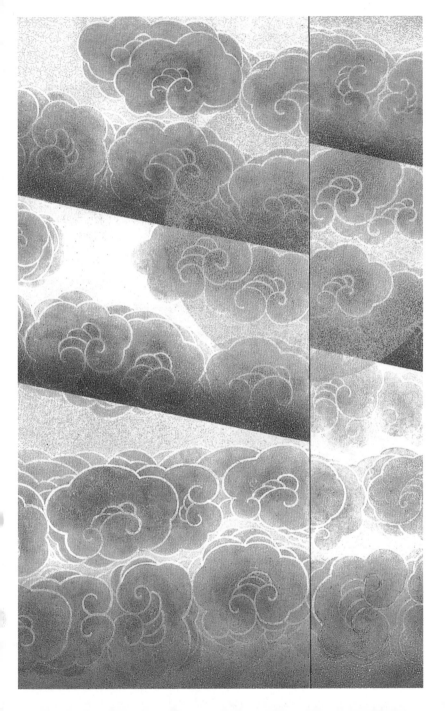

源氏物語

겐지이야기

④

GENJI MONOGATARI

by Murasaki-Shikibu, re-written by Jakucho Setouchi

Copyright@1996 by Jakucho Setouchi

Original Japanese edition published by Kodansha Ltd.

Korean translation rights arranged with Jakucho Setouchi

through Japan Foreign-Rights Centre

Translated by Kim Nan-Joo

Published by Hangilsa Publishing Co., Ltd., Korea, 2007.

「이 도서의 국립중앙도서관 출판시도서목록(CIP)은
e-CIP 홈페이지(http://www.nl.go.kr/cip.php)에서 이용하실 수 있습니다.
(CIP제어번호: CIP2006002697)」

겐지이야기

4

◆ 무라사키 시키부 지음
◆ 세토우치 자쿠초 현대일본어로 옮김
◆ 김난주 한국어로 옮김
◆ 김유천 감수

한길사

源氏物語
겐지이야기 4

지은이 · 무라사키 시키부
현대일본어로 옮긴이 · 세토우치 자쿠초
한국어로 옮긴이 · 김난주
감수 · 김유천
펴낸이 · 김언호
펴낸곳 · (주)도서출판 한길사

등록 · 1976년 12월 24일 제74호
주소 · 10881 경기도 파주시 광인사길 37
　　　www.hangilsa.co.kr
　　　E-mail: hangilsa@hangilsa.co.kr
전화 · 031-955-2000~3　　팩스 · 031-955-2005

제1판 제1쇄 2007년 1월 1일
제1판 제5쇄 2024년 2월 29일

값 15,500원
ISBN 978-89-356-5807-7　04830
ISBN 978-89-356-5814-5 (전10권)

춘앵전 곡조는 옛날과 다름없는데

그 시절 꽃잔치를 벌이며

춤추고 놀았던

벚꽃 그늘은 죄 변하고 말았으니

겐지이야기 ④

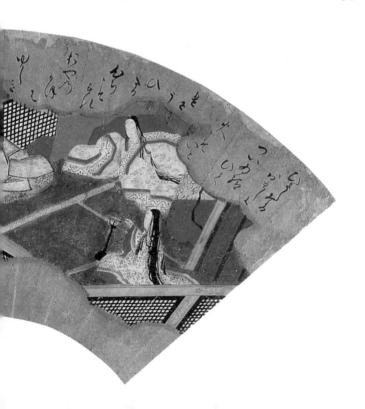

✿ 이 책은 무라사키 시키부(紫式部)의 고전소설 『겐지 이야기』(源氏物語)를
세토우치 자쿠초(瀬戸内寂聴)가 현대일본어로 풀어쓴 것을 한국어로 옮긴 것이다.

✿ 처소명에 따라 붙여진 등장인물의 이름은 처소를 나타낼 땐 한자음으로 읽고,
인물을 가리킬 땐 소리 나는 대로 썼다. 따라서 동명이인이 많다.
예1: 장소 승향전(承香殿); 인물 쇼쿄덴(承香殿) 여어.
예2: 장소 여경전(麗景殿); 인물 레이케이덴(麗景殿) 여어.
예3: 장소 홍휘전(弘輝殿); 인물 고키덴(弘輝殿) 여어.

✿ 산, 강, 절 이름은 지명과 한글을 혼합해서 달았다.
예: 히에이 산(比叡山), 나카 강(那賀川), 기요미즈 절(清水寺).

✿ 거리, 건물, 직함명 등은 한자음 그대로 읽었다.
예: 육조대로(六條大路), 이조원(二條院), 자신전(紫宸殿), 여어(女御), 갱의(更衣),
대납언(大納言).

✿ 각 첩의 제목은 될 수 있는 대로 뜻으로 풀었다.
첩명 해설은 자료를 바탕으로 옮긴이가 정리해 붙였다.
예: 저녁 안개(夕霧), 밤나팔꽃(夕顔).

✿ 등장인물의 이름은 직함에 따라 한자음으로 읽은 경우와, 고유음 그대로를 살린
경우가 있다. 그밖에 인물의 특징을 잘 보여주는 경우에는 뜻을 살려서 달았다.
예1: 중납언, 대보 명부; 예2: 고레미쓰; 예3: 검은 턱수염 대장, 반딧불 병부경.

✿ 이 책의 말미에 붙은 부록 중 '어구 해설'과 '인용된 옛 노래'는
다카기 가즈코(高木和子)가 작성한 것을 바탕으로 필요에 따라 첨삭했다.
본문에 풀어쓴 것은 생략하고, 필요에 따라 그 내용을 옮긴이가
보완하여 정리한 것이다.

✿ 일본 고유의 개념인 미카도(帝)는 이름 뒤에 올 때는 '제'로, 단독으로 쓰일 때는
'천황'과 '폐하'를 혼용했다.

실구름

저녁 해 비치는 봉우리에
흐르는 실구름이여
내 슬픈 상복을 닮아
그런 잿빛인가
함께 그분의 죽음을 애통해하기 위해

◆ 겐지

제19첩 실구름(薄雲)

후지쓰보의 죽음을 애도하는 겐지의 노래에서 '실구름'이란 제목이 붙었다.

겨울에 접어들면서 오이 강가에 있는 아카시 부인의 집에는 불안감이 맴돌았습니다. 부인은 겐지의 발길이 잦지 않아 마음이 편하지 않으니, 늘 허탈한 기분으로 쓸쓸하게 지내고 있습니다.

"언제까지 이렇게 살 수는 없으니 내 집에 가까운 동원으로 거처를 옮기시구려."

겐지는 이렇게 권하였지만, 아카시 부인은 이조원에 가까운 곳으로 거처를 옮겼다가 겐지의 무심함을 두 눈으로 확인하고 나면 그야말로 모든 것이 끝장이라 그때는 누구를 원망할 수 있으랴, 하고 마음을 정하지 못하였습니다.

"당신이 정녕 그리로 옮기지 못하겠다면 딸이라도 먼저 데리고 가야겠소이다. 마냥 이런 곳에 살게 할 수는 없으니. 딸의 장래에 대해서는 내 진작부터 생각하고 있는 것이 있으니, 이대로 여기 놔두기 아깝구려. 이조원의 무라사키 부인도 딸 얘기를 듣고, 몹시 만나고 싶어하니 한동안 그쪽에서 지내며 무라사키 부

인에게 정이 들도록 하고, 바지를 입히는 의식도 성대하게 치러
주고 싶소이다."

겐지는 이렇게 진심으로 의논하였습니다. 아카시 부인은 이
전부터 겐지의 속내를 짐작하고 있던 터라 억장이 무너지는 듯
하였습니다.

"지금 와서 새삼스럽게 고귀하신 분의 자식처럼 다룬다 해봐
야 세상 사람들이 뭐라뭐라 말들이 많을 것이니 도리어 체통에
먹칠을 하는 일이 되지 않겠습니까."

아카시 부인은 이렇게 말하며 딸을 놓아주려 하지 않으니, 겐
지는 그럴 만도 하다고 생각합니다.

"우리 딸이 양딸로 갔다가 몹쓸 일을 당하는 것은 아닌가 하
는 걱정은 하지 않아도 되오. 무라사키 부인은 벌써 몇 년 전부
터 아이를 낳지 못하는 것을 아쉬워하면서 재궁 여어가 다 큰
여인이 되었는데도 보살피고 있을 정도이니, 하물며 이렇게 귀
여운 딸아이를 보면 예뻐서 어쩔 줄 모를 성품이외다."

겐지는 무라사키 부인의 이상적인 성품을 얘기하며 아카시
부인을 설득하였습니다.

'대체 어떤 분이어야 만족하고 안정을 찾으실까 하고 세상
사람들의 입방아에 오르내릴 만큼 바람기가 심하신 분이었는
데, 무라사키 부인을 만나고 저리 차분해지신 것을 보면 보통
인연이 아니고, 그분의 성품도 많은 여인들 중에 각별하다니 정
말 훌륭한 분이신 모양이야.'

아카시 부인은 이렇게 생각하는 한편 또 이런 생각도 들었습니다.

'나처럼 하잘것없는 여자는 감히 올려다볼 수도 없을 만큼 고귀한 분이신데 어찌 뻔뻔스럽게 얼굴을 내밀 수 있으리. 그리하면 무례한 여자라 불쾌하게 여기실 터. 이러나저러나 내게는 별 차이가 없을 것이고 딸의 앞날 역시 결국은 무라사키 부인의 심사에 따라 결정될 것이니, 어차피 내주어야 한다면 철들기 전에 하루빨리 그리하는 것이 좋을지도 모르겠구나.

허나, 그렇게 보내고 나면 얼마나 마음이 상하고 걱정스러울까. 딸을 빼앗기고 그 외로움과 따분함은 어찌 달래며 긴긴 앞날은 또 어찌 살아가리. 딸을 데려가고도 겐지 님이 내게 마음이 있어 가끔이나마 찾아줄 것인가.'

이렇게 생각이 어지러우니 아카시 부인은 자신의 신세를 한탄하고 또 한탄하였습니다.

아카시 부인의 어머니는 사려 깊은 사람이라 이렇게 간곡히 말하였습니다.

"생각한다고 될 일이 아닙니다. 딸과 헤어지는 것은 물론 가슴이 찢어지는 일이나 딸의 앞날과 행복을 빌어야 하지 않겠습니까. 겐지 님도 마음에 없는 말을 하시지는 않을 터이니 이렇게 된 이상 그분을 믿고 딸아이를 보내세요. 천황의 자식조차 어머니의 성분에 따라 신분에 차이가 난다고 하지 않습니까. 이 세상에 둘도 없이 고귀하신 겐지 님 같은 분이 신하의 신분으로 있는 것은, 외조부이신 고 대납언의 지위가 높지 않은 탓에 갱의의 자식이라고 사람들이 업신여긴 탓이겠지요. 겐지 님 같은 분마저 그러한데 하물며 일개 신민에 불과한 우리들은 비교할 처지도 못 됩니다. 또한 생모가 친왕이나 대신의 딸이라도 정부인이 아니면 세상은 업신여기게 되어 있습니다. 그 아버지 역시 정실과 측실의 자식을 평등하게 취급하지 않지요. 그러하니 만의 하나 신분이 높은 분에게서 겐지 님의 자식이 태어난다면 이 아이는 천대를 받을 것입니다. 아버지가 소중하게 여기고 예뻐하는 딸도 그에 걸맞은 신분을 타고나야 세상이 깔보지 않는 법이지요. 바지를 입히는 의식도 우리가 아무리 보란 듯이 힘을 쏟아본들 이렇게 인적 드문 산속에 살아서야 빛도 나지 않습니다. 모든 것을 겐지 님께 맡기고, 딸아이를 어떻게 키우시는지 지켜보는 것이 어떻겠는지요."

음양사의 점괘나 사려 깊은 사람들의 판단도 모두 같았습니다.

"딸의 운세는 그쪽으로 가야 피게 되어 있습니다."

결국 아카시 부인은 마음을 꺾지 않을 수 없었습니다.

겐지 역시 딸을 데리고 가야겠다고 마음은 굳혔으나, 슬퍼하는 아카시 부인을 염려하여 억지를 부릴 수는 없으니 그저 이런 편지를 보냈습니다.

"아이의 바지 입히는 의식은 어찌 치를 것입니까."

이에 아카시 부인이 답장을 보냈습니다.

"말씀하신 대로 만사 변변치 못한 제가 아이를 붙잡아두어서야 앞날이 가엾습니다. 허나 그렇다고 하여 함께 그곳에 가자하니 얼마나 웃음거리가 될지 한심할 따름입니다."

편지를 보고 겐지는 아카시 부인을 더욱더 가엾게 여겼습니다.

겐지는 딸을 데리고 올 길일을 잡기 위해 점을 보며, 그날을 위한 준비에 만반을 기하라고 은밀한 명을 내렸습니다.

아카시 부인은 딸을 떼어놓기가 가슴이 메이는 듯하여 견딜수 없으나, 이렇게 생각하며 참았습니다.

'오직 딸의 앞날을 위해서이니 그리 마음먹어야겠지.'

그리고 유모에게도 이렇게 말하며 눈물을 흘렸습니다.

"이제 유모와도 헤어지게 되겠군요. 지금까지 허전하고 서러운 마음도, 따분하고 외로운 마음도 둘이 얘기를 나누며 위로하였는데. 딸은 물론이요 유모까지 빼앗기게 되었으니 내 어찌 산단 말이오."

"이 또한 전생의 인연이 그러한 것이겠지요. 우연한 기회에 부인을 모시게 되어 오랜 세월이 지났는데, 늘 친절하고 자상하게 대하여주셨습니다. 그 마음 잊을 수 없으니 그립고 보고 싶겠지요. 이대로 인연이 끊기는 일은 없을 것이라 생각합니다. 언젠가는 함께 살 날이 오겠지요. 그때를 기다리겠습니다. 허나 당분간은 헤어져 뜻하지 않은 곳에 가게 되었으니 안타깝고 괴로울 따름입니다."

유모 역시 이렇게 말하고, 눈물로 날을 지새는 사이에 어느덧 십이월이 되었습니다.

싸라기눈이 부슬부슬 내리는 날이 많아지면서 아카시 부인의 마음은 한층 초조해졌습니다.

"어찌하여 나는 이리도 근심 걱정이 끊이지 않는 것일까."

이렇게 한탄하며 딸의 머리칼을 쓰다듬기도 하고 예쁘게 꾸미기도 하면서 지냈습니다.

어두운 하늘에서 눈이 펑펑 내려 쌓인 어느 날 아침, 아카시 부인은 평소와 달리 툇마루 끝에 나와 앉아 얼어붙은 연못물을 바라보며 지나온 날을 되돌아보고 앞날을 걱정하고 있었습니다. 하얗고 부드러운 옷을 몇 겹이나 껴입고 수심에 겨워 넋을 잃은 모습이, 그 머리카락하며 아리따운 뒷모습하며 고귀한 신분의 여인 못지않아 시녀들은 참으로 아름답고 기품 있는 분이라고 생각하였습니다.

아카시 부인은 흘러넘치는 눈물을 닦으며 이렇게 생각하고는 또 눈물을 흘립니다.

'딸아이가 내 곁을 떠나간 후, 이렇게 눈발이 날리는 날이면 한결 보고 싶고 그리워지겠지.'

깊은 산속
내리고 쌓인 눈에
길이야 막힐지언정
도읍에서 오는 소식은
끊이지 않기를

아카시 부인이 중얼중얼 노래를 읊자 유모가 눈물을 줄줄 흘
리며 이런 노래로 위로하였습니다.

　눈 덮인
　요시노 산
　길을 찾아서라도
　마음 전할
　소식은 보낼 터이니

이 눈이 조금씩 녹을 무렵 겐지가 오이를 찾았습니다. 아카시
부인은 예전 같으면 반가워하였을 터인데, 이날은 딸을 데리러
온 것이란 예감에 가슴이 철렁 내려앉으니, 자신이 초래한 일이
라 후회하며 그 누구를 탓하지도 못하였습니다.

'애당초 거절을 하든 말씀을 따르든 내 마음에 달린 것이었
으니 싫다고 하면 억지는 부리지 않으셨을 터인데. 일이 어쩌다
이렇게 되고 말았을꼬.'

생각은 이러하나, 이제 와서 거절하는 것도 경솔한 처사라 애
써 마음을 돌려 먹었습니다.

겐지는 귀엽고 사랑스러운 모습으로 앉아 있는 딸아이를 보
면서 생각하였습니다.

'이렇듯 사랑스러운 딸아이를 낳아준 이 사람과의 인연을 허
술히 여겨서는 안 될 일이지.'

아씨는 지난봄부터 기른 머리가 여승처럼 어깨에서 살랑살랑 흔들리고, 얼굴 생김새며 눈매가 그윽한 향을 풍기듯 귀엽고 아리따우니 새삼 뭐라 형용할 길이 없습니다.

이렇듯 사랑스러운 딸자식을 남의 손에 넘겨주고 멀리서 애타할 아카시 부인의 심중을 헤아리자 겐지는 가엾고 안쓰러워, 안심하라고 밤을 새워 거듭거듭 위로하였습니다.

"아닙니다. 슬플 일이 무에 있겠습니까. 하잘것없는 어미의 자식이라 업신여기지만 않으신다면야."

이렇게 말하면서도 아카시 부인은 견딜 수 없는 슬픔에 눈물을 흘리니, 그 모습이 딱하기 그지없었습니다.

아무것도 모르는 철없는 딸은 어서 빨리 수레에 오르자고 채근합니다. 수레를 댄 곳에 아카시 부인이 딸을 안고 나왔습니다. 말을 배우기 시작한 딸은 아카시 부인의 소맷자락을 잡아당기며 구슬 같은 목소리로 이렇게 말합니다.

"어머니도 같이 타요."

이엽송처럼
앞날이 창창한 딸과
지금 헤어지니
훌륭하게 성장한
그 모습을 다시 볼 날이
언제나 오려나

아카시 부인이 이렇게 읊조리며 끝내 울음을 터뜨렸습니다.

'너무도 가엾어 차마 보지를 못하겠구나.'

겐지도 이렇게 생각하며 노래를 읊었습니다.

　　우리 사이에

　　이 딸이 태어난 인연

　　깊고 깊으니

　　언젠가는 이 딸의 성장을

　　둘이 지켜볼 날이 올 것이니

　　저 다케쿠마의 소나무와 잔소나무처럼

"마음을 길게 먹고 기다려주시구려."

겐지가 이렇게 부인을 달래니 아카시 부인은 언젠가는 그런 날도 있으리라 마음을 가라앉히려 하나, 역시 헤어짐의 슬픔은 견디기 어려웠습니다.

유모와 소장이란 기품 있는 시녀가 은장도와 어린아이를 지키는 부적인 아마가쓰 인형을 지니고 수레에 함께 올랐습니다. 뒤따르는 수레에는 쓸 만한 젊은 시녀와 여동을 태우고 이조원까지 동행하도록 하였습니다.

이조원으로 향하는 길, 겐지는 홀로 남은 아카시 부인의 애틋한 심정을 헤아리며 생각하였습니다.

'아, 이 무슨 천벌을 받을 짓이람.'

날이 어두워져서야 이조원에 도착하였습니다. 수레를 집 앞에 대자 시녀들은, 오이와는 전혀 다른 분위기에 앞으로는 기가 죽어 시중을 들어야 하나 하고 불안해합니다. 겐지는 딸을 위해 침전의 서쪽 차양의 방에 가재도구를 들이고 보기 좋게 꾸며놓았습니다. 유모에게는 서쪽 별채로 가는 복도의 북쪽에 있는 방을 내주었습니다.

어린 아씨는 이조원으로 오는 도중에 잠이 들어 안아 내리는데도 울지 않았습니다. 무라사키 부인의 방에서 과자를 먹다가 사방을 돌아보며 유모의 모습이 보이지 않는 것을 알고는 울상을 지으니, 무라사키 부인은 유모를 불러들여 어린 아씨의 기분을 달래고 얼러주었습니다.

'지금쯤 오이에서는 아카시 부인이 딸과 헤어진 서러움과 외로움에 얼마나 상심해 있을까.'

겐지는 이렇게 생각하며 아카시 부인이 가여워 어쩔 줄을 모릅니다. 허나 이조원에서 무라사키 부인이 딸을 보살피며 뜻한 바대로 양육하는 것을 보면, 역시 이리로 데려오기를 잘했다고 생각하겠지요.

또 한편으로는 아쉬운 생각도 들었습니다.

'이 딸의 출신에 대해 세상 사람들이 뭐라뭐라 말하지 않도록 무라사키 부인도 자식을 생산하면 좋을 터인데, 어찌하여 그리 되지 않을꼬.'

어린 아씨는 한동안 오이에 있는 어머니와 시녀들을 찾으며 울곤 하였으나, 태생이 순진하고 애교가 많은 성품이라 금방 무라사키 부인을 따르며 어리광을 피웠습니다. 무라사키 부인은 너무도 귀여운 아이를 얻었다고 기쁨이 한없었습니다. 다른 일은 다 제쳐두고 아씨만을 안고 어르고 예뻐하면서 늘 놀이 상대가 되어주니, 유모도 절로 무라사키 부인 가까이에서 시중을 들며 따르게 되었습니다.

겐지는 이 유모 외에도 신분이 높고 젖도 풍부한 유모를 따로 붙였습니다.

아씨의 바지를 입히는 의식은 그리 요란하게 준비를 하지는 않았으나 역시 멋스러웠습니다. 방도 아씨에 맞추어 작은 것들로 아기자기하게 꾸미니, 마치 인형놀이를 하는 것처럼 앙증맞고 예뻤습니다.

평소에도 아침저녁으로 사람들의 출입이 잦은 댁이라서 그런지 들고나는 축하객들이 유난히 눈에 띄는 일은 없었습니다. 다만, 바지를 입고 멜빵을 맨 아씨의 가슴 언저리가 한층 귀여워 보였습니다.

오이의 아카시 부인은 딸이 그리워 견딜 수가 없고, 딸을 남의 손에 넘겨준 자신의 어리석음이 후회스러워 슬픔만 더할 뿐이었습니다. 어머니 역시 당시에는 딸을 설득하였으나 막상 손녀를 보내놓고 나니 허전하고 외로워 눈시울을 붉히는 날이 많았습니다.

허나 손녀가 극진한 대접을 받고 있다는 소식을 듣자 안심도 되고 기쁘기 한량이 없었습니다.

바지를 입히는 의식에 어설픈 선물을 보낼 수는 없는 터라, 손녀를 보살피는 유모를 비롯하여 시녀들에게 화사한 색상의 옷을 준비하여 서둘러 보냈습니다.

겐지는 오이에 발길이 멀어지면 아카시 부인이 얼마나 기다릴까 싶고, 딸을 보내놓고 나니 아니나 다를까 일이 이렇게 되었다고 겐지를 원망할 것이 뻔하니 그해 그믐에 은밀히 오이를 찾았습니다.

또한 안 그래도 적막한 곳인데, 아침저녁으로 재롱을 피우던 딸마저 보내놓고 얼마나 슬퍼할까 하고 생각하니, 겐지는 안쓰러운 마음에 수시로 오이에 편지를 보냈습니다. 무라사키 부인도 지금은 아카시 부인의 일로 화를 내지는 않습니다. 어떤 일이든 귀여운 아씨를 보아 너그럽게 용서하는 듯하였습니다.

해가 바뀌었습니다. 이른 봄의 하늘은 청명하고 화사하니, 겐지도 모든 일을 만족스러워하는지라 더없이 경사스러운 일이었습니다. 이조원에서는 설 잔치를 위해 가재도구를 새로이 바꾸는 등 집을 새로 단장하니, 새해를 축하하는 사람들의 행렬이 끊이지 않았습니다.

나이 든 사람들은 초여드렛날 이조원을 찾았습니다. 이날은 칠초의 날인데다 위계를 수여하는 날이기도 하여 인사차 찾는 사람들이 무수히 모여들었습니다. 공달들은 거리낌 없이 활달

하고 밝은 표정입니다. 그보다 신분이 낮은 사람들도 마음속에는 고민거리가 있을지언정 겉으로는 의기양양하게 처신하는 정월 명절입니다.

동원에 거처하는 하나치루사토 역시 행복하기가 더할 나위 없는 모습입니다. 시중을 드는 시녀들과 여동들도 예의바르게 가르치고 배려하며 생활하고 있습니다. 겐지 가까이로 거처를 옮긴 효과는 각별하여 겐지도 한가로울 때에는 느긋한 마음으로 넌지시 찾아보곤 합니다. 허나 밤을 함께 지내기 위해 일부러 걸음을 하는 일은 없습니다. 하나치루사토는 얌전하고 어린애 같은 성품이니, 자신은 이 정도 운세를 타고 태어난 것이라고 체념하고 있습니다. 정말 드물 정도로 태평하고 열려 있는 성품이라 무라사키 부인의 생활상에 뒤지는 차별은 두지 않으려 깍듯하게 대우하고 있습니다. 사정이 이러하여 아무도 이분을 가벼이 여기지 못하니, 사람들은 무라사키 부인을 우러러 모시듯 하나치루사토에게도 정성을 다하였습니다.

사무를 담당하는 자들도 자기 임무에 충실하여 만사가 질서 정연하게 돌아가니, 무엇 하나 부족함이 없고 바람직한 모습입니다.

겐지는 오이의 산골에서 외로이 지내는 아카시 부인을 배려하는 것 또한 잊지 않았습니다. 공사다망한 정월이 지나자 오이로 몸소 걸음을 하였습니다. 평소보다 꼼꼼하게 차려입으니, 겹외출복 아래 아름다운 속옷을 받쳐 입고 향내까지 배이게 하였

습니다. 집을 나서면서 무라사키 부인에게 다녀오겠노라 인사
하는 모습이 저녁 햇살을 받아 한결 아름답습니다. 무라사키 부
인은 그렇듯 단장을 한 겐지를 편치 않은 마음으로 배웅하였습
니다.

어린 아씨가 겐지의 옷자락에 매달려 어리광을 피우며 발 밖
까지 쫓아나오려 합니다. 겐지는 걸음을 멈추고 딸의 사랑스러
운 모습에 새삼 탄복하며, 사이바라의 일절인 '내일 돌아오리'
를 노래하면서 달래놓고는 집을 나섰습니다.

무라사키 부인은 건널복도의 문설주에 기대어 있는 시녀 중
장에게 노래를 전하라 하였습니다.

　　당신을 붙잡는
　　그분이 없다면
　　내일 돌아오겠노라는
　　당신의 말을 믿고
　　기다리련만

중장이 노련한 말투로 전하자 겐지는 호탕하게 웃으면서 화
답하였습니다.

　　가보기만 할 뿐
　　내일은 반드시 돌아올 것이니

설사 그분이

짧은 만남을

아쉬워한다 하여도

무라사키 부인은 아직 아무것도 모르고 천진난만하게 뛰어 돌아다니는 어린 아씨가 한없이 귀여우니, 아카시 부인에 대한 질투심마저 너그러운 마음으로 감수하고 있습니다.

"어린 딸을 떠나 보내놓고 얼마나 애를 태우고 걱정하고 있으랴. 나 역시 이렇게 귀여운 아이를 만날 수 없다면 보고 싶어 몸부림칠 것이니."

무라사키 부인은 이렇게 말하고 아씨의 얼굴을 빤히 쳐다보면서 가슴에 안아 젖을 물립니다. 물론 젖은 빨아도 나오지 않으나, 젖가슴을 조몰락거리는 어린 아씨의 모습이 너무도 사랑스러워 넋을 잃을 정도입니다.

곁에서 모시는 시녀들은 이렇게 수군덕거렸습니다.

"이왕이면 마님의 몸에서 태어났으면 좋았을 것을."

"그러게 말입니다."

오이의 집은 정취가 그윽하고 한가로운 풍정입니다. 집의 꾸밈새도 다소 색다른데, 아카시 부인은 만날 때마다 고귀함을 더해가니 그 자태며 용모며 성품이며 나무랄 데가 없는 아리따운 여인의 모습입니다.

'그저 평범한 수령의 딸이라 여겨질 뿐 각별히 눈에 띄지 않는다면, 사람들도 이렇듯 신분의 차이가 큰 인연이 세상에 예가 없는 일은 아니라고 생각하련만. 그 성미 고약한 아버지의 평판은 참으로 난감하기 짝이 없구나. 이 사람의 성품은 지금 이대로도 족한데.'

겐지는 이렇게 생각하면서 늘 짧은 만남에 만족스럽지 못하게 돌아서는 탓인가, 이번에도 느긋하게 시간을 함께하지 못하고 서둘러 돌아가야 하는 것이 안타까워 '남녀 사이란 꿈의 나루터의 배다리처럼 덧없는 것인가'하고 탄식하였습니다. 곁에 있는 쟁을 당기고, 아카시의 해변에서 깊은 밤 아카시 부인이 퉁겼던 선율을 떠올립니다. 비파 소리를 듣고 싶다 하니, 아카시 부인은 잠시 가락을 퉁겼습니다.

겐지는 그 가락을 들으며, 어쩌면 이 부인은 이렇듯 모든 것을 겸비하고 있을까 하고 감탄하였습니다. 겐지는 아카시 부인에게 딸의 근황도 소상하게 들려주었습니다.

오이는 인적 없는 외딴 시골이지만, 이렇게 겐지가 간혹 찾아와 묵을 때도 있으니 소박한 과자와 찐 밥 정도는 먹기도 합니다. 사가노에 있는 불당과 가쓰라 별장에 가는 척하면서 아카시 부인을 찾으니, 한결같은 마음으로 여자에게 빠져 있는 것처럼 보이지는 않으나, 그렇다고 하여 아카시 부인으로 하여금 찾아오지 않는 불안에 떨게 하지 않음은 물론 소홀히 여기지도 않으니 역시 각별히 총애하는 것이겠지요.

아카시 부인도 겐지의 그런 마음을 충분히 헤아려 지나치게 나서지도 않고 그렇다고 필요 이상 자신을 비하하지도 않으니, 겐지의 심중을 거스르는 일이 없어 정말 나무랄 데 없는 태도였습니다.

겐지가 예사롭지 않은 신분의 여인네를 대하면서 아카시 부인과 마주하듯 마음을 털어놓는 일은 없으며, 또 고상한 태도를 허무는 일도 없다는 소문이 들리니 아카시 부인은 이렇게 생각하는 듯하였습니다.

'가까이 모시고 살게 되면 지나치게 친밀해져 도리어 애틋함도 덜하고, 사람들에게 업신여김을 당하는 일도 있을 것이야. 가끔이지만 이렇게 찾아주시는 편이 내게도 체면이 서는 일이지.'

아카시에 남아 있는 뉴도는 딸과 부인을 올려 보낼 때는 그렇듯 강경하게 말하였으나, 겐지의 의향이 궁금하고 오이에서 부인과 딸이 어찌 지내는지도 걱정되어 수시로 심부름꾼을 보내어 소식을 듣고는, 가슴이 메일 듯 슬퍼하기도 하고 또 체면을 세웠다고 기뻐하기도 하였습니다.

그 무렵 태정대신이 돌아가셨습니다. 조정의 중진이었던 터라 폐하께서도 몹시 애석해하였습니다. 잠시 정계에서 은퇴하였을 때만 해도 천하가 시끌시끌하고 어수선하였는데 하물며 세상을 뜬 지금은 비탄에 젖는 사람들이 많았습니다.

겐지 역시 안타깝고 아쉬워하며, 지금까지는 태정대신이 정치를 도맡아주었기에 한가롭게 쉴 수 있었는데 앞으로는 듬직한 이가 없어 정무에 분주해질 것이 뻔하다 생각하니 떠난 이가 한층 더 아쉬웠습니다.

폐하께서는 나이에 비하면 어른스럽고 믿음직스럽게 성장하여 정치에 관해서도 굳이 걱정할 일은 없으나, 겐지는 달리 마땅한 후견인을 찾을 수 없으니 앞으로는 과연 누구에게 폐하의 보좌역을 물려주고 출가의 발원을 이룰 수 있을까 하고, 태정대신의 죽음을 누구보다 유감스럽게 여겼습니다.

겐지는 태정대신의 추모 법회에 참가하여 자손들보다 훨씬 정성스럽게 조문하고, 빈틈 없이 뒤를 살펴주었습니다.

그해에는 유난히 변괴가 많았습니다. 조정에서도 신불의 계시가 빈번하였고, 하늘에서도 해와 달과 별이 괴이한 빛을 발하고 구름 모양마저 불길하니, 세상 사람들이 놀라고 불안해하는 일이 많았습니다.

음양박사와 천문박사, 역박사 들이 길흉을 점쳐 올리는 글귀에도 기괴하고 역사에 드문 흉조가 많이 지적되어 있었습니다. 그 점에 관해서 내대신 겐지만은 마음에 걸리는 것이 있는 듯하였습니다.

후지쓰보 여원은 정월 초부터 시름시름 병을 앓기 시작하였는데, 삼월에는 용태가 위중하여 천황이 친히 삼조궁을 찾았습니다. 기리쓰보 선황이 붕어하였을 때는 폐하께서 아직 어려 죽음의 슬픔을 그다지 느끼지 못하였는데, 이번에는 매우 심통한 표정이니 후지쓰보의 슬픔 또한 깊었습니다.

"올해는 죽음을 피할 수 없으리라 예감은 하고 있었으나, 이리도 갑자기 병세가 무거워질 줄을 몰랐습니다. 수명이 다할 날을 미리 알고 있다 드러내놓는 것도 사람들이 꺼려 할까 조심하여 내세를 위한 법회도 평소와 다름없이 지냈습니다. 내 쪽에서 찾아뵙고 차분하게 옛일을 추억하고 싶은 마음은 간절하였으나 몸과 마음이 무거워 결국 오늘까지 미루고 있었습니다."

후지쓰보 여원은 아들인 폐하께 힘없는 목소리로 이렇게 말하였습니다. 후지쓰보 여원은 올해 서른일곱 나이에 액년에 해당합니다. 허나 아름다움은 여전하니 폐하께서는 비통하고 참담하여 어쩔 줄을 모릅니다.

"올해가 액년에 해당하는 해인데다 몇 달이나 시름시름 앓으시는 듯하여 몹시 걱정하였는데, 기도조차 제대로 올리지 않으시다니요."

폐하께서는 이렇게 걱정하며 당장에 가지기도를 올리라 명하였습니다.

이때에 이르러서야 겐지도 가벼운 병이라 여기고 방심하였던 것을 가슴을 치며 후회하였습니다.

천황의 행차에는 예법이 있어 폐하께서는 잠시 후 궁중으로 돌아갔으나, 후지쓰보 여원의 마음에는 고뇌와 슬픔만이 가득하였습니다.

후지쓰보 여원은 몹시 고통스러워 말도 제대로 하지 못하고 곰곰이 생각에만 잠겨 있으니, 전생에 고귀한 인연을 만나 이 세상에서도 비할 데 없는 영화를 누렸으나, 한편 마음속으로는 채워지지 않는 남다른 번민에 괴로워하였다는 것을 통감하지 않을 수 없었습니다.

폐하께서 자신의 태생을 전혀 눈치조차 채지 못하고 있음이 안타깝고 마음에 걸리니, 죽어서도 이승을 떠나지 못할 것 같았습니다.

겐지는 공적인 입장에서도 이렇듯 고귀한 분들이 잇달아 돌아가시게 되는 것을 한탄하였습니다. 후지쓰보 여원을 사모하는 마음은 지금도 한이 없으니 어떻게든 천수를 다하게 하려 기도를 올리고 법회를 여는 등 할 수 있는 일은 다 하였습니다. 오랜 세월 마음에 간직하여 온 연모의 정을 다시 한 번 전할 수 없는 것이 애가 타 견딜 수 없으니, 병상에 쳐놓은 휘장 앞으로 다가가 시녀들에게 병세를 물었습니다.

후지쓰보 여원을 가까이 모시는 시녀들은 겐지에게 용태가 얼마나 위중한지 자세하게 알렸습니다. 이렇게 말하며 눈물을 흘리는 시녀들이 많았습니다.

"지난 몇 달 동안 병을 앓아 오셨는데, 근행 한 번 게을리하지 않으시니 그 피로가 누적되어 급작스럽게 병세가 악화된 듯하옵니다. 요즘 들어서는 과일 같은 것도 손에 들지 못하시니,

누구에게 회복의 소망을 빌어야 할지 모르겠사옵니다."

또한 후지쓰보 여원은 이렇게 말하였습니다.

"돌아가신 선황의 유언대로 폐하를 보좌하고 뒤를 돌봐주신 후의는 몸에 저미도록 감사하고 있습니다. 이 감사의 마음을 어떻게 전하면 좋을지 그 방법을 몰라 늘 마음에 두고 있었는데, 지금은 그것도 여의치 않게 되었으니 참으로 안타깝습니다."

기운 없이 시녀에게 전하는 목소리가 밖에서도 희미하게 들리는데, 답변을 하지 못하고 눈물을 흘리는 겐지의 모습이 딱하기 그지없습니다. 주변의 사람들이 후지쓰보의 병세에 어찌하여 그토록 마음 아프게 눈물을 흘리는지 의심하면 어떻게 하랴 싶어 참으려고 하지만, 후지쓰보의 옛 모습이 눈앞에 떠오르니 특별한 관계가 아니었어도 애가 타고 아까운 분입니다.

사람의 목숨이란 마음대로 되는 것이 아니라 이 세상에 붙들어둘 방법이 없는 것 또한 안타깝고 괴로운 일이 아닐 수 없습니다.

"부족한 몸이나마 오래도록 폐하의 후견인으로 성심을 다해왔는데, 지난번 태정대신이 돌아가셨을 때만 해도 세상이 무상하고 그 덧없음이 한이 없었습니다. 그런데 후지쓰보 님마저 이렇듯 병세가 악화되었으니, 마음이 어지러워 이 세상에 얼마나 더 살아남아 있을지 걱정스럽습니다."

겐지가 이렇게 말하는 동안 후지쓰보 여원은 등불이 꺼지듯 허망하게 숨을 거두었습니다.

죽음을 두고 무슨 말을 해도 소용없는 일이니, 겐지는 슬픔을 견디지 못하여 깊은 비탄에 빠져 있습니다.

고귀한 많은 분들 중에서도 후지쓰보 여원은 세상 모든 사람들에게 깊고 넓은 자애로움을 베푸신 분이었습니다. 세상에서는 권세를 등에 업고 아랫사람들을 착취하는 사람들도 많은데, 후지쓰보 여원은 그러한 일로 우를 범하는 일이 절대 없었으니, 아랫사람들이 시중을 들 때도 세상에 폐가 되는 일은 하지 않도록 만류하는 성품이었습니다. 또 불공만 해도 옛 성군 대에는 주위에서 권하는 대로 성대하고 화려하게 치르는 일이 많았는데, 후지쓰보 여원은 황가에 내려오는 보물과 해마다 받는 연금과 봉록 등의 수입에서 부담이 되지 않을 정도의 일정액을 할애하여 실로 소박하게, 그러나 성심을 다하여 올렸습니다. 사정이 이러하니 아무것도 모르는 산속의 미천한 승려들마저 후지쓰보 여원의 붕어를 애통해하였습니다.

장례식 때도 세상 사람 모두 후지쓰보 여원의 붕어를 슬퍼하고 안타까워하였습니다. 전상인들도 한결같이 검은 상복을 입으니, 궁중 전체가 어두워져 무르익은 봄이 제빛을 다하지 못하였습니다.

겐지는 이조원 앞뜰에 만발한 벚꽃을 보면서 그 옛날 꽃놀이 때의 일을 떠올렸습니다. '올해만큼은 잿빛으로 피어라'라는 옛 노래를 홀로 읊조리니, 사람들이 이상히 여기지 않을까 염송당에 틀어박혀 하루 종일 눈물을 흘렸습니다.

이날은 슬픔에 겨워 아무것도 눈에 보이지 않았는데, 저녁 해가 비쳐 나뭇가지들이 또렷하게 보이면서 하늘에 흐르는 엷은 구름이 상복과 같은 짙은 잿빛이라 그 또한 슬픔을 더욱 북받치게 하였습니다.

저녁 해 비치는 봉우리에
흐르는 실구름이여
내 슬픈 상복을 닮아
그런 잿빛인가
함께 그분의 죽음을 애통해하기 위해

이렇게 노래하나, 아무도 듣는 이 없는 불당이라 화답하는 사람도 없었습니다.

사십구재가 지나고 그밖의 불사도 모두 끝나 세상은 조용해졌으나, 천황의 마음은 착잡하기만 하였습니다. 후지쓰보 모후가 살아 계실 때부터 대대로 황가의 기도를 도맡고 있는 고명한 승려가 있는데, 죽은 후지쓰보 모후도 그와 가깝게 지내는 사이였습니다. 천황의 신망도 두터워 황가의 발원을 수도 없이 이행한 존귀한 고승입니다. 올해 나이 일흔, 이제는 자신의 내세를 위한 마지막 불공을 올리기 위하여 산에 틀어박혀 근행을 하고 있다가, 얼마 전 후지쓰보 모후의 병세 회복을 빌기 위해 산에서 내려와 도읍에 머물고 있었습니다. 폐하께서는 그 고승을 궁중

으로 불러들여 가까이 있게 하였습니다. 겐지 역시 이 고승에게
당분간은 궁중에 머물며 폐하를 위로해드리고 부탁하였습니다.

"밤새워 가지기도를 올릴 수 있을 만큼 몸이 성하지 않으나,
소승에 대한 끔찍한 후의에 보은을 하는 마음으로 말씀을 받들
겠습니다."

고승은 이렇게 대답하고 폐하의 곁을 지켰습니다.

어느 고즈넉한 밤의 일이었습니다. 폐하 곁에 대기하고 있는
이는 아무도 없고 당직자도 퇴궁했을 무렵, 고승은 콜록콜록 기
침을 하면서 폐하께 속세의 무상함을 얘기하고 있었습니다. 얘
기를 하는 가운데, 이런 말을 꺼내놓고는 뒷말을 잇지 못하였습
니다.

"참으로 아뢰옵기 망극한 일이 있사옵니다. 아뢰오면 천벌을
받지는 않을까 하여 몹시 꺼려지는 일입니다. 허나 폐하께서 그
일을 몰라서야 오히려 죄가 무겁고, 하늘이 내려다보는 것도 두
려운 일이옵니다. 그 일을 제 가슴에 품은 채 숨을 거두게 된다
면, 폐하를 위해서도 득이 될 것이 없으니 부처님도 솔직하지
못한 제 마음을 나무랄 것이옵니다."

폐하께서는 고승의 말에 이렇게 생각하였습니다.

'대체 무슨 일일까. 이 세상에 한이 남을 만한 불만이라도 있
는 것일까. 승려란 속세를 초월한 고승이라도 질투심이 많으면
곱게 보이지 않는 법이거늘.'

"나는 어렸을 때부터 격의 없이 그대를 대하여왔건만, 그대는

이런 식으로 내게 숨기는 일이 있었으니 참으로 뜻밖이오."

폐하의 이 말에 고승은 다시 말을 이었습니다.

"망극한 일이오나, 이 몸은 부처님이 가르쳐서는 안 된다고 금한 진언의 비법까지 숨김없이 전수하였사온데, 하물며 제 마음에 무슨 비밀이 있겠습니까.

이는 과거 미래를 통한 중대사이온데, 이대로 숨기고 있자니 돌아가신 기리쓰보 선황과 모후, 그리고 지금 이 세상을 다스리고 있는 겐지 대신에게 오히려 좋지 않은 소문이 되어 세상에 널리 퍼질까 두려우니, 소승 같은 늙은 승려야 어떤 재난을 당하든 무슨 후회가 남겠습니까. 부처님의 계시가 있었기에 말씀을 올리는 것이옵니다.

돌아가신 후지쓰보 모후는 폐하를 회임하셨을 때부터 깊이 한탄하며 제게 기도를 올리라 명하셨습니다. 자세한 사정은 승려인 저로서도 알 수 없었사옵니다. 그러다가 불미한 사건이 생겨 겐지 대신께서 뜻하지 않은 벌을 받아 낙향하는 처지가 되셨을 때 모후는 두려움에 떨며 거듭 기도를 부탁하셨습니다. 겐지 대신께서도 그 얘기를 전해 듣고는 자신의 기도까지 덧붙이라 명하였습니다. 그 후로 폐하께서 황위에 오르실 때까지 소승에게 기도를 부탁하는 일이 많았사옵니다.

그 기도의 내용이란."

그리하여 자세한 내용을 듣고 보니 너무도 뜻밖이고 도저히 있을 수 없는 경망한 일이라, 폐하께서는 두렵기도 하고 서글프

기도 하여 마음이 천 갈래 만 갈래로 찢어지는 듯하였습니다.

한참이나 폐하께서 말씀이 없자, 승려는 스스로 입을 열어 비밀을 누설한 것에 폐하께서 화를 내시는 것은 아닌가 하고 당황하여, 일이 난감하게 되었다 생각하며 자리에서 물러나려 하는데 폐하께서 불러 세워 물었습니다.

"내 만일 죽을 때까지 이 일을 몰랐더라면 죄업을 지고 내세로 갈 뻔하였습니다. 이렇듯 중대한 비밀을 오늘날까지 가슴에 묻어두고 있었으니 그대야말로 방심할 수 없는 사람이었던 게로군요. 달리 이 일을 알고 있어 세상에 소문을 흘릴 만한 자는 없습니까."

"당치도 않으신 말씀이옵니다. 소승과 왕명부 외에는 아무도 이 비밀을 소상히 알고 있는 사람이 없습니다. 그러하기에 현세를 내려다보고 있는 하늘이 더더욱 두려운 것이옵니다. 천재지변이 빈번하고 세상이 어지러운 것도 이 비밀 때문이라 사료되옵니다. 폐하께서 아직 어려 분별력이 없으실 때에는 그나마 평온하였으나, 성장하여 만사를 이해하실 때가 되었으매 하늘이 그 죄상을 분명하게 밝히려는 것입니다. 모든 일은 부모에게 그 원인이 있었던 것이옵니다. 그 때문에 폐하께서 세상이 어지러운 것이 어떤 죄의 결과인지도 모르시는 것이 두려워, 절대 입을 열지 않으리라 결심하고 애써 잊으려 하였던 사실을 지금 와서 아뢰는 것이옵니다."

이렇게 눈물을 흘리며 고하는 사이에 날이 밝아 고승은 퇴궁을 하였습니다.

폐하께서는 이 예사롭지 않은 악몽 같기만 한 이야기를 전해 듣고는 상심이 이만저만이 아니었습니다. 돌아가신 기리쓰보 선황이 이 일 때문에 극락왕생을 하지 못하시는 것은 아닌가 하여 불안스럽고, 또 겐지가 실은 자신의 친아버지인데 신하로 삼아 부리고 있는 것도 황송한 일이라, 이런저런 생각을 하면서 괴로운 나머지 해가 중천에 오르도록 침전에서 나오지 못하였습니다.

겐지는 폐하의 그런 모습을 전해 듣고 놀라 궁중으로 들어갔습니다.

폐하께서는 겐지의 얼굴을 대하자 한층 견딜 수 없어 눈물을 흘렸습니다. 겐지는 그런 폐하의 모습을 보고는, 돌아가신 모후가 그리워 눈물이 마를 새가 없으니 아마도 그 때문에 비탄에 젖어 있는 것이리라고 걱정하였습니다.

그날, 식부경이 돌아가셨다는 소식이 전해지니 폐하께서는 어지러운 세상을 더욱더 한탄하였습니다. 상황이 이러하여 겐지는 이조원으로 돌아가지 않고 폐하의 곁을 지켰습니다.

폐하께서는 겐지와 두런두런 이야기를 나누다가 이렇게 의논하였습니다.

"제 목숨이 이제 다하려 하는 모양입니다. 몸도 온전하지 못한데 세상마저 이렇듯 불온하니, 만사가 두렵고 불안하기만 합니다. 어머니가 살아 계실 때에는 걱정하실까 조심스러워 말을 꺼내지 못하였으나 지금은 돌아가시고 안 계시니 저는 양위를 하고 물러나 편안하게 살고 싶습니다."

"무슨 당치도 않은 말씀이십니까. 가당치 않은 생각이십니다. 세상이 불온한 것은 나라를 다스림에 그릇됨이 있어서가 아닙니다. 그 옛날 중국 현제의 시대에도 불상사가 많았고, 이 나라도 다르지 않아, 하늘이 내린 성군의 대에도 내란이 일어나곤 하였습니다. 하물며 살 만큼 산 노인이 죽을 때가 되어 죽은 것을 폐하께서 슬퍼하시다니, 아니 될 일입니다."

이렇게 하나에서 열까지 자상하게 말씀드리는데, 그 일부를 여기에 기록하는 것은 여자의 몸으로 분에 넘치는 일인 듯하여 매우 꺼려질 정도입니다.

검은 상복을 입어 평소보다 차림새가 소박해진 천황의 얼굴이 겐지와 쌍둥이처럼 꼭 닮았습니다. 천황은 지금까지도 간혹 거울을 들여다보며 그렇다는 것을 느끼고 있었으나, 고승의 이야기를 듣고부터는 새삼 겐지의 얼굴을 물끄러미 쳐다보곤 하니, 애틋한 마음을 견딜 수가 없었습니다. 비밀을 알았다는 것을 어떻게든 넌지시 털어놓아 알리고 싶은데, 아직 어린 마음에도 겐지가 크게 당황할 것이 마음에 걸리니 섣불리 말도 꺼내지 못하고 있습니다. 다만 평소와는 달리 이런저런 세상 돌아가는 이야기를 이전보다 더욱 친밀하게 하였습니다.

현명한 겐지는 폐하의 태도가 왠지 정중하고 평소와는 다른 점이 눈에 띄어 이상하다 여기면서도 설마 비밀을 속속들이 알

앉으리라고는 꿈에도 생각지 못하고 있습니다.

폐하께서는 왕명부에게 당시의 자세한 상황을 묻고 싶은 심정에 이렇게 생각합니다.

'돌아가신 모후가 그토록 굳게 지켰던 비밀인데, 왕명부에게는 내가 이미 알아버렸다는 것을 알리고 싶지는 않으나, 역사에 그런 예가 달리 있었는지 겐지에게는 넌지시 물어보고 싶구나.'

허나 그럴 기회가 없으니 학문에만 몰두하여 다양한 서적을 뒤적거리고 있습니다. 그런 서적에 따르면 중국에서는 공공연하든 비밀스럽든 제왕의 핏줄이 뒤섞이는 예가 얼마든지 많았습니다. 그러나 이 나라에서는 그런 예를 찾아보기가 힘들었습니다.

허나 설령 그런 예가 있다 하더라도 이처럼 철저하게 비밀을 지키는데, 어떻게 후세에 전해지겠는지요.

천황의 자식이 신하로 격하되었다가 납언과 대신을 거쳐 친왕으로 복귀한 후 천황의 지위에 오른 예는 참으로 많았습니다. 전례가 많으니 인품이 뛰어난 것을 이유로 하여 겐지에게 양위를 할까 하고 폐하께서는 생각이 많았습니다.

가을의 인사이동 때 겐지를 태정대신으로 임명하기로 내정한 김에, 천황은 이전부터 생각해온 양위 건을 겐지에게 귀띔하였습니다. 겐지는 고개도 들지 못할 정도로 부끄럽고 두려워, 절대 그런 일이 있어서는 안 된다고 강력하게 진언하였습니다.

"돌아가신 기리쓰보 선황은 황자들 가운데에서 저를 각별히 총애하셨으나, 그럼에도 천황의 자리를 물려주려하시지는 않았습니다. 어찌 그 뜻을 거역하고 당치도 않은 천황의 자리에 오를 수 있겠습니까. 오직 기리쓰보 선황의 정하심에 따라 신하로 조정에 몸 바쳐 일하다가, 나이가 들면 출가하여 마음 편히 근행의 나날을 보내고 싶습니다."

이렇게 겐지가 평소의 마음과 다르지 않은 말을 하니 폐하께서는 몹시 유감스럽게 생각하였습니다.

태정대신으로 임명한다는 선지가 있었으나, 겐지는 당분간은 이대로 있겠다는 생각에 그 자리를 고사하였습니다. 다만 품계는 한 단계 승진하여 우차(牛車)가 허락되니, 수레에 탄 채 궁중을 드나들 수 있게 되었습니다. 폐하께서는 아쉬움과 황송함에 역시 친왕으로 복귀하라고 권하였으나 겐지는 여전히 이런 생각을 하고 있었습니다.

'내가 친왕이 되면 폐하를 보필할 사람이 없어지지. 권중납언이 대납언으로 승진하여 우대장을 겸하고 있는데, 그가 한 단계 더 승진하면 그때에야말로 정무를 완전히 내맡기고 출가를 하여 한적한 생활을 하고 싶구나.'

또한 이리저리 생각을 해보니 폐하께 비밀이 알려진 듯하다는 직감이 들어, 돌아가신 후지쓰보를 위해서도 안된 일이고 또 폐하께서 저렇듯 괴로워하는 것도 보기가 딱하여, 대체 누가 폐하께 비밀을 누설하였을까 하고 수상히 여겼습니다.

왕명부는 갑전의 별당이 다른 곳으로 전출되자 그 방을 물려

받아 사용하고 있습니다. 겐지는 왕명부를 찾아가 물었습니다.

"혹 후지쓰보 님께서 그 비밀을 폐하께 조금이라도 말씀하신 적이 있느냐."

"절대 그런 일은 없사옵니다. 후지쓰보 님은 폐하의 귀에 그 일이 들어갈까봐 돌아가시는 날까지 노심초사하셨나이다. 허나 한편으로는 진실을 고하지 않은 탓에 자식의 도리를 다하지 못하여 부처님의 벌을 받게 되는 것은 아닐까, 하고 폐하를 걱정하며 안타까워하셨습니다."

왕명부는 이렇게 대답하였습니다. 겐지는 그 말을 듣고, 죽은 후지쓰보의 사려 깊었던 모습이 새삼 떠올라 한없이 그리워하였습니다.

전 재궁 여어는 겐지가 생각했던 대로 폐하를 지켜주는 역할에 충실하니, 폐하의 총애도 각별하였습니다. 취미도 고상하고 인품도 이상적이라 겐지는 둘도 없는 분이라 여기고 깍듯하게 보살폈습니다.

가을이 되어 여어가 이조원으로 돌아왔습니다. 침전을 반짝반짝 빛이 나도록 꾸미는 등 겐지는 마치 친아비라도 되는 듯한 태도로 여어의 뒤를 보살피고 있습니다.

가을비가 부슬부슬 내리는 앞뜰에 수줍게 피어 있는 가을꽃이 이슬에 촉촉하게 젖어 있는 풍경을 바라보자 겐지는 지난날의 육조 미야스도코로의 모습이 떠올라 소맷자락을 눈물로 적시며 여어의 방을 찾아갔습니다.

겐지는 짙은 잿빛 평상복을 상복 삼아 입고 어지러운 세상을 빌미 삼아 근행에 정진하고 있으나, 실은 후지쓰보의 붕어 때문이었습니다. 염주를 소매 속에 살짝 감추고 위엄을 갖추어 걸어가는 모습이 더없이 우아하고 아름답습니다. 겐지는 발 안으로 들어가 휘장만 사이에 두고 재궁 여어와 마주하였습니다. 여어는 중간에 시녀를 두지 않고 몸소 대응하였습니다.

"앞뜰에 가을꽃이 만발하였습니다. 올해는 정말 끔찍하고 불미한 일들이 많았는데, 때가 되니 가을꽃이 저렇듯 화사하게 피어주어 정취가 그윽합니다."

기둥에 기대앉아 이렇게 말하는 겐지의 모습이 어스름한 저녁 햇빛을 받아 한층 아름답습니다. 그 옛날 육조 미야스도코로와의 추억을 이야기하며, 예의 별궁을 찾았을 때 아쉬움에 돌아서지 못하였던 이른 새벽의 일들을 떠올리고는 깊은 감회에 젖어 있는 표정입니다.

여어도 돌아가신 어머니를 생각하며 옛날을 그리워하는 것일까요. 휘장 너머로 흐느끼는 소리가 들리니 더없이 안쓰럽고, 살짝살짝 몸을 움직이는 기척이 놀랄 만큼 기품 있고 여자답고 우아하게 느껴집니다. 겐지는 지금까지 여어의 얼굴을 한번도 보지 못한 것을 아쉬워하며 가슴 설레니, 예의 골치 아픈 버릇이 도지려는 모양입니다.

"지금까지 큰 어려움 없이 지내려면 그럴 수도 있었는데, 역시 정분에 얽힌 일을 자청하여 고생을 하였으니 상심이 끊이지 않았습니다. 이룰 수 없는 사랑을 하여 상대방의 처지를 곤란하게 만든 적도 한두 번이 아니었는데, 끝내 마음의 앙금을 풀지 못하고 가슴에 응어리를 남긴 채 헤어진 사람이 두 분 있습니다. 그 한 분은 그대의 돌아가신 어머니입니다. 어머니는 나의 무심함에 한을 품은 채 이 세상을 떠났습니다. 이야말로 내 평생 잊지 못할 통탄할 일이라고 가슴에 새기고 있는데, 이렇듯 딸인 그대와 가까이 지내면서 보살필 수 있는 것을 그나마 마음의 위로로 삼고 있으나, 나에 대한 어머니의 한은 여전하니 죽어서도 그 한을 풀지 못할까 두렵습니다."

겐지는 이렇게 한 분에 대해서만 말하고 나른 한 분에 대해서는 말이 없습니다.

"인생의 중반에 영락하여 내 그림자도 없었던 시절에, 언젠가 도읍으로 돌아가게 되면 이리도 하고 싶고 저리도 하고 싶다 생각했던 일이 지금은 하나 둘 실현되고 있습니다. 동원에 있는 하나치루사토는 의지할 데 없는 몸이라 걱정이 컸는데 지금은 편안한 세월을 보내고 있습니다. 마음씨도 고와 서로가 서로를 이해하고 지내고 있으니 실로 깔끔한 사이입니다. 나는 이렇게 도읍으로 다시 돌아와 정치를 맡고 있으나 그리 기껍지는 않습니다. 허나 지금도 마음에 품고 있는 사랑만큼은 어쩌지 못하는 성품입니다. 그대의 뒤를 보살피고 있으면서도 나의 애틋한 마음은 억누르고 있으니, 알고 있는지요. 가엾다 여겨만 주어도 얼마나 고마운 일인지 모르겠습니다."

겐지가 이렇게 말하니 여어는 뭐라 대답해야 좋을지 몰라 입을 열지 못합니다.

"역시 나를 꺼려하는 모양이로군요. 아아, 한심한지고."

겐지는 이렇게 중얼거리고 다른 화제를 꺼냈습니다.

"지금은 살아 있는 동안 이 세상에 집착을 남기지 말고 마음 편히 살면서, 훗날을 위해 근행에 정진하며 산사에서 불공이나 드리고 싶은 심정입니다. 허나 추억이 될 만한 기쁜 일이 하나도 없으니 그것이 안타깝고 아쉽습니다. 철없는 어린 딸이 있는데 성인이 될 날이 몹시 기다려집니다. 미안한 부탁이나, 내가 죽은 후에도 겐지 일족의 번영을 위해 그 딸을 지키고 보살펴줄 수 있겠는지요."

여어는 흥분한 말투로 겨우 한마디 말을 꺼내니, 그 모습이 한없이 부드럽고 매력적이라 겐지는 그저 넋을 잃고 혼곤한 기분으로 날이 저물 때까지 그곳에 머물렀습니다.

"가문의 번영은 둘째 치고, 계절따라 피고 지는 꽃과 산과 들의 풍경을, 그리고 하늘의 풍정을 즐길 수 있었으면 좋겠습니다. 사람들은 봄의 꽃 핀 숲과 가을의 물든 산과 들의 경치를 두고 우열을 가리는데, 그렇다 하여 이 계절이 가장 좋다고 공감이 가는 결정적인 판정은 없었던 것 같습니다. 중국에서는 봄꽃을 능가할 경치는 없다 여기는 듯하고, 우리나라의 옛 노래에서는 가을의 정취를 가장 칭찬하고 있습니다. 허나 그 어떤 계절이든 꽃의 색깔이며 새들의 지저귐에 우열을 가리기가 어렵습니다. 보잘것없는 나의 집 뜰에도 봄 가을 계절에 따라 서로 다른 풍경을 즐길 수 있도록 봄에 피는 꽃나무를 심고, 들판에서 가을꽃을 옮겨다 심고, 풀벌레들도 마음대로 뛰놀 수 있도록 풀어서 뭇사람들에게도 구경을 시키고 싶은데, 그대는 봄과 가을 중 어느 쪽을 좋아하는지요."

겐지가 이렇게 물으니, 여어는 대답하기 어려운 질문이라 생각하면서도 대답을 안 하기가 곤란합니다.

"겐지 님도 정하지 못하는 일을 제가 어찌 정할 수 있겠습니까. 실로 어느 쪽이 좋다 말하기 어려우나, '가을날의 저녁에는 어쩐지 그리움이 더하니'라는 옛 노래도 있듯이 가을 저녁이야말로 덧없이 돌아가신 어머니를 떠올리게 하니."

살며시 말끝을 흐리는 모습이 참으로 가련하였습니다. 겐지는 사모하는 마음을 억누르지 못하고 노래를 읊었습니다.

가을 저녁이 좋다 하니
내 사모하는 마음을 헤아려주시오
남몰래 애타하며
가을바람에
쓸쓸히 몸을 떠는 이 나를

"사모하는 마음을 억누르기 어려울 때도 있습니다."
여어는 뭐라 대답할 수 없어 무슨 소리를 하는 것인지 모르겠다는 듯이 시치미를 떼고 있습니다.

이참에 겐지는 가슴에 담고 있는 애틋한 마음과 한스러운 심정을 털어놓았겠지요. 자칫 불미스런 태도를 취할 뻔하기도 하였으나, 여어가 그런 겐지의 태도를 꺼려하는 것도 당연한 일이고 겐지 자신도 체통에 어긋나는 일이라 반성하고 한숨을 쉬고 있습니다. 그 모습이 우아하고 아름답게 보이나 여어는 그마저 성가시게 느껴졌습니다. 여어가 조금씩 안쪽으로 자리를 옮기는 듯한 기색이라 겐지는 이렇게 말하고는 돌아갔습니다.

"매정하게도 나를 꺼리는 모양이로군요. 정말 사려 깊은 분은 그런 태도를 취하지 않는 법입니다. 그러나 어찌하겠습니까. 그래도 앞으로는 나를 미워하지 마세요. 그렇지 않으면 내 마음이 괴롭습니다."

그 후에도 겐지의 몸에서 풍기던 향내가 그윽하게 남아 있으니 여어는 몸서리를 칩니다.

시녀들이 격자문을 내리면서 수군덕거립니다.

"이 깔개에서 나는 향기로운 내음. 어쩌면 이리도 하나에서 열까지 모두 갖추었을까."

"버들가지에 매화꽃과 벚꽃을 피운 듯한 사람이란 말이 있는데, 참으로 그런 분입니다. 정말 두려울 지경이에요."

겐지는 무라사키 부인이 있는 서쪽 별채로 걸음을 하고도 금방 안으로 들어가지 않고 툇마루에 비스듬히 누워 수심에 찬 표정으로 뜰을 바라보고 있습니다. 초롱을 처마 끝에 매달게 하고 시녀들을 가까이 불러 이런저런 이야기를 하게 합니다. 겐지는 이렇게 억지스런 사랑에 가슴이 메는 버릇이 아직도 남아 있었나 하고 새삼 깨달은 듯합니다.

'여어를 마음에 품다니 온당치 못한 일이로다. 하기야 돌아가신 후지쓰보 여원과의 비밀이 훨씬 죄가 크겠으나, 그때는 사려 깊지 못한 젊은 시절의 실수로 그리되었으니 신도 부처님도 용서해주실 터.'

이렇듯 스스로 냉정하게 생각하니, 역시 사랑의 여정에서도 위험한 짓을 범하지 않으려는 분별력이 이전보다 한결 깊어진 듯합니다.

한편 여어는 가을의 정취를 알고 있는 듯이 대답한 것이 못내 부끄럽고 후회스러워 홀로 착잡한 기분에 사로잡혀 있습니다. 그런데 겐지는 아무 일도 없었다는 듯 태연한 얼굴로, 평소보다 더욱 아비처럼 자상하게 처신하며 여어의 거처를 드나들었습니다.

겐지는 무라사키 부인에게 이런저런 말을 하였습니다.

"여어가 가을을 좋아하는 것도 고상한 일이고, 당신이 봄의 새벽을 좋아하는 것도 마땅한 일이니. 계절을 따라 산과 들에 피는 꽃을 빌미 삼아 관현놀이로 흥을 돋움은 어떠할지요.

공사다망한 지금의 내게는 걸맞지 않은 일이나 실은 어떻게든 공무를 피하여 느긋하게 지내고 싶소이다. 다만 그렇게 되면 당신이 따분하고 쓸쓸해하지 않을까 그것이 염려되어."

오이 산골에 있는 아카시 부인은 또 어찌 지내고 있을까 궁금하나, 처신이 자유롭지 못한 요즘은 오이까지 걸음하기가 점점 더 어려워졌습니다.

'그쪽에서는 나와의 관계를 서럽고 한심하게 여기는 듯한데, 어찌 그렇듯 몰인정한 생각을 하는 것인지. 가벼운 마음으로 도읍으로 들어와 남들처럼 살고 싶어하지는 않는 것은 역시 오만함 때문이 아닐까.'

한편으로는 이렇게 생각하면서도 역시 가엾고 안타까운 마음은 지울 수 없으니, 사가노의 불당에 불공을 드리러 간다는 빌미로 걸음을 하였습니다.

오이는 살아보면 살아볼수록 외떨어진 쓸쓸한 곳이라 그리 심각한 일이 없어도 절로 마음이 차분하게 가라앉습니다. 하물며 이렇게 어쩌다 한번 만나는 겐지와의 인연이나마 숙명이라 여기지 않을 수 없으니 아카시 부인의 심정은 메일 듯 아프기만 합니다. 겐지는 그런 아카시 부인의 마음을 무슨 말로 달래야 할지 모르니 그저 난감해할 따름입니다.

짙푸른 수풀 너머로 보이는 고기잡이배의 횃불들이 시냇물에 떠 있는 반딧불인가 싶게 보이니 그 또한 운치 있는 풍경입니다.

"그 옛날, 아카시의 물가에서 지낸 경험이 없었다면 이런 경치를 얼마나 신기해하였을지 모를 일이오."

이 말에 아카시 부인은 노래로 답하였습니다.

저 햇불을 보면
아카시 해변에 뜬
고깃배의 불빛이 떠오르니
수심이 먼먼 길을 좇아
덧없는 배다리 같은 이내 신세를
따라온 듯하여이다

"햇불도 이내 쓸쓸한 마음도 마치 그 시절만 같습니다."

그대를 향한
이내 애틋한 심정을 모르기에
물 위에 어린 햇불의 그림자처럼
그대 마음 어지러이 흔들리는 것이외다

"세상이란 괴로운 것이라 여기게 한 사람은 누구일는지요."
겐지는 오히려 원망을 늘어놓습니다.
이 무렵, 겐지는 차분히 마음이 가라앉아 있었던 때라 불당에서도 온 정성을 다하여 불공을 드리고, 평소보다 오래 머물렀습니다. 덕분에 아카시 부인의 상한 마음도 조금은 풀어진 듯 보였습니다.

나팔꽃

그 옛날 뵈온
나팔꽃의 청초함
지금도 눈동자에 새겨져 잊혀지지 않으니
그 꽃이 한창 피던 시절은
이미 지나간 것일까

◆ 겐지

가을도 지나
안개 깊은 울타리에
가련하게 휘감겨 있는
있는 듯 없는 듯 색 바랜
나를 닮은 나팔꽃이여

◆ 아사가오

🏵 제20첩 나팔꽃(朝顔)

朝顔은 '아사가오'라 읽고, 이 첩에 등장하는 여인의 이름이기도 하다. 겐지는 아버지 도원 식부경의 죽음으로 재원의 자리에서 물러난 아사가오 전 재원에게 미련을 버리지 못하고 종종 편지를 보낸다. 겐지와 아사가오 전 재원이 주고받은 노래에서 이 첩의 제목이 붙었다.

재원 아사가오는 돌아가신 아버지 식부경의 상을 치르기 위해 재원의 자리에서 물러났습니다.

겐지는 평소의 버릇대로 한번 마음을 둔 여인은 절대 잊지 않으니, 상중에 있는 아사가오에게도 종종 문안 편지를 올렸습니다.

허나 아사가오는 이전에 두 사람 사이에 있었던 일로 소문이 돌아 곤혹을 치렀던 일을 생각하며 마음을 허하지 않으니, 답신 한 장 보내지 않았습니다.

겐지는 아사가오의 그러한 태도를 몹시 아쉬워하였습니다.

구월이 되어 아사가오가 식부경의 고택인 도원으로 거처를 옮겼다는 소식이 들리자, 겐지는 그곳이 고모인 제5황녀의 거처이기도 한 것을 빌미 삼아 문안을 드리러 가는 척하며 찾아갔습니다. 기리쓰보 선황이 이 여동생을 각별히 아끼셨던 터라 겐지는 지금도 이 고모와 친밀한 관계를 이어가고 있는 듯합니다.

아사가오는 제5황녀와 같은 침전을 동과 서로 나누어 사용하고 있었습니다. 식부경이 돌아가신 지 아직 오래지 않은데, 저택은 빨리도 황폐해진 듯하니 쓸쓸한 기운이 사방에 감돌았습니다.

제5황녀는 겐지를 만나 말씀을 나누었습니다. 황녀는 노쇠한 모습으로 기침까지 콜록거립니다. 언니에 해당하는 돌아가신 태정대신의 정부인은 지금도 젊고 아름답고 훌륭한 모습을 간직하고 있는데, 이 황녀는 그분을 조금도 닮지 않았으니 목소리마저 굵고 투박합니다. 이 역시 처지가 다른 탓이겠지요.

제5황녀는 이렇게 말하였습니다.

"기리쓰보 선황께서 붕어하신 이래 매사가 불안하고 허전하였는데, 나이가 들면서 더욱 눈물이 마를 날이 없습니다. 그런데다 식부경마저 이렇듯 나를 버리고 세상을 저버리니, 있는 듯 없는 듯한 이내 신세, 마지못해 이 세상에 머물고 있사온데 이렇듯 찾아주시니 평소의 수심조차 잊혀질 듯합니다."

겐지는 이리도 늙어버린 제5황녀의 모습이 안타깝기도 하여 이렇게 말하였습니다.

"선황께서 돌아가신 후에는 세상이 예전 같지 않습니다. 나역시 있지도 않은 죄를 추궁당하여 낯선 고장으로 유랑을 떠났는데, 뜻하지 않게 조정의 부름을 받아 정무에 다시 복귀하게 되었습니다. 그 후로는 정무에 바빠 틈을 내지 못하니 찾아 뵙지도 못하고, 옛이야기를 나누지도 못하여 그 점이 늘 마음에 걸렸습니다."

제5황녀는 떨리는 목소리로 길게 얘기하였습니다.

"정말 놀랍고 사나운 일들만 많은 세상입니다. 사방을 돌아본들 무상하기만 하나 혼자 변함없는 신세로 그저 꾹 참고 살아갈 따름입니다. 공연히 오래 살아 원망스러운 일도 많은데, 겐지 님이 이렇듯 도읍으로 복귀하여 제 세상을 만나니 기쁨이 한량없습니다. 만의 하나 오늘의 이 모습을 보지 못하고 죽었더라면 얼마나 아쉬웠으랴 싶습니다.

참으로 훌륭하게 성장하셨습니다. 어렸을 때 처음 뵈었을 때도 이 세상에 이리도 아름답게 빛나는 분이 어찌 태어났으랴 싶어 놀라움이 컸는데, 그 후로 만날 때마다 날로 아름다움이 더하니, 오히려 박명하지는 않을까 불안하였습니다. 폐하께서 겐지 님을 많이 닮았다 하여 사람들이 말이 많으나 저는 폐하가 그대만 못하다 여겨집니다."

겐지는 제5황녀가 이렇듯 대놓고 하는 칭찬을 듣자 하니 뭣하여, 속으로 웃으면서 이렇게 말하였습니다.

"천한 몸으로 영락하여 기를 펴지 못하고 살았던 요 몇 년 동안 저는 볼품없이 사그라들었는데, 폐하께서는 옛사람들 중에서도 어깨를 나란히 할 자가 없다 여겨질 정도로 그 아름다움이 빼어나십니다. 지금 하신 말씀은 얼토당토아니한 과찬이십니다."

"종종 이렇게 모습을 뵈었다면 남은 날이 길지 않은 제 수명이 좀더 길어졌을 터이지요. 오늘은 그대를 뵈옵고 이내 몸의 늙음도 잊고 세상사의 슬픔도 깨끗이 잊은 듯한 기분입니다."

제5황녀는 이렇게 말하고 또 눈물을 흘립니다.

"언니가 참으로 부럽습니다. 그대 같은 분과 사위의 인연을 맺어 손자까지 얻었는데, 아직도 친밀하게 오가는 것을 보면 부럽기 짝이 없습니다. 돌아가신 식부경도 저처럼 언니를 부러워하며 그대를 사위로 맞지 못한 것을 때로 후회하셨습니다."

제5황녀의 그 말에는 겐지도 다소나마 귀를 기울이고는 원망스러운 듯이, 무슨 사연이라도 있는 듯이 말하였습니다.

"그런 인연으로 친근하게 오갈 수 있다면 지금쯤 얼마나 행복하겠습니까. 허나 돌아가신 식부경도 그러하였는데 재원조차 나를 멀리하니."

겐지는 아사가오가 있는 정원 쪽이 마음에 걸려 내다보니 앞뜰의 메마른 풀꽃의 경치가 그윽하여, 지금쯤 조용히 그 풍경을 바라볼 아사가오의 자태와 얼굴까지도 그윽하게 느껴지고 사랑스러움이 더하여, 보고 싶고 만나고 싶은 마음이 솟구치니 참기가 어려웠습니다.

"이렇게 모처럼 찾아왔는데, 재원을 보지 못하고 가면 무정하다 여겨질 터이니 아씨에게도 문안을 하여야겠습니다."

겐지는 그렇게 말하고 툇마루를 따라 아사가오가 있는 쪽으로 자리를 옮겨갔습니다.

사방은 저녁 어둠에 묻혀 어두컴컴합니다. 쥐색 테두리를 친 발 사이로 역시 검은 휘장이 비쳐 보이니 애처로움과 서글픔이 더하고, 바람을 타고 옷에 밴 아련한 향내가 풍기니 더할 나위 없이 정취가 있는 풍정입니다. 시녀인 선지가 나와 툇마루에서 맞아들이기에는 삼가 황송하여 남쪽 차양의 방으로 겐지를 모셨습니다.

"새삼스럽게 발 너머로 만나야 하다니 젊은 사람들에게나 하는 것처럼 서먹한 대접입니다. 예부터 오랜 세월 마음을 다하여 왔거늘, 그 마음고생을 알아준다면 이제는 방으로 들여줄 것이라 기대하였는데."

겐지는 이렇게 말하는데, 서운한 기색이 역력합니다.

"아버님이 살아 계셨을 적 일은 모두가 꿈속이라 여겨지는데, 그 꿈에서 깨어난 지금 오히려 모든 것이 허망하여 그런가 보옵니다. 무슨 일에나 마음을 굳게 정하지 못하니, 지금 말씀하신 그 마음고생이라 함은 천천히 생각해보렵니다."

아사가오는 선지를 통하여 이렇게 답하였습니다. 겐지는 아사가오의 말을 전해 듣고 과연 이 세상이란 허망하고 무상한 것이라 생각하지 않을 수 없었습니다.

신의 허락을 받아
그대가 자유의 몸이 되는 날을
은밀히 기다리는 오랜 동안
이렇듯 야속한 대우를
참고 견디어왔는데

"앞으로는 어떤 신의 계율을 구실로 나를 거부하려 하겠습니까. 나 역시 이런 세상에 넌더리를 낼 만한 사건도 있었으니, 그후로는 참으로 세상의 신산을 다 겪었습니다. 그 단편이나마 아무쪼록 들어주었으면 하여."

이렇게 끈질기게 청하는 태도가 전보다 한결 우아합니다. 그또한 실제 나이는 상당하나, 내대신이란 높은 신분에 어울리지 않을 만큼 젊으신 까닭이 아닌가 생각되는군요.

한번 신에게 바친 몸이니
뭇사람 같은 인연을 맺음에도
맹세를 저버린 일이라
신이 훈계하시겠지요

아사가오는 노래로 답하였습니다.

"아아, 참으로 매정한 사람이로다. 그 시절의 죄업은 바람에 실어 다 떨어버리고 말았거늘."

겐지가 이렇게 중얼거리니 그 모습에 애교가 넘쳐흐릅니다.

"'사랑치 않겠노라'고 물로써 몸을 씻고 맹세하여도 신은 받아들이지 않는다는 옛 노래도 있습니다. 그 목욕재계를 신은 어찌 보셨을지요."

선지마저 이렇게 속절없는 말을 하니 아사가오는 앉은자리가 거북하여 당혹해할 따름이었습니다.

아사가오는 애당초 남녀의 정분에 어두운 성품인데, 세월이 흘러도 마냥 신중하고 조심스러워지기만 할 뿐이라 대답조차 제대로 하지 못하는 것을 보고 시녀들은 안타까워 어찌할 줄을 모릅니다.

"문안차 들렀는데 얘기가 다른 방향으로 흐르고 말았구려. 나이를 먹으니 이렇듯 체통이 서지 않는 일도 당하는가 보오. 유례없는 사랑에 초췌해진 내 모습을 보아주기라도 할까 하였는데, 참으로 매정한 대접입니다."

겐지는 이렇게 말하고 깊은 한숨을 쉬며 자리에서 물러났습니다.

겐지가 돌아간 후 시녀들은 또 입에 침이 마르도록 겐지를 칭찬하느라 시간이 가는 줄도 몰랐습니다.

하늘이 온통 아름다운 색으로 물든 계절, 아사가오는 하늘하늘 떨어지는 잎사귀들의 희미한 소리만 들려도 지난날 애틋하였던 겐지와의 일을 추억하면서, 만날 때마다 은근하고 애틋한 정취를 풍기며 예사롭지 않은 깊은 애정을 아끼지 않았던 겐지의 마음을 떠올렸습니다.

마음을 추스르지 못하고 돌아간 겐지는 밤이 깊도록 잠을 이루지 못하고 생각에 빠져 있습니다.

이튿날 아침 일찍부터 격자문을 올리라 명하고, 아침 안개를 멍하니 바라보고 있습니다. 메마른 가을꽃 사이사이로 있는 듯

없는 듯 나팔꽃이 가련하게 피어 있습니다. 그 가운데에서 유독 물기를 잃은 꽃을 꺾어오라 하여, 아사가오에게 보냈습니다.

"어젯밤의 그 매정하고 쌀쌀맞은 대접에 더 이상 머물기가 거북하여 맥없이 돌아왔습니다. 그 뒷모습을 어떤 마음으로 보았을까 싶으니 한탄스럽기 그지없으나, 아무리 그래도 오랜 세월 동안 쌓이고 쌓인 내 사랑의 괴로움을 어여삐 여겨주지는 않을까 하고 바랍니다."

그 옛날 뵈온
나팔꽃의 청초함
지금도 눈동자에 새겨져 잊혀지지 않으니
그 꽃이 한창 피던 시절은
이미 지나간 것일까

온화하고 차분한 글귀라, 화답을 하지 않아 겐지의 애를 태우면 그 또한 멋을 모르는 일이라 여겨질까 싶어 시녀들은 벼루와 먹을 준비하였습니다.

가을도 지나
안개 깊은 울타리에
가련하게 휘감겨 있는
있는 듯 없는 듯 색 바랜

나를 닮은 나팔꽃이여

"어쩌면 이리도 내 신세를 닮은 꽃에 비유하여주셨는지요. 이
슬 같은 눈물에 젖어 있사옵니다."

아사가오의 답신은 이러하였습니다. 겐지는 딱히 세련된 구
석이 있는 것은 아닌데도 멀리하기가 어려워 하염없이 바라보
고 있습니다. 푸른빛이 감도는 쥐색 종이에 나긋나긋한 필체,
먹의 짙고 옅음이 무척이나 아름답게 보이는 모양입니다.

이렇게 노래를 주고받을 때에는 그 사람의 신분이나 필적에
담긴 결점을 절로 손질하게 됩니다. 당장은 결점이 없는 듯 보
이는 것을 자꾸 그럴싸하게 써서 전하려 하다 보니 이상하다 싶
은 점이 눈에 띄어 주제넘게 고치고 또 고치고 하여 어중간해지
는 부분도 많을 터이지요.

겐지는 새삼스럽게 옛날로 돌아가 젊은 사내처럼 사랑의 편
지를 쓰는 것은 자신에게 걸맞지 않은 일이라 생각하나, 아사가
오가 옛날부터 상대조차 해주지 않을 만큼 냉담한 것이 아닌데
도 뜻을 이루지 못한 것이 안타깝기 짝이 없으니, 끝내 포기하
지 못하고 새삼 열심히 편지를 보냅니다.

겐지는 사람의 눈을 피하여 동쪽 침전으로 걸음하여 시녀 선
지를 불러들여 의논을 합니다. 아사가오를 모시는 시녀 가운데
지체 높지 않은 사내들에게도 금방 몸을 맡기는 바람기 많은 여
자들은, 자칫 잘못을 범하지 않을까 싶을 정도로 겐지를 칭송합

니다. 허나 아사가오는 젊은 시절에도 전혀 그럴 마음이 없었을 뿐더러 지금은 더욱이 남녀 사이의 일에 관계할 나이도 입장도 아니어서, 그때마다 초목에 넌지시 비유하여 흥취를 깨뜨리지 않을 정도로만 답신을 하는 것입니다. 그렇게 하는 것마저 세상 사람들이 경솔한 처신이라 하여 입방아를 찧지는 않을까, 소문이 나지는 않을까 꺼려하니, 아사가오가 겐지와 친밀하게 지낼 기색은 전혀 없어 보입니다. 겐지는 옛날과 변함없이 자존심이 센 아사가오의 마음을 요즘 보통 여자들과는 매우 다르다 여기며 안타깝게 여깁니다.

두 사람의 이런 사이가 세상으로 흘러나가 끝내는 무라사키 부인의 귀에도 들어갔습니다.

"겐지 님께서 전 재원인 아사가오 아씨의 댁에 분주히 드나들고 있어, 제5황녀인 고모가 몹시 기뻐한다고 합니다. 과연 잘 어울리는 인연이겠지요."

'설마, 그런 일이 있었다면 내게 숨기지 아니하셨을 터인데.'

무라사키 부인은 이렇게 생각하며 겐지의 거동을 주의 깊게 살폈습니다. 아니나 다를까 겐지의 행동거지가 평소와 달리 서먹서먹하고, 마음도 다른 곳에 가 있는 듯하였습니다.

'아니, 저렇듯 마음 졸여하시는 것을 내게는 농담처럼 넌지시 얼버무렸다는 말인가.'

무라사키 부인은 겐지의 처사가 속절없어 남몰래 눈물을 흘리며 고뇌하고 한탄하였습니다.

'그 아씨는 나와 같은 황족의 피를 이어받았으나, 예로부터 세상 사람들의 성망도 높고 각별히 중히 여김을 받은 분이니, 겐지 님의 마음이 그리로 옮겨 간다면 내 얼마나 비참한 신세가 되리. 지금까지 오랜 세월 다툼을 할 자가 없을 정도로 깊은 사랑을 한 몸에 받았는데, 이제 와서 밀려나다니. 미련 없이 버리시지는 않는다 하여도, 어렸을 때부터 함께하였던 부담 없음으로 하여 오히려 나를 가벼이 여기실지도 모르겠구나.'

무라사키 부인은 이런저런 생각으로 마음이 어지러웠습니다. 겐지의 애정행각이 대수롭지 않은 경우에는 일부러 토라져 원망을 늘어놓고, 미움을 받지 않을 정도로 곰상스럽게 질투도 하고 책망도 하였으나, 지금은 마음 깊이 사무쳐 원망하니 오히려 얼굴에는 드러나지 않나 봅니다.

이 무렵, 겐지는 멍하니 바깥을 바라보며 수심에 잠겨 있는 일이 많고, 궁중에 머물며 돌아오지 않는 날도 많았습니다. 아사가오에게 편지를 쓰는 것만이 유일한 일과인 듯하니, 무라사키 부인은 그저 속절없고 원망스러워 얘기도 듣고 싶지 않은 심정이었습니다.

'역시 헛소문은 아니었구나. 그렇다면 한마디라도 넌지시 비쳐주셔도 좋았으련만.'

어느 저녁나절, 올해는 후지쓰보 모후의 상중인지라 정무가 중단되어 궁중이 고즈넉하기만 하니 따분함을 견디다 못한 겐지는 제5황녀의 댁을 찾아갔습니다.

눈발이 흩날리는 멋스런 황혼 나절에, 몇 번을 입어 적당히 부드러워진 옷가지에 평소보다 한결 짙은 향을 배이게 하고, 하루 종일 걸려 정성껏 단장한 차림새로 길을 재촉하니 그 자태가 마음 약한 여인네 같으면 당장이라도 안기고 싶을 정도로 아름답습니다.

그렇다고는 하나 무라사키 부인을 모른 체할 수는 없어서 나가는 길에 다녀오마 하는 인사를 하였습니다.

"제5황녀의 병환이 위중하다 하니 문안차 다녀오리다."

겐지가 살짝 무릎을 꿇고 말하는데도 무라사키 부인은 고개를 들려 하지 않았습니다. 어린 아씨를 어르며 못 들은 척하는 옆얼굴이 평소와는 달리 모가 나 있는 듯 보여 겐지는 이렇게 말하였습니다.

"어째 요즘은 기분이 좋지 않은 듯하구려. 나는 나쁜 짓을 하고 다니지는 않으니, 너무 오래 함께하고 익숙하여 그대가 염증을 내지는 않을까 걱정스러워 일부러 틈을 두고 있는 것이오. 그런 것을 또 괜한 억측을 하고 있는 듯싶소이다."

"익숙해진다 함은 과연 원치 않는 일도 많음이로군요."

무라사키 부인은 그렇게만 대꾸하고는 엎드리고 말았습니다. 이대로 집을 나서자니 마음이 꺼림칙하였으나, 제5황녀의 댁에는 찾아가겠노라 이미 편지를 보낸 터라 겐지는 걸음을 재촉하였습니다.

무라사키 부인은 누워서 부부 사이란 이런 예기치 않은 일도 생길 수 있는 허망한 것이거늘, 어쩌면 그리도 태평하게 지내왔을꼬, 하고 생각하였습니다.

겐지는 짙은 감색 상복 차림이나 짙고 옅은 색의 조화가 오히려 아름답고 멋들어지니, 쌓인 눈빛을 받아 더없이 우아하고 요염한 모습입니다. 무라사키 부인은 그 모습을 배웅하며 정말 이렇게 몸도 마음도 떠나가는 것은 아닐까 싶어 슬픔을 견딜 수 없었습니다.

"궁중 출입 외에는 나다니는 것도 성가신 나이가 되었구나. 지금까지는 제5황녀가 도원에서 쓸쓸히 지내는 것을 식부경의 보살핌이 있다 하여 돌아보지 않았으나, 이제 제5황녀가 앞일을 내게 부탁하는 것도 지당하고 안쓰러운 일이니."

겐지는 시녀들에게 이런 구실을 둘러대었지만 시녀들은 오히려 이렇게 수군거렸습니다.

"글쎄, 과연 어떨지요. 바람기 많은 성품이 나이가 들어서도 고쳐지지 않으니 옥의 티라 해야 할까요. 머지않아 경솔하고 남세스러운 일이 생기지 않을까 싶습니다."

사람들의 출입이 잦은 도원의 북쪽 문으로 들어가자니 처신이 가벼이 여겨질 듯하여 겐지는 수행원을 먼저 육중한 서쪽 정문으로 들여보내 제5황녀에게 인사를 여쭙게 하였습니다.

제5황녀는 설마 오늘 행차하지는 않으리라 여긴 터라 놀라

문을 열도록 하였습니다. 문지기 사내가 추운 표정으로 허둥지둥 나와 문을 열려고 하나 금방은 열리지 않았습니다. 이 사내보다 아랫것들은 없나 봅니다. 겐지는 덜컹덜컹 문을 잡아당기는데도 잘 열리지 않아 투덜거리는 사내의 목소리를 가엾다는 듯 듣고 있습니다.

"몹시 녹이 슬어 좀처럼 열리지 않사옵니다."

"바로 어제오늘 일만 같은데 벌써 나도 서른 고개를 넘고 말았구나. 세상이 이리도 무상한 줄 알면서도 버리지 못하고, 언제까지고 초목의 색에 마음을 빼앗기며 살아가고 있으니."

겐지는 절실한 마음으로 이렇게 말하며 노래를 읊었습니다.

　　어느 세월에 이 저택이
　　이렇듯 무성한 쑥에 뒤덮이고
　　내려 쌓이는 눈에 묻히고
　　울타리마저 무너지고 황폐해진
　　폐옥이 되고 말았던가

꽤 오랜 시간 덜컹덜컹 흔들고 잡아당겨 겨우 문이 열리자 겐지는 안으로 들어갔습니다.

제5황녀의 거처에서 얘기 상대를 하고 있자니 그녀는 오랜 옛이야기를 시작으로 두서없이 장황하게 얘기를 늘어놓습니다. 겐지는 별 신선한 감도 없으니 잠이 쏟아져 견딜 수가 없었습니다. 제5황녀도 간혹 하품을 하고는 이렇게 말합니다.

"초저녁인데 벌써 잠이 오니 말씀드리기도 어렵군요."

그러고는 이내 코를 골기 시작한 것인지 귀에 익지 않은 소리가 들립니다. 겐지는 다행이라 여기며 자리를 물러나려 하는데, 꽤 나이가 있음직한 자가 헛기침을 하며 가까이 다가와 자신을 밝혔습니다.

"황공하오나, 제가 이곳에 몸을 의지하고 있음을 들어 알고 계실까 여겼는데, 산 사람 축에도 끼워주시지 않으니. 돌아가신 기리쓰보 선황께서는 나를 할머님이라 부르시며 놀리곤 하였습니다."

이 사람은 겐 전시라 하여 예의 색을 좋아하던 시녀입니다. 그 후 출가하여 제5황녀 밑에서 불도에 정진하고 있다는 얘기는 들었으나, 찾아본 적이 없으니 지금까지 살아 있다는 것도 몰랐던 겐지는 그저 어처구니가 없었습니다.

"기리쓰보 선황의 시절은 벌써 옛이야기가 되고 말았으니 기억을 떠올리기조차 아득하고 서글픈데, 이렇듯 정다운 목소리를 듣게 되다니요. '부모도 없이 쓰러져 있는 나그네'라는 옛 노래가 있듯이 나를 그리 여기고 허물없이 지내주시오."

이렇게 말하며 물건에 기대어 있는 겐지의 모습에, 겐 전시는 점점 더 옛 시절을 그리워하며 요염한 몸짓을 하여 보입니다. 이가 빠져 입가가 주머니처럼 쪼그라들었는지 목소리는 마치 바람이 새는 듯한데 말투는 여전히 요염하니, 아직도 교태를 부리려 들었습니다.

"사람의 늙음을 한탄하다 보니 제 몸이 이렇듯 노쇠해버리고 말았습니다."

이런 말까지 하니 겐지는 들어줄 수가 없었습니다.

지금 갑자기 나이를 먹은 것도 아닐 터인데, 하고 생각하면서 겐지는 쓴웃음을 지었으나 생각해보면 이 여인의 신세도 처량한 것이었습니다.

'이 전시가 한창 젊은 시절 궁중에서 일할 때, 폐하의 총애를 다투었던 여어와 갱의 등의 후궁 가운데에는 이미 이 세상을 떠난 사람도 있고, 아직 살아 있기는 해도 사는 보람조차 없을 정도로 한심한 지경에 빠진 분도 있을 터. 그 가운데 특히 후지쓰보 님께서는 어찌하여 그리도 젊은 나이에 이 세상을 뒤로하였던가. 덧없고 무상한 이 세상에, 나이로 보아 남은 목숨이 길지 않고 성품도 천박하게 보였던 이 전시가 그나마 살아남아 평온하게 불도에 정진하며 지내고 있는 것을 보면 역시 만사가 덧없는 세상이로구나.'

겐지가 이런 생각을 하며 감개에 젖어 있는데, 겐 전시는 무슨 착각을 하였는지 자기 생각을 하시는가 하여 가슴이 설레니 마음마저 괜스레 젊어지는 듯하였습니다.

세월이 흘러도
그대와의 인연

잊혀질 리 있을까
할머님이라는
그대의 한마디

겐 전시가 이렇게 노래를 읊으니 겐지는 혐오스러움에 소름
이 끼쳤습니다.

다시 태어나
저세상에 가거든
기다려보구려
이 세상에서 부모를 잊는
자식이 있는지 없는지

"앞날이 믿음직스러운 인연입니다그려. 이야기는 앞으로 천
천히 나누기로 하지요."
겐지는 그렇게 말하고는 자리에서 일어났습니다.
서쪽에 있는 아사가오의 방에는 격자문이 이미 내려져 있는
데, 겐지의 방문을 폐스럽다 여기는 듯 보이면 아니 될 듯하여
한두 짝은 올린 채로 놔두었습니다.
달이 뜨고 얇게 쌓인 눈이 달빛을 받아 빛나니 봄가을보다 오
히려 운치 있는 밤 풍경입니다. 방금 전 같은, 늙은 여인의 가당
치 않은 짝사랑의 푸념이 어떤 이야기에서 흥이 깨지는 것의 예

로 나와 있었음이 떠올라 다시금 웃음이 새어 나왔습니다.

오늘 밤 겐지는 유독 진중한 말투로 아사가오를 채근하였습니다.

"한마디라도 마음에 들지 않는다 직접 말씀해주면 그것을 단념의 방편으로 삼으리오만."

'그 옛날, 서로가 아직 젊어 세상이 다소의 실수는 너그럽게 보아주었던 시절에도, 그리고 또 돌아가신 아버님이 겐지와의 혼인을 기대하였음에도 불구하고 나는 당치도 않은 일이라고 부끄러워하여 혼인 얘기조차 없던 것으로 되고 말았건만, 여자 한창 나이도 지난 지금 혼인 따위는 어울리지도 않는 이런 때에 새삼 자신의 목소리를 들려주다니, 수치스러워 견딜 수 없는 일이로구나.'

아사가오는 이렇게 생각하며 마음을 열지 않음은 물론 겐지를 정말 너무한 분이라고 원망하였습니다.

그렇다고 체통을 구길 정도로 창피를 주어 내쫓지는 않고 일단은 시녀를 중개로 대답은 하는 터라, 오히려 겐지의 마음은 답답하기 이를 데 없었습니다.

밤도 깊어 바람이 몰아치니, 겐지는 불안하고 허전한 마음에 흐르는 눈물을 우아하게 닦으며 노래를 읊었습니다.

그 옛날과 변함없는 매정함에도
단념하지 못하는 애타는 마음

지금도 여전히 타오르나
　　원망하는 처량함만 더하여
　　내 마음 한층 괴로우니

"이 역시 내 마음 탓이오만."
이렇게 겐지의 말투는 점점 열기를 띠어갔습니다.
"지당하신 말씀이옵니다. 너무도 딱하여 보기가 민망하옵
니다."
곁을 지키는 시녀들은 이렇게 말하였습니다.

　　지금 와서 어찌
　　마음을 바꿀 수 있으리오
　　처음에는 거부해놓고
　　마음이 변하여 사내의 품을 찾는
　　그런 여인 흉내는 견딜 수 없으니

"옛 마음을 바꾸는 따위 제게는 익숙한 일이 아니오라."
아사가오의 대답은 한결같았습니다.
겐지는 어쩔 도리가 없어 푸념을 늘어놓으며 자리에서 일어
나기는 하였으나, 그 처사가 어른스럽지 못한 듯하여 다음과 같
이 말하고는, 선지에게도 열심히 귀엣말을 하니 과연 어떤 얘기
일는지요.

"참으로 나의 추태가 세상의 웃음거리가 되겠구나. 다른 사람들에게는 절대 말해서는 아니 된다. '남들에게는 글쎄 모르오라고 말해다오 내 이름을 밝히지 말아다오'라는 노래를 예로 들어 부탁하기도 뻔뻔스럽게 여겨지나, 그 노래는 나와 달리 두 사람이 인연을 맺은 후에 읊은 것이니."

시녀들은 입을 모아 이렇게 말합니다.

"정말 딱한 일입니다. 어째서 아씨는 저렇듯 고집스럽고 매정하게만 구시는 것인지요. 겐지 님은 결코 경솔하고 체통 없는 일을 저지를 분이 아니신 듯한데."

시녀들의 말대로 그 훌륭한 인품이나 넘치는 매력을 아사가오가 모르는 것은 아니나, 이런저런 생각을 하고는 끝내 마음을 굳혔습니다.

'그 진정한 속내를 아는 듯한 태도를 보이며 무턱대고 겐지 님을 칭송하는 세상의 많은 여인들과 같게 여겨지고 싶지는 않구나. 또 만의 하나 그리하면 내 쪽의 천박한 속마음을 꿰뚫어 보게 될 것이니. 무슨 일에든 내 쪽이 부끄러울 정도로 훌륭한 분이신 것을. 그런데다 사모하고 있는 듯 친밀한 태도를 보여봐야 부질없는 짓이니 앞으로도 마음이 상하지 않을 정도로만 적당히 화답을 써서 보내고, 시녀를 통하여 얘기를 나눌 때도 실례가 되지 않도록 조심조심 관계를 이어나가도록 해야겠어. 이제는 오랜 세월 재원으로 신을 모시느라 불도에서 멀어졌던 죗값을 치르기 위해서라도 근행에 정진하리라.'

그러면서도 겐지와의 만남을 딱 끊어버리듯 처신하는 것은 도리어 궁금증을 더하게 하고 사람들의 입방아에 오를 일이라고, 세상 사람들의 입을 염려하고 있습니다. 아사가오는 가까이에서 아씨를 모시는 시녀에게도 마음을 허락지 않고 조심 또 조심하는 한편으로 오직 근행에만 마음을 쏟았습니다.

아사가오는 형제들은 많으나 모두 같은배에서 태어난 것이 아니기에 서먹하게만 지내니 저택은 쓸쓸하고 하루가 다르게 쇠퇴할 뿐입니다. 그 점에 대해서도 저렇듯 훌륭한 겐지가 열렬하게 마음을 쏟고 있으니, 시녀들은 마음을 합하여 겐지 편을 들고 있습니다. 누구든 바라는 것은 마찬가지인가 봅니다.

겐지는 함부로 짜증을 내지는 않으나, 아가사오 아씨의 박정한 태도가 분하여 그대로 물러나기에는 다소 부아가 치밀었습니다.

한편 겐지는 인품이나 성망도 더할 나위 없고, 만사 분별력도 있는데다 자잘한 인정에도 정통하여 젊은 시절보다 많은 경험을 쌓았다고 생각하고 있습니다. 그러니만큼 새삼스레 바람을 피워 뭇사람들의 따가운 눈총을 받는 것은 꺼리나, 그러면서도 마음이 어지러운 것은 마찬가지였습니다.

"이 사랑을 이루지 못하면 세상 사람들의 웃음거리가 될 것이 뻔하니 어찌하면 좋을꼬."

그런 사연이 있어 이조원의 무라사키 부인도 찾지 않는 밤이 잦았습니다. 무라사키 부인은 이를 한때의 불장난이라 여길 수는 없으니, 참고는 있지만 눈물을 흘리는 때도 있었습니다.

"어째 평소와 달리 보이시니 무슨 수심이라도 있소이까?"

겐지가 이렇게 묻고는 무라사키 부인의 머리칼을 쓰다듬는데 그 모습이 그림으로 그리고 싶을 만큼 아름답습니다.

"후지쓰보 모후가 돌아가신 후에 폐하께서 무척이나 적적해하시니 가엾어서 볼 수가 없구려. 태정대신도 돌아가시고 없으니 정무를 맡길 사람이 없어 분주하기 이를 데 없습니다. 그런 탓에 요즘 들어 종종 집을 비웠으니 지금까지 없었던 일이라 하여 원망하는 것도 당연하고 애처로운 일이기는 하나, 안심하시구려. 그대는 이미 어른이 되었는데도 아직은 마음씀씀이가 넉넉지 않아 내 마음도 옳게 알아주지 않으니, 그것이 또한 사랑스럽구려."

겐지는 이렇게 말하며 눈물에 젖어 이마에 엉겨 붙어 있는 부인의 앞머리를 가지런히 만져주었습니다. 허나 무라사키 부인은 고개를 돌린 채 입도 벙긋하지 않습니다.

"이렇게 어린애처럼 사람의 말을 알아듣지 못하니, 대체 누가 그대에게 예의를 가르쳤는지 모르겠구려."

겐지는 말은 이렇게 하면서도 이 무상하고 수심에 찬 세상에서 사랑하는 사람에게 이토록 미움을 받으니 한심하고 허황하여 상심에 잠겼습니다.

"전 재원에게 별 생각 없이 한 말을 혹 오해하고 있는 것은 아니오. 만의 하나 그렇다면 그것은 정말 착각입니다. 시간이 흐르면 절로 알게 될 일, 그분은 옛날부터 남녀 사이의 일에는 관심이 없는 성품이라, 마음이 적적할 때 연문 비슷한 편지를 써서 보내 난감하게 하면 그쪽도 따분하게 지내는지라 간혹 답장을 보내 주었지만, 물론 진심은 아니었소. 사실이 이러한데 그대에게 넋두리를 할 일이 아니잖소. 걱정할 일은 아무것도 없으니 마음을 푸시구려."

겐지는 하루 종일 이렇게 무라사키 부인을 달래었습니다.

눈이 한참을 내려 쌓였는데 지금도 눈발이 흩날리니 눈옷을 입은 소나무와 대나무의 차이가 각기 흥미로워 보이는 저녁나절, 겐지의 얼굴과 모습 역시 한결 빛나 보입니다.

"철철이 다른 사계절 가운데에서도 사람의 마음을 유혹하는 벚꽃이 피고 단풍이 드는 계절보다 눈에 반사되는 투명한 달빛으로 보는 겨울 밤하늘의 정경, 신비로운 무채색의 세계가 마음에 저미어 내세의 일까지 생각하게 되니 그 정취가 한이 없구나. 겨울의 달밤을 무미건조한 정경의 예로 남긴 사람의 마음은 참으로 천박했는가 보다."

겐지는 이렇게 말하고 발을 걷어 올리라 명하였습니다.

달빛이 온 사방을 비추어 세상이 온통 하얀 가운데, 앞뜰의 메마른 초목은 애처롭고, 흐르는 물도 얼어붙어 물소리가 흐느낌처럼 들리고, 얼어붙은 연못 또한 형용할 길 없이 황량합니다.

겐지는 여동들을 뜰로 불러내어 눈사람을 만들라 일렀습니다. 그 아이들의 귀여운 모습과 머리 모양이 달빛 속에 영롱하고, 몸집이 크고 조숙한 아이들은 색깔도 알록달록한 홑옷을 아무렇게나 걸치고 치마의 허리띠마저 느슨하게 묶은 편안한 평상복 차림이 오히려 달밤의 정취에 어울리니, 홑옷 자락 사이로 길게 늘어진 검은 머리카락이 하얀 눈에 선명하게 도드라져 보입니다. 어린아이들은 어린애답게 신나게 뛰어다니면서 부채를 떨어뜨리는가 하면, 놀이에 여념 없는 모습이 사뭇 귀엽게 보입니다.

눈덩이를 더욱 크게 만들려고 욕심을 부려 굴리다 보니 더 이상 움직이지 않아 어쩔 줄을 모르는 아이도 있고, 동쪽 툇마루에 나와 앉아 뜰에서 눈덩이를 굴리느라 쩔쩔매는 아이들을 보면서 안달하고 웃는 아이들도 있습니다.

"지난해, 후지쓰보 중궁의 정원에서도 설산을 만들었소이다. 예로부터 겨울이면 종종 즐겼던 흔한 놀이인데, 그런 사소한 놀이에도 그 댁에서는 갖가지 새로운 흥밋거리를 마련해놓곤 하였습니다. 무슨 일이 있을 때마다 후지쓰보 중궁의 죽음이 안타깝고 아쉽구려.

후지쓰보 중궁은 내게는 늘 거리를 두고 대하셨기에, 그 모습을 가까이서 뵌 적은 없으나 궁중에서 생활하실 때에는 나를 마음을 허락한 후견인이라 여겨주셨소이다. 나 역시 중궁을 의지하여 일이 있을 때마다 의논을 드렸지요. 그런 때도 드러나게 재녀임을 뽐내는 일은 없었으나 늘 의논한 보람이 있었고, 아주

사소한 일이라도 내가 만족할 수 있도록 조처하여주었소이다. 이 세상에 그토록 훌륭하신 분이 또 있겠습니까. 여인네다운 부드러움과 조심스러움 속에 높은 교양이 담겨 있었으니 그만한 분이 없었습니다.

그대는 후지쓰보 중궁의 피를 이어받아 많이 닮은 듯하면서도 질투심이 많아 때로 곤혹스러운 일이 있으니 성정이 강한 것이 탈이구려. 아사가오 아씨의 성품 역시 후지쓰보 중궁과는 다른데, 마음이 적적할 때 딱히 용건이 없어도 편지를 주고받으며 마음을 달랠 수 있는 사람은 이제 그 아씨밖에 남지 않았소이다."

겐지의 이런 말을 들은 무라사키 부인은 이렇게 물었습니다.

"오보로즈키요 상시야말로 총명하고 교양이 뛰어난 훌륭한 분이라 들었습니다. 가벼운 처신과는 인연이 없는 성품이었는데, 어쩌다가 그런 이상한 일이 있었는지요?"

"지당한 말씀이구려. 용모가 수려하고 아름다운 여인의 예로 그 분을 꼽지 않을 수 없겠지요. 나 역시 그분에 대해서는 참으로 죄송스러운 일을 하였다고 후회할 때가 많습니다. 하물며 바람기가 많은 사내들은 나이를 먹으면서 얼마나 후회하는 일이 많겠소이까. 뭇사람과는 비교도 안 될 정도로 침착하다 여겼던 나조차 그러하였으니."

겐지는 이렇게 대답하면서 오보로즈키요의 신세를 위해서라도 약간의 눈물을 흘렸습니다.

"그대가 사람으로 여기지도 않는 아카시 부인도 신분에 걸맞지 않게 사람의 도리를 익히 알고 있는 듯하나, 애당초 신분을 따지자면 다른 사람들과 동렬로 취급할 수 없는 터라 나는 그 센 자존심 따위 문제로도 여기지 않습니다. 그래도 전혀 취할 것이 없는 여인은 아직 만나본 적이 없소이다. 그렇다고 남들보다 뛰어난 기량을 지닌 여인이 흔치도 않은 듯싶습니다. 동원에서 외로이 살고 있는 하나치루사토는 성품이 예전과 변함이 없으니 갸륵할 따름입니다. 도저히 흉내낼 수 없을 정도지요. 성품이 참으로 고와 마음에 품고 뒤를 살피기 시작한 이래, 지금까지 한결같은 마음과 조심스러운 태도로 지내오고 있습니다. 지금은 이미 서로가 떨어질 수 없는 사이가 되었으니, 깊이 사랑하고 있습니다."

이렇게 옛이야기와 작금의 이야기로 밤은 깊어만 갔습니다.

점차 청명해지는 달빛이 소리없이 아름답게 빛나고 있습니다.

돌 사이로 흐르던 물은
얼어붙은 얼음에 갇혀
갈 길을 찾지 못하는데
하늘에 빛나는 달빛은
고임 없이 흘러가는구나

이렇게 노래를 읊고는 하늘을 올려다보며 고개를 갸우뚱하고 있는 무라사키 부인의 모습은 비할 사람 없이 사랑스럽습니다. 머리 모양과 얼굴의 윤곽이 애가 타도록 그리운 후지쓰보의 모습이 아닐까 싶을 정도로 아름다우니, 잠시 아사가오에게 빼앗겼던 마음이 다시금 무라사키 부인에게로 되돌아오게 되겠지요.

그때 연못에서 원앙이 우는 소리가 들리니, 겐지는 이런 노래를 지어 읊었습니다.

눈 내리는 밤
그리운 옛 추억이 무수히 떠오르는데
한결 정취를 더하는 것은
연못에 다정하게 떠 있는
원앙의 울음소리런가

겐지는 침소에 들어서도 은근한 마음으로 후지쓰보를 그리워하면서 잠에 들었습니다.

꿈인 듯 생시인 듯 후지쓰보 중궁의 모습이 환영처럼 나타났습니다. 허나 후지쓰보는 매우 원망스러운 표정으로 이렇게 말하였습니다.

"다른 사람에게는 흘리지 않겠노라 그토록 맹세하였건만, 끝내 염문을 퍼뜨리고 말았으니 이 몸 부끄러워 명계에서도 괴로움에 시달리고 있습니다. 참으로 야속하고 한스러운 일입니다."

겐지가 대답을 하려는데 무언가가 덮치는 듯한 느낌이 들면서 숨이 막힐 듯 답답하였습니다.

"어찌 된 일입니까. 이렇게 떨고 계시니."

겐지는 무라사키 부인의 목소리에 간신히 눈을 떴습니다. 마저 꿈을 꾸지 못한 것이 말할 수 없이 아쉽고 심장이 두근거려 어찌할 바를 모르니, 그저 가슴을 가만히 누르고 마음을 진정시키자 눈물이 넘쳐흘렀습니다. 지금도 하염없이 눈물을 흘리니, 무라사키 부인은 어찌 된 일인가 하여 걱정을 하나, 겐지는 옆에서 꼼짝도 하지 않고 누워만 있습니다.

편안한 잠 이루지 못하고
한겨울의 깊은 밤에 눈을 뜬 쓸쓸함이여
마저 꾸지 못한 꿈의 짧음에
아직도 번뇌에서 헤어나지 못하는
내 가슴

겐지는 이렇게 노래를 지으니, 한순간의 꿈에서 보고 싶은 님을 본 탓에 오히려 채워지지 않는 마음이 서글퍼 한없이 후지쓰보 여원을 그리워합니다.

이튿날 아침 일찌감치 일어나, 누구라고 밝히지는 않고 온 사방의 절에 후지쓰보 여원의 명복을 비는 공양을 위한 독경을 의뢰하였습니다. 겐지는 후지쓰보 여원이 꿈에 나타나 명계에서 괴로움에 시달리고 있다고 원망을 한 것은 진정 그 원한이 컸기 때문이라 생각하였습니다. 살아 계실 때는 근행에 정진하여 죄업을 던 것처럼 보였는데, 그 단 한 가지 비밀 탓에 아직도 이승의 때를 씻지 못하는 것일까요. 곰곰이 사리를 따져 깊이 생각하자 어찌할 도리가 없고 슬퍼서 견딜 수가 없으니, 무슨 짓을 해서라도 아는 이 하나 없는 명계에서 헤매는 후지쓰보 여원을 찾아 죄업을 대신 짊어지고 싶다고 진심으로 생각하고 수심에 차 있습니다.

후지쓰보 여원을 위하여 드러나게 법회를 열면 세상 사람들이 괴이쩍게 여길 터이고 폐하께서도 마음을 쓸 터이니, 공연한 걱정을 끼칠 수 있으리라 심려한 겐지는 그저 한마음으로 아미타불을 읊조리고 있습니다. 내세에서는 같은 연꽃 위에 태어나게 해주기를 발원하며 다음과 같은 노래를 지으니, 참으로 딱한 일이 아닐 수 없습니다.

죽은 사람이 못내 그리워
저승까지 찾아가본들
그 사람의 모습조차 보이지 않는
삼도천 강가에서
헤매다 지쳐버릴 터

무희

◆ 겐지

그 옛날 앳된 무희였던 그대여
지금은 세월이 흘러
나이를 많이 먹었을 터이지요
소맷자락 나부끼며 천녀처럼 춤추었던 그대의
옛 친구였던 나 역시 이리 나이를 먹었으니

◆ 유기리

빛나는 햇살에
또렷이 드러났겠지요
고세치의 무희인 그대가
하늘 선녀의 소맷자락을 나부끼며
춤추는 그 모습에
빼앗긴 내 마음이

❀ 제21첩 무희(乙女)

고세치의 연회에서 춤을 추는 무희를 뜻하는 노랫말이다. 겐지가 쓰쿠시로 내려
간 고세치에게 보낸 노래와 유기리가 역시 무희인 고레미쓰의 딸에게 보낸 노래에
서 이 첩의 제목이 붙었다.

새해가 열리고 후지쓰보 중궁의 일주기도 지나자 사람들은 상복을 벗었습니다. 사월에 접어들어 옷을 갈아입을 철이 되자 화사한 차림이 눈에 띄고, 가모의 접시꽃 축제 무렵에는 파란 하늘을 배경으로 한 경치가 상쾌하기 그지없었습니다. 그런데 전 재원인 아사가오만은 쓸쓸한 표정으로 상심에 잠겨 있습니다. 젊은 시녀들은 앞뜰의 계수나무 새 잎 사이로 부는 향기로운 바람을 맞으며 아사가오가 재원으로 있었던 옛일을 이리저리 생각합니다. 마침 그때 겐지의 문안 편지가 도착하였습니다.

"올 계의 날에는 재원이던 시절에 비하면 얼마나 편안한 마음으로 지내겠는지요."

뜻하지 않은 일이구려
다다스 강가에서 재원의 계를 치른 그대가
다시금 돌아온 오늘
아버지의 상복을 벗는

계를 치르게 될 줄이야

보라색 종이에 써서 정식 서편의 예를 갖춰 등나무꽃에 달려 있었습니다. 때가 때인지라 아사가오는 절절한 마음으로 답신을 썼습니다.

아버지의 죽음을 위해
상복을 입은 것이 엊그제 같은데
오늘 벌써
그 상복을 벗는 계를 치르기 위해
강가에 서게 되다니
아, 돌고 도는 세월의 빠름이여

"이 세상이 참으로 허망하옵니다."
노래와 함께 이렇게만 씌어 있는 편지를 겐지는 늘 그러하듯 애틋하고 그리운 마음으로 한참이나 들여다보았습니다.
아사가오가 상복을 벗을 때, 겐지는 시녀 선지를 통해 자신의 마음이 담긴 갖가지 옷들을 선물로 보냈습니다. 미처 놓을 곳이 없을 정도였으니, 아사가오는 남 보기가 민망한 일이라며 난감해하였습니다. 그러나 선지는 오히려 반색을 하는 기색입니다.
"속내가 있는 야릇한 편지라도 들어 있다면야 구실이라도 둘러대 돌려드리겠으나, 지금까지 일이 있을 때마다 선물을 받아

왔고, 이번에도 진중한 문안 편지밖에 없으니 무슨 빌미로 돌려드리겠습니까."

제5황녀에게도 때를 맞춰 문안 편지가 도착하니, 황녀는 매우 감동하여 이렇게 칭송하였습니다.

"바로 어제까지만 해도 겐지 님을 어린애라고만 여겼거늘 언제 이렇듯 훌륭한 어른이 되셨는고. 잊지 않고 문안 편지까지 보내주시다니. 용모도 수려한데 마음씨까지 이렇듯 고운 어른으로 성장하셨구나."

시녀들은 겐지의 속셈은 아사가오에게 있는 것을, 하면서 우스워하였습니다.

"겐지 님이 이렇듯 정중하게 문안 편지를 보내주시는 그 마음은 비단 오늘 시작된 것이 아닙니다. 돌아가신 아버님도 그분이 다른 집과 인연을 맺자 당신이 사위로 맞아 보살피지 못한 것이 못내 아쉬워, '나는 그럴 생각으로 있었는데, 당사자가 고집을 부려 상대도 하지 않았다'고 몇 번이나 말씀하시며 안타까워하셨습니다. 그래도 돌아가신 태정대신의 딸인 아오이 부인이 살아 계시는 동안에는 그 어머니인 나의 언니가 어찌 여길까 안쓰러워 나 역시 아무 말 않고 지냈습니다. 하지만 지금은 버젓한 정부인이 돌아가셨으니, 아버님의 소원대로 그대가 겐지의 정부인이 되어도 아무 상관없지 않을까 싶은 생각이 듭니다. 겐지 님이 이렇듯 옛날과 변함없는 마음으로 열심히 구혼을 하고 있으니, 이 또한 전생의 인연이 아닐까 싶습니다."

제5황녀가 이렇게 고풍스러운 말투로 권하니, 아사가오는 몹시 불쾌하여 다시금 말 붙일 여지도 없이 말하였습니다.

"돌아가신 아버님도 고집스러운 딸이라 여기셨는데, 지금 와서 새삼스럽게 세상의 상식에 맞추는 것도 앞뒤가 맞지 않는 듯합니다."

이런 말을 들으니 제5황녀는 더 이상 억지로 권하지 못합니다.

이 집에서 부리는 사람들도 신분의 높고 낮음을 막론하고 모두들 겐지를 편들고 있으니, 아사가오는 언제 시녀들이 중개를 하여 겐지를 끌어들이지 않을까 노심초사하였습니다.

물론 겐지 자신도 성의를 다하여 깊고도 진실된 애정을 보이면서 아사가오의 마음이 누그러지기를 간절하게 기다리고 있습니다. 아사가오가 염려하는 것처럼 억지로 그 마음을 짓밟으려는 생각은 꿈에도 없는 듯 보입니다.

겐지는 돌아가신 태정대신의 딸 아오이 부인이 남기고 간 아들 유기리의 성인식을 일찌감치 치르려 서두르고 있습니다. 처음에는 이조원에서 치르려 하였으나, 외조모인 아오이 부인의 어머니가 손자의 성인식을 무척이나 보고 싶어하는 것도 지당한 일이라 안쓰러운 마음에, 역시 아들이 자란 삼조 태정대신의 댁에서 치르기로 하였습니다.

아들의 삼촌에 해당하는 두중장은 지금 대납언 우대장으로 승진하였습니다. 그밖의 친인척들도 모두 천황의 신임이 각별히 두터운 상달부들이라, 앞을 다투어 식에 필요한 준비에 만전을 기하였습니다. 온 세상이 그 소문으로 떠들썩하니, 준비하는 과정 자체도 위세등등하고 호화로운가 봅니다.

겐지는 어린 아들을 처음에는 4위로 정하려 하였고 세상 사람들도 그리할 것이라고 여겼는데, 아들이 아직 어린데다 아무리 마음대로 휘두를 수 있는 세상이라지만 자식을 높은 자리에 덜컥 올려놓는 것이 오히려 예사로운 일은 아니지 않은가 싶은 생각에, 4위에 올리는 것을 그만두기로 마음먹었습니다.

손자가 6위의 예복인 옥색 포를 입고 궁중으로 돌아가는 모습을 보니 외조모는 겐지의 처사가 너무하다며 몹시 불만스러워하니, 이 또한 당연하고도 정말 안된 일이지요.

겐지를 만났을 때 외조모가 이 건에 대해 너무도 뜻밖이었노라 진정하자 겐지는 조목조목 설명을 하였습니다.

"이렇게 일찍 성인식을 치러 굳이 어른 취급을 하지 않아도 좋은 것을, 생각하는 바가 있어 그리하였습니다. 대학료로 보내어 한동안 공부에 정진케 하려고 합니다. 이삼 년 허송세월을 하는 듯이 보일지도 모르겠으나, 굳이 먼 길을 돌아 번듯하게 학문을 익혀 조정에 도움이 될 수 있다면 절로 큰 인물이 될 것입니다. 저는 궁중 깊은 곳에서 자라면서 아버님 곁만 지켰기에 그저 한서만 끄적거리는 정도로 공부하여 세상 물정도 잘 모릅니다. 다만 황공하옵게도 선황께 직접 가르침을 받기는 하였으나, 폭넓은 경험을 쌓기 전까지는 학문을 할 때든 악기 연습을 할 때든 미숙하고 역부족인 점이 많았습니다.

아무리 영리한 자식이라도 어리석은 아비를 능가하기는 어렵습니다. 하물며 그 자손 대로 내려가면 교양의 차이가 벌어지니, 그 장래가 어찌 될지 실로 염려스러워 어렸을 때부터 학문을 익히게 하고자 그런 조처를 취한 것입니다. 공달로 태어나뜻하는 대로 어려움 없이 승진을 하다 보면 세상의 권세를 거머쥐었다 우쭐하여 거들먹거리기가 일쑤이니, 그렇게 된 연후에는 학문을 하겠노라 고생을 하고 싶어하지 않는 법입니다. 노는것만 터득하였는데 고위고관으로 승진한다면, 시류에 흔들리는세상 사람들은 속으로는 바보 취급하면서도 겉으로는 비위를맞추고 따르게 될 것입니다. 그나마 그럴 때는 한몫하는 인물인듯 여겨지기도 하고 당당하게 지내는 듯 보이기도 하나, 세월이바뀌어 의지할 사람이 먼저 세상을 뜨면 하루아침에 영락하여,사람들에게 경멸을 당하여도 의지할 사람 하나 없는 비참한 신세가 되고 맙니다. 사정이 그러하니, 만의 하나 그런 때에도 학문의 기초가 훌륭하게 다져져 있다면 실무에도 응용할 수 있고정치가로서의 능력도 유감없이 발휘할 수 있을 것 아니겠습니까. 당장은 답답하더라도 장차 나라의 귀중한 인재가 되기 위해교양을 쌓아두면 제가 죽은 후에도 큰 염려는 없을 것이라 생각됩니다. 지금은 아직 어려 철이 없으나 제가 이렇게 살아 있는이상, 대학료에서도 가난뱅이 서생이라고 조롱하는 이는 없을것이라 생각됩니다."

외조모는 긴 한숨을 내쉬며 겐지에게 그렇게 깊은 뜻이 있는 줄 몰랐다며 얘기합니다.

"과연 아비로서 앞으로 내다보고 그렇게 생각하시는 것도 당연한 일이겠지요. 하지만 우대장 역시 전례가 없는 일이라며 이상히 여기고 있는 듯합니다. 본인 역시 어린 마음에도 몹시 분해하는 듯하였고. 지금까지는 우대장이나 좌위문독의 자식들을 자기보다 아랫것이라 얕잡아 보았는데, 그 사촌형제들은 모두 승진하여 제 한몫을 하는데 혼자만 6위의 옥색 포를 입고 있으니 실망스럽고 상심한 듯하여 가엾으니, 보고 있기가 민망합니다."

"벌써 어엿한 어른이 된 기분으로 불평을 하는 모양이로군요. 참으로 철이 없습니다. 그 정도로 아직 어리다는 뜻이 아니겠습니까."

겐지는 웃으면서 이렇게 말하고, 그런 아들을 더없이 사랑스럽다 여겼습니다.

"학문을 익혀 조금 더 사리에 밝게 되면 그런 원망은 자연히 해소가 되겠지요."

이조원에서 대학료의 규칙에 따라 겐지의 아들 유기리에게 중국식 자를 내리는 의식이 거행되었습니다. 동쪽 별채를 식장으로 꾸몄습니다.

평소에는 좀처럼 보기 어려운 의식인지라 상달부와 전상인들이 앞을 다투어 모여들었습니다. 대학의 박사들은 이런 광경을 보면 오히려 주눅이 들겠지요.

"괜스레 사양하고 조심할 것 없으니 예법에 따라 엄격하게 집행해주시오."

겐지가 이렇게 명하니, 박사들은 빌려 입은 옷이 몸에 맞지 않아 볼품이 없는 것도 부끄러워하지 않고, 애써 태연하고 근엄한 표정과 목소리로 처신하였습니다. 정해진 자리에 줄지어 앉는 예법을 비롯해서 모든 것이 전에 본 적 없는 기이한 풍경입니다.

젊은 공달들은 웃음을 참지 못합니다. 실은 경솔하게 실소를 하지 않도록 나이가 지긋하고 침착한 사람들만 선별하여 술을 따르는 역할 등을 맡겼으나, 평소와는 다른 연석이라서 그런지 우대장과 민부경마저 긴장을 하고 술잔을 받았습니다. 박사들은 흥이 깨질 정도로 엄격하게 이들의 흠을 잡아 이렇게 꾸짖었습니다.

"의식에 참여한 분들께서 실로 무례하기 짝이 없으시군요. 이렇듯 저명한 우리들을 알아보지도 못하는데 용케 조정 일에 임하고 계십니다. 참으로 한심한 일이오."

사람들은 참을 수 없어 웃음을 터뜨렸습니다. 그러자 박사들이 또 으름장을 놓으니 정말 재미있는 광경입니다.

"시끄럽소이다. 엄숙히 하시오. 그렇지 않으면 퇴장을 하시든지요."

의식을 처음 구경하는 사람들은 신기하고 재미있어 하였고, 대학료 출신으로 입신한 상달부들은 자랑스럽게 미소를 지으면서, 겐지가 이렇듯 학문을 중히 여겨 아들을 대학료에서 수업하게 한 것을 바람직한 견식이라 칭찬하며 깊은 존경을 표하였습니다.

박사들은 동석한 자들이 조금이라도 시끄럽게 하면 제지하고, 예절을 모른다고 혼을 내었습니다. 큰 소리로 성가시도록 꾸짖었던 박사들의 얼굴이 밤이 되자 환하게 타오르는 횃불의 빛을 받아 여흥에 등장하는 광대처럼 우스꽝스럽고 볼품없으니, 실로 갖가지가 기이할 따름입니다.

"나처럼 예의를 모르고 융통성도 없는 인간이 자리에 나가 앉아 있었다가는 혼쭐이 나 어찌할 바를 모를 터이니."

겐지는 이렇게 말하고 발 안으로 들어가 식을 관람하였습니다.

대학료 학생들이 자리가 부족하여 미처 앉지 못하고 돌아가기도 했다는 소식을 들은 겐지는 그들을 연못가에 마련된 방으로 불러 모으고 각별히 답례품을 하사하였습니다.

겐지는 또 의식이 끝나 퇴장하려는 박사와 한문과 시에 능한 사람들을 불러 한시회를 베풀었습니다. 상달부와 전상인 가운데에서도 한시문에 조예가 깊은 사람들은 모두 그 자리에 참여하도록 하였습니다. 박사들은 오언율시를, 겐지를 비롯하여 전문가가 아닌 사람들은 절구를 지었습니다.

문장박사가 운치 있는 시제 글귀를 골라 제출하였습니다.

여름날의 밤은 짧으니, 날이 밝을 무렵에야 모두 지은 시를 피로하였습니다. 좌중변이 시를 읊는 강사 역할을 맡았습니다. 이 사람은 용모가 수려할뿐더러 목소리도 묵직하여 웅장하게 읊어나가는 모습이 참으로 보기에 좋았습니다. 또한 세상의 신망도 각별히 두터운 학자였습니다.

고귀한 가문에서 태어나 세상의 영화를 다 누릴 수 있는 신분임에도, 반딧불을 벗 삼고 나뭇가지에 쌓인 눈을 가까이하며 학문에 정진하였다는 옛사람들의 각고의 노력을 본받은 결심이 얼마나 훌륭한 일인지를 고사를 예로 들어 칭송한 시가 대부분이었습니다.

시구들이 한결같이 빼어나니 본고장인 중국으로 가져가 피로하고 싶을 정도의 작품이었다고, 당시 세간에서는 칭찬이 자자하였다고 하는군요.

겐지의 작품 또한 두말할 필요가 없습니다. 자식을 향한 아비의 애정이 듬뿍 담겨 있어, 그 감동이 이루 말로 다할 수 없으니 사람들은 감격의 눈물을 흘리며 입을 모아 낭송하고 또 칭송하였습니다. 여인의 몸으로 잘 알지도 못하는 한시를 읊조리는 것은 주제넘는 일이라 조심스러우니, 이 자리에는 굳이 쓰지 않으려 합니다.

이어 입학 의식이 거행되었습니다. 이조원의 동원에 유기리의 학문소를 따로 마련하여, 학문에 조예가 깊은 선생에게 아들을 맡기고 본격적으로 학문을 가르치게 하였습니다.

유기리는 그 후로 외조모의 처소에도 좀처럼 출입을 하지 않았습니다. 겐지가 외조모는 어린 손자를 밤낮으로 귀여워하며 지금도 어린애 취급을 하는 터라, 그 댁에서는 공부도 제대로 할 수 없을 것이라 판단하고 조용한 장소에서 공부에만 전념할 수 있도록 한 탓입니다. 허나 한 달에 세 번은 외조모를 찾아뵈어도 좋다는 허락을 내렸습니다.

어린 유기리는 공부방에 틀어박혀 있으니 숨이 막힐 지경이라 아버지를 꽤나 원망하였습니다.

'참으로 혹독한 처사이시다. 이렇게 힘들게 공부를 하지 않고도 고위고관으로 승진하여 중히 쓰이는 사람도 없지는 않을 터인데.'

허나 원래가 성실하고 경박하지 않은 성품이라 열심히 참으면서 입신출세하리라 다짐하였습니다.

'어떻게든 읽어야 하는 한문 서적을 하루 빨리 독파하여 대학을 졸업하고, 조정으로 나가 출세를 하도록 해야겠다.'

유기리는 불과 대여섯 달 사이에 『사기』 등의 서적을 죄다 독파하였습니다.

그리하여 겐지는 이번에는 아들에게 의문장생이 되는 시험을 치르게 해야겠다고 생각하였습니다. 그래서 우선은 자신 앞에서 모의시험을 치르게 하였습니다.

삼촌인 우대장을 비롯해서 좌대변, 식부의 대보, 좌중변과 학문의 스승인 대내기를 불러들여, 『사기』 가운데에서 본 시험 때

박사가 물어볼 만한 중요한 부분을 가려 아들에게 읽어보라 하였습니다. 유기리는 어떤 학설도 족히 이해하여 숙지하고 있었습니다. 모르는 것이 없으니, 발군의 놀라운 성적이었습니다. 역시 태생에 걸맞는 천부적인 자질을 갖추었노라고 모두 감격의 눈물을 흘렸습니다. 특히 우대장은 이렇게 말하며 눈물지었습니다.

"돌아가신 외조부 태정대신께서 살아 계셨더라면 얼마나 기뻐하셨을까요."

겐지도 벅찬 기쁨에 눈시울을 적시며 이렇게 말하였습니다.

"지금까지 뭇사람들의 자식이 성장하면서 그 부모는 늙어 노인이 되어가는 것을 남의 일이라고 볼썽사납고 비참한 일이라고 여겼거늘, 인간이란 모두 그렇게 되는 것이 세상의 이치인 모양입니다. 나는 그만한 나이가 되지도 않았는데 이토록 눈물이 흐르니."

이런 모습을 본 스승 대내기는 체면을 세웠다는 기쁨이 한량없었습니다.

우대장이 쉴새없이 대내기에게 술잔을 권하니 취한 그 얼굴이 몹시 초췌하게 보입니다. 이 사람은 사람들과 소통도 하지 않는 좀 괴팍한 사람입니다. 학문적인 재능은 있으나 출세를 하지 못하여 사람들에게 업신여김을 받으며 가난하게 사는 것을, 겐지가 그의 장래성을 점치고 아들의 스승으로 특별히 불러들인 것이었습니다. 유기리 덕분에 분에 넘치는 대우를 받으며 운세가 트였다고 생각하니, 장래에는 견줄 만한 사람이 없을 정도로 세간의 평가를 얻겠지요.

유기리가 대학료의 시험을 치르기 위해 대학의 기숙사로 들어간 당일, 기숙사 문 앞에는 상달부들의 수레가 수도 없이 모여들었습니다. 세상의 온갖 사람들이 모여들었나 싶을 정도입니다. 시종들이 극진히 모시는 가운데 갓 성인식을 치른 유기리가 곱게 단장한 모습으로 들어서니, 가난한 학생들과는 비교도 되지 않을 만큼 기품이 있고 귀엽습니다.

볼품없는 풍채의 학자들이 뒤섞여 앉아 있는 자리의 말석에 앉으니, 참으로 힘겨운 일이라 여기는 것도 과연 무리는 아니다 싶습니다.

이 자리에서도 역시 학생들을 큰 소리로 꾸짖는 학자들이 있어 불쾌하나, 유기리는 당당하게 출제된 부분을 술술 읽어나갔습니다.

지금은 옛 학문의 전성시대가 다시 도래하였나 싶을 만큼 대학이 번성한 시대로 상중하의 계급을 막론하고 학문에 뜻을 둔 사람들은 앞을 다투어 모여드니, 학문에 능하고 능력이 뛰어난 사람들이 많습니다. 유기리는 의문장생의 시험을 비롯하여 모든 시험에서 어려움 없이 거뜬하게 합격하였습니다. 그런 후에도 스승과 제자가 합심하여 면학에 정진하였습니다.

겐지의 자택에서도 한시를 짓는 모임이 빈번하게 열리니, 시문의 실력을 자랑하는 사람들과 학자들은 득의양양한 표정입니다. 한시뿐만 아니라, 무슨 일이든 각 분야에서 재능과 실력이 뛰어난 사람은 자신의 모든 실력을 발휘할 수 있고 인정받을 수 있는 시대였던 게지요.

한편 궁중에서는 황후를 간택하여야 하는 시기가 되었습니다.

"전 재궁 여어야말로 돌아가신 후지쓰보 중궁께서 폐하의 성은을 입게 해달라고 부탁한 말씀도 있고 하니."

겐지는 그 이유를 들어 전 재궁을 추천하였습니다. 그러나 그렇게 되면 황족 가운데에서 잇달아 황후가 나오게 되는 것이라 용납하지 않는 사람들도 있었습니다.

"고키덴 여어가 누구보다 먼저 후궁이 되었는데, 어찌하여."

이렇게 각기 편드는 무리들이 나타나 남몰래 가슴을 졸이며 걱정하고 있습니다.

무라사키 부인의 아버지 병부경은 지금 식부경으로 봉직하고 있는데, 현 천황의 외척으로 전에 없이 두터운 신임을 받고 있습니다. 그분의 딸 역시 바라던 대로 후궁이 되어 재궁 여어와 나란히 황족 출신의 여어로 폐하를 받들고 있습니다.

"같은 황족이라면 어머니 쪽의 혈통을 이어받은 이종 사촌지간이니 이분이야말로 돌아가신 모후를 대신할 사람이겠지요."

이렇게 서로 주장을 내세우며 경쟁하였으나, 결국은 응화사를 거처로 하는 재궁 여어가 황후가 되어 우메쓰보 중궁이라 불리게 되었습니다.

그 행운이, 불행하였던 어머니 육조 미야스도코로와는 전혀 딴판이라고 사람들이 놀라 수군거렸습니다.

겐지는 태정대신으로 승진하였고, 우대장은 내대신이 되었습니다. 태정대신 겐지는 천하를 지휘하는 정치는 내대신이 하라면서 실권을 내대신에 물려주었습니다. 내대신은 성품이 강직하고 화려한 면도 있으며, 위엄 있고 정의감도 뛰어난 현명한 사람이었습니다. 특별히 학문에도 열심인지라, 그 옛날 운자 맞히기 놀이에서는 비록 겐지에게 졌지만 정치적인 실무에는 해박하고 매우 유능합니다. 여러 부인이 생산한 자식이 열 명 남짓한데, 각자 성인이 되어 높은 관직에 오르니 겐지의 가문에 뒤처지지 않는 훌륭한 가문입니다.

딸은 고키덴 여어 외에도 한 명이 더 있습니다. 어머니 역시 황족으로 고귀한 혈통을 이어받은 사람이라는 점에서는 고키덴 여어에 못지않으나, 내대신과 헤어져 지금은 안찰사 대납언의 부인이 되었고 그 밑에서도 많은 자식이 태어났습니다.

내대신은 이 딸을 계부인 안찰사 대납언의 손에 맡겨 그 자식들과 함께 자라게 하는 것은 여의치 않은 일이라 생각하고, 딸을 데려와 할머니에게 맡겼습니다. 내대신은 이 딸을 고키덴 여어와 차별을 두어 가벼이 여기고 있지만, 인품과 용모는 참으로 귀여웠습니다.

이런 사연이 있어 유기리는 이 아씨와 함께 어린 시절을 외조모 댁에서 보냈습니다. 각자 열 살이 지난 후로는 방도 따로 사용하였습니다. 친인척 사이라도 여자 아이와 사내 아이는 떨어져 지내야 한다고 내대신이 가르치니 소원하게 지낼 수밖에 없었습니다. 그러나 어린 마음에도 그리운 정이 없을 리 없으니, 유기리는 꽃이 피고 단풍이 들면 따서 보내거나, 인형놀이를 할 때도 상대역으로 아씨를 쫓아다니며 그리운 마음을 드러내니 자연히 서로를 사랑하게 되었습니다. 아씨는 지금도 어린 시절처럼 유기리에게 얼굴을 보여도 부끄러워 숨는 일이 없습니다.

'아직 어린아이들인데, 그리고 지금까지 긴 세월을 함께 사이좋게 지내왔는데 갑자기 갈라놓아 도련님의 마음을 상하게 할 수는 없지.'

유모들은 이렇게 생각하고 있습니다. 아씨는 천진난만하고 어린애 같고 유기리 역시 나이보다 성숙한 듯이 보이지는 않는데, 어느 틈에 나이에 걸맞지 않은 사이가 된 것일까요. 둘이 방을 따로 사용하게 된 후로 유기리는 그것을 고통스러워하며 안절부절못하는 듯이 보였습니다. 아직은 어린 아씨가 부주의하여 솜씨가 능숙하지는 않으나 숙달될 날이 기대되는 귀여운 글자로 주고받은 연문을 떨어뜨리곤 하니, 간혹 시녀들의 눈에 띄는 일도 있어 아씨를 모시는 시녀들은 눈치를 채고 있는 이도 있었습니다. 하지만 어떻게 사정이 이러저러하다고 윗전에 고할 수가 있겠는지요. 보고도 못 본 척하고 있을 따름이겠지요.

태정대신과 내대신의 신임 피로연도 끝나고, 여타 조정의 크고 작은 행사의 준비도 없으니 궁중이 조용해졌습니다. 가을비가 뿌리고 지나가고, 갈댓잎 끝으로 스치는 바람이 서늘하게 몸에 저미는 어느 저녁나절에 내대신이 어머니의 거처를 찾으니, 아씨를 그 자리에 불러 칠현금을 퉁기도록 하였습니다.

내대신의 어머니는 온갖 악기에 정통한 분이라 그 기예를 손녀에게 전수하고 있습니다.

"비파란 악기는 여인이 타면 그림은 좋지 않으나, 음색이 참으로 기품이 있습니다. 헌데 지금은 정확한 주법을 익혀 아는 이가 거의 없어져버렸어요. 비파를 연주할 수 있는 사람은 몇몇 친왕과 겐지 님 정도겠지요. 여인 중에는 겐지 님께서 오이의 산골에 거처를 마련해준 부인이 비파의 명수라고 들었습니다. 그 사람은 대대로 음악의 명인의 자손이라는데 후세에 이르러 영락한 탓에 오랜 세월 시골에 묻혀 살았답니다. 그런데 어떻게 그렇게 솜씨가 뛰어날 수 있을까요. 그 대단한 겐지 님이 굉장한 명수라고 각별히 여기고 칭찬을 할 정도니까요. 음악의 재능이란 역시 다른 사람들과 합주를 하여 온갖 악기와 그 음색이 어우러지는 것을 들으면서 키워지는 법이거늘, 그분은 혼자 배워 명수가 되었다고 하니 흔치 않은 일입니다."

내대신은 이렇게 손꼽아 인물을 헤아리며 모친에게 비파 연주를 권하였습니다.

"요즘에는 기러기 발도 더듬거리며 누를 정도입니다."

내대신의 모친은 말은 이렇게 하여도 그 솜씨는 정말 놀라웠습니다.

"그 오이의 부인은 운이 좋을 뿐만 아니라 인품도 남다른 것이겠지요. 겐지 님이 그 나이가 되도록 얻지 못한 따님까지 낳은데다 곁에 두어 앞길을 막으면 안 된다 하여, 귀하신 신분의 무라사키 부인에게 맡긴 것을 보면 그 마음씨가 흠잡을 데 없는 분이라고 들었습니다."

내대신의 어머니는 비파를 타던 손을 잠시 쉬고 이렇게 얘기하였습니다.

"여인네들은 마음만 잘 먹으면 출세를 하더군요. 나는 고키덴 여어를 누구 못지않게 무엇 하나 아쉬울 것 없이 키웠다고 자부하였는데, 뜻하지 않게도 재궁 여어에게 밀려나 황후의 자리에 오르지 못한 불운을 경험하면서, 세상이란 참 예기치 않은 일이 많은 곳이라 여기게 되었습니다. 지금은 어떻게든 이 손녀만이라도 내 뜻대로 하고 싶은 심정입니다. 동궁의 성인식이 멀지 않았기에 동궁비로 삼으면 어떨까 하고 내심 생각하고 있었는데, 지금 말씀하신 그 행운의 여인이 낳은 여식이 후보자감에 올라 있으니 후궁으로 들어가 본들 경쟁 상대가 못 되겠지요."

내대신은 이렇게 말하며 장탄식을 하였습니다.

"어찌하여 그런 말씀을 하십니까. 이 가문이 황후를 배출하지 못하고 끝날 리 없다고, 돌아가신 아버님 역시 그렇게 생각하였기에 고키덴 여어가 후궁으로 들어갈 때에도 그렇듯 분주하게 뒤를 돌본 것인데. 지금 살아 계셨더라면, 고키덴 여어가 황후에 오르지 못하는 그런 사리에 어긋나는 일도 없었을 겝니다."

내대신의 어머니는 그 일에 한해서만큼은 겐지를 원망하며 이렇게 말하였습니다.

아씨의 모습이 아직 어리고 귀여운데, 내대신은 쟁을 퉁기는 딸의 귀밑머리며 솜털이 보송보송한 이마를 지그시 바라보며 참으로 기품 있고 아리땁다 여기니, 아씨는 부끄러움에 고개를 약간 돌리고 있습니다. 그 볼이 또한 가련하고 현을 늦추는 왼손의 손길이 마치 사람의 형상을 한 인형처럼 귀여운 것을 바라보며, 할머니도 한없이 사랑스러워합니다.

아씨는 음을 맞추기 위한 소품을 몇 곡 가볍게 연주하고는 쟁을 저쪽으로 밀어냈습니다.

내대신은 육현금을 끌어당겨 율조의 곡을 연주하였습니다. 육현금의 곡은 고풍스럽게 마련인데 오히려 현대식으로 들렸습니다. 이만한 명인이 편안한 마음으로 마음껏 연주하니 형용할 수 없이 훌륭한 솜씨였습니다.

앞뜰의 잔가지에서 육현금 소리에 이끌리듯 나뭇잎이 팔랑팔랑 끝없이 떨어집니다. 여기저기 휘장 뒤에서 나이 든 시녀들이 머리를 맞대고 연주에 귀를 기울이고 있습니다.

　낙엽이 미풍을 기다려 떨어지니
　바람의 힘 실로 약함이오

내대신은 옛시를 낭송하고는 아씨에게 몇 곡 더 연주할 것을 권했습니다.

"육현금 소리 탓은 아닐 터인데 이상하게도 애절하고 구슬픈 저녁이로구나. 좀더 퉁겨보지 않겠느냐."

내대신은 추풍락의 운율을 퉁기며 노래를 불렀습니다. 그 목소리가 실로 우렁차니, 내대신의 어머니는 손녀도 귀엽거니와 아들 역시 사랑스러운 사람이라고 생각하였습니다. 그때 한결 감흥을 돋우듯이 유기리가 나타났습니다.

"이쪽으로 오시지요."

유기리는 아씨와는 휘장을 사이에 두고 앉게 되었습니다.

"요즘은 참으로 뵙기가 어렵군요. 어찌하여 그리 학문에만 몰두하고 있는 것인지요. 학문이 지나쳐 신분이 그에 따르지 못하는 것도 곤란한 일임을 겐지 님도 잘 아시고 있으련만, 그렇듯 학문을 강권하는 것을 보면 깊은 뜻이 있는 게지요. 그래도 도련님이 공부에 정진하느라 바깥출입이 뜸하니 안타깝습니다. 때로는 다른 일에도 관심을 갖는 것이 좋지요. 젓대 소리에도 옛 성현의 가르침이 담겨 있다 합니다."

내대신은 그렇게 말하고 유기리에게 젓대를 내밀었습니다. 유기리는 풋풋하고 아름다운 음색으로 젓대를 불었습니다. 그 음색이 너무도 훌륭하여 감흥을 자아내니, 내대신은 육현금을 잠시 옆으로 밀어내고 홀로 박자를 맞추며 사이바라의 한 구절을 읊조렸습니다.

나의 옷은 싸리꽃으로 물들인 옷.

"겐지 대신께서도 때로 이렇게 음악놀이를 하며 정무로 바쁜
몸을 쉬셨지요. 인생이란 실로 멋없는 것이니, 기분이나마 다소
좋아질 일을 하면서 하루하루를 보내고 싶습니다."

내대신은 또 이렇게 말하며 술잔을 기울였습니다. 이윽고 사
방이 어두워지니 등불을 밝히고 모두 뜨거운 차에 만 밥이나 과
일로 밤참을 먹었습니다.

아씨는 저쪽 방으로 돌아갔습니다. 내대신은 어린 두 사람을
굳이 갈라놓으려 하니, 아씨의 쟁 소리조차 유기리에게는 들려
주지 않으려는 뜻인가 봅니다.

내대신의 어머니를 모시는 연배의 시녀들은 낮은 목소리로
이렇게 수군덕거렸습니다.

"두 분 사이에 머지않아 불행한 일이 벌어질 듯하군요."

내대신은 돌아가는 척하면서 실은 이 댁 시녀의 방으로 은밀
히 들어갔는데, 몸을 움츠리고 살며시 빠져나오려는 차에 시녀
들이 이렇게 수군덕거리는 소리가 들려 이상히 여겼습니다. 귀
를 쫑긋 세우고 마저 들으니 자신에 대해 입방아를 찧고 있는
게 아니겠습니까.

"참, 아비란 어쩔 수가 없지요. 내대신은 현명한 척하시지만
이렇게 가다가는 분명 심상치 않은 일이 생기겠지요. '자식은
그 부모가 가장 잘 안다'는 옛이야기는 아무래도 거짓말 같습

니다.”

시녀들은 이렇게 말하면서 서로 눈짓을 주고받습니다.

‘한심한 일이로고. 역시 그런 일이 있었던 게야. 전혀 짐작하지 못한 바는 아니었지만, 그래도 아직 어린애라고만 여기고 너무 방심했어. 세상이란 참 어이없는 것이로군.’

내대신은 사정을 알게 되었으나, 그대로 소리없이 댁을 빠져나갔습니다.

마침내 내대신을 수행하는 자들의 앞을 물리는 우렁찬 목소리가 들리니 시녀들은 또 수군덕거렸습니다.

“내대신은 벌써 돌아가신 줄 알았는데, 지금까지 어느 방에 숨어들어 있었던 것일까요. 그 나이가 되어서도 여전히 바람기가 많으시다니.”

“옷깃이 스치는 소리에 향내가 풍기기에 도련님이 그곳에 있는 줄 알았는데. 만의 하나 우리들이 수군덕거리는 소리를 들으셨다면 어쩌지요. 내대신의 성품이 까다로우니 두렵습니다.”

아까 밀담을 나눴던 시녀들은 이렇게 걱정하고 있습니다.

내대신은 돌아가는 길, 깊은 생각에 잠겼습니다.

‘둘의 인연이 전혀 상식에 어긋나는 일은 아니나, 세상에서는 특별할 것 하나 없는 시시한 인연이라고 말들이 많겠지. 겐지가 고키덴 여어를 밀어낸 것이 분하여 이 딸만이라도 어떻게든 후궁이 되게 하면 남들 못지않은 행운이 따르지 않을까 기대하였거늘, 참으로 아쉬운 일이다.’

겐지와는 예나 지금이나 변함없이 좋은 사이로 지내는데, 이렇게 경쟁할 일이 생기면 황후를 내세울 때 팽팽하게 맞섰던 응어리가 되살아나 기분이 썩 좋지 않을 듯하니, 잠자리마저 편하지 않아 밤을 지새우고 말았습니다.

'어머님은 그 두 사람이 보통 사이가 아니라는 것을 눈치 채셨을 법한데, 눈에 넣어도 아프지 않을 만큼 사랑스러운 손자 손녀이니, 하고 싶은 대로 내버려두시는 것이겠지.'

이렇게 생각하니 아까 시녀들이 수군덕거리던 얘기가 심기에 거슬려 답답하고 화가 났습니다. 내대신은 남자답고 매사를 분명하게 처리해야 성이 차는 성품인지라 흥분한 나머지 화를 가라앉히지 못하였습니다.

그로부터 이틀이 지나 내대신은 다시 어머니 댁을 찾았습니다. 어머니는 아들이 이렇듯 자주 찾아와주니 흐뭇하고 기쁜 마음이었습니다. 어머니는 아들의 성품이 성품인지라 긴장을 풀 수 없어 어깨까지 오는 머리칼을 반듯하게 빗어 내리고, 소례복을 단정하게 입은 모습으로 자식인데도 마치 남을 대하듯 휘장을 사이에 두고 깍듯하게 맞이하였습니다.

허나 내대신은 눈물을 흘리면서 이렇게 호소하였습니다.

"이곳을 찾는 것도 채신이 서지 않고, 시녀들이 뭐라고 수군덕거릴까 조심스럽고 불쾌하여 견딜 수가 없습니다. 저는 하잘 것없는 사람이나, 이 세상에 살아 있는 한 어머님을 종종 찾아

뵙고 격의 없이 지내려고 애써왔습니다. 헌데 분별없는 딸자식 때문에 불상사가 생겨 어머님을 원망할 수밖에 없게 되었습니다. 한편으로는 깊이 생각지 않으려고 반성도 하고 있으나, 도저히 마음이 진정되지 않습니다."

어머니는 화장을 곱게 하였는데도 그 안색이 변하리만큼 놀란 나머지 두 눈을 부릅떴습니다.

"대체 무슨 일로 이 늙은이가 그대에게 그런 몹쓸 마음을 갖게 하였단 말입니까?"

어머니가 이렇게 말하니, 내대신은 안쓰러운 일이라 여기면서도 전후 사정을 설명하였습니다.

"어머님을 굳게 믿고 어린 딸자식을 맡겼습니다. 저는 아비가 되어서도 이 딸은 어렸을 때부터 전혀 돌보지 못하였지요. 근자의 일로는 고키덴 여어가 후궁이 되었는데도, 일이 잘 풀리지 않은 것을 아쉬워하여 그 딸에게만 신경을 쏟았습니다. 하지만 이 딸만은 어머니가 어떻게든 어엿한 사람으로 만들어주실 것이라 믿고 의지하고 있었는데 유기리와 철없이 인연을 맺을 듯하니, 실로 이 분함을 참을 수가 없습니다. 유기리는 천하에 겨룰 자가 없을 만큼 박식하기는 하나, 사촌지간의 불상사는 세상 사람들에게 분별없는 경솔한 짓이라 손가락질 받기 십상입니다. 이렇다 할 신분이 아닌 자들 사이에서도 그러한데 하물며 유기리를 위해서도 더없이 채신이 서지 않는 일입니다. 사내는 혈연이 아닌 남남끼리, 시류를 탄 권세가의 가문에 사위로 들어가는 것이

바람직하다는 말씀이지요. 친척끼리 친하게 지내다 인연을 맺는 것은 바람직하지 않으니, 겐지 대신의 귀에 이 이야기가 들어간다면 몹시 불쾌하게 여길 것입니다. 설사 두 아이를 맺어준다 하여도, 실은 사정이 이러저러하게 되었노라고 아비인 제게 알려주셨다면 예법에 맞게 하여 체통을 지킬 수 있도록 하지 않았겠습니까. 그런데 어린 두 아이가 제멋대로 그런 일을 벌이도록 방임하셨으니, 참으로 야속한 일입니다."

어머니는 꿈에도 몰랐던 일이기에 그저 놀랍고 의아하여 이렇게 말하였습니다.

"그것이 사실이라면 그렇게 서운해하는 것도 지당한 일이지요. 허나 나는 그 두 아이의 본심을 전혀 모르고 있었습니다. 나야말로 서운하고 안타까워 한숨이 절로 나올 지경입니다. 그런데 두 아이와 더불어 내게까지 비난을 하니 정말 원망스럽습니다. 그 아이를 맡은 후로는 각별히 마음을 써서 소중하게 키웠고, 아비는 모르는 일까지 빈틈 없이 교육을 시키려고 남모르는 고생이 많았건만. 아직 제 몫으로 성장하지도 않았는데, 그저 귀엽고 사랑스럽기만 한 할미 마음에 둘을 서둘러 결혼시키자는 생각은 꿈에도 하지 않았습니다. 그런데 대체 어느 누가 그런 말을 했답니까. 세상 사람들의 쓸데없는 소문을 곧이곧대로 믿고 괘씸한 마음에 화를 내고 꾸짖는 것은 좋지 않은 일입니다. 근거 없는 헛소문 때문에 소중한 딸의 이름을 더럽힐까 걱정스럽습니다."

"무엇이 근거 없는 헛소문이라는 겝니까. 시중을 드는 시녀들이 보이지 않는 곳에서 수군덕거리는 모양입니다. 그것이 분하고, 어찌하다 일이 이렇게 되었는지 이상할 따름입니다."

내대신은 그렇게 말을 뱉고 자리에서 일어났습니다.

사정을 아는 시녀들은 어린 두 분을 가여워합니다. 그날 밤, 수군덕거렸던 시녀들은 어쩔 줄을 모르니, 어찌하여 어린 두 분의 비밀을 입에 담았을까 하고 후회가 이만저만이 아닙니다.

내대신이 딸의 처소를 들여다보니, 아무것도 모르는 아씨는 그저 가련하고 사랑스러운 모습이라 가엾고 서러운 마음만 가득하였습니다.

"아무리 나이가 어린다 한들 이렇듯 유치하고 철이 없을 줄이야. 그런 것도 모르고 동궁의 후궁으로 들이려고 하였던 내가 오히려 생각이 짧았던 것 같구나."

내대신은 이렇게 유모들을 꾸짖으나 유모들은 대답할 말이 없었습니다.

"옛이야기에도 지체 높으신 천황의 딸조차 이런 실수를 저질렀다는 예가 있지요. 서로의 마음을 아는 시녀가 사람들의 눈을 피해 두 사람 사이에 다리를 놓았기 때문이지요. 그런데 이 경우는 오랜 세월 밤이나 낮이나 두 분이 함께 지냈는걸요. 그런데다 아직 나이가 어리고 마님이 예의범절을 가르치고 있는데, 우리들이 주제넘게 나서서 두 분의 사이를 떨어뜨려 놓은 수는 없지요. 정말 방심했어요. 하지만 재작년부터는 둘 사이를 분명하게 떼어놓는 듯하였는데. 아직 나이도 어린데 사람들의 눈을 피하여 색도에 몰두하는 이도 있다고는 하나, 그 도련님은 꿈에도 그러지 않을 성실한 분이기에, 설마 이런 일이 생길 줄이야 꿈에도 생각하지 못했지요."

유모들은 서로 이렇게 말하며 한숨을 쉬었습니다.

"이제 그만들 하시오. 당분간 이 일이 밖으로 새어나가지 않도록 각별히 주의하고. 끝까지 숨길 수 있는 일은 아니나, 아무튼 당장은 헛소문이라고 거짓이라고 둘러대세요. 가까운 시일내로 내가 아씨를 데리고 갈 것입니다. 어머님의 처사가 실로 아쉽고 원망스러우나, 혹여 그대들도 두 사람이 잘되었으면 하고 바라는 것은 아니겠지요?"

내대신이 이렇게 말하자 유모들은 난감한 일이라 여기면서도, 책임은 면하게 되었기에 안심하고 말하였습니다.

"너무하십니다. 만의 하나 이 일이 안찰사 대납언의 귀에 들어가면 어찌하나 거기까지 걱정하고 있습니다. 상대가 아무리 훌륭하다 한들 신하는 어디까지나 신하, 좋은 인연이라고는 할 수 없습지요."

아씨는 아무리 주의를 주고 타일러도 전혀 이해를 못하는 어린 철부지인지라, 내대신은 안타까움에 눈물을 흘리며 장차 이 딸이 하찮은 신분으로 떨어지면 어쩌나, 좋은 방책은 없을까 하여 생각나는 유모와 시녀들과 의논을 하면서도 그저 어머니의 누라고만 원망하고 있습니다.

내대신의 어머니는 손자들을 귀여워함에는 경중이 없으나, 그래도 아씨보다는 유기리에 대한 애정이 깊은지 아씨가 유기리에게 연모의 정을 품고 있었다는 것조차도 귀엽게만 느껴졌습니다. 그런데 내대신이 어여삐 여기지도 않고 한결같이 뜻하지 않은 일이라고 원망만 하니, 오히려 그런 아들이 야속하였습니다.

'두 아이 사이가 좋아서 안 될 일이 무에 있다고. 내대신은 애당초 그 딸아이를 그리 귀여워한 것도 아니고 소중하게 키우자고 마음먹었던 것도 아닌데. 내 손에서 애지중지 자라게 되니 비로소 동궁에게 드릴 생각을 한 주제에. 그 소망을 이루지 못하여 신하와 인연을 맺게 된다면 유기리보다 더 좋은 인연이 어디 있으랴. 용모와 태도며, 유기리에게 견줄 자가 어디 있으리. 이 여식 따위는 발치에도 못 미칠 만큼 고귀한 분이라야 어울릴 정도가 아닌가.'

내대신의 어머니는 어린 유기리에 대한 애정이 깊은 탓인지 내대신을 못마땅해하면서 이렇게 생각하고 있습니다. 이런 어머니의 속내를 내대신이 알게 된다면 내대신은 더더욱 어머니를 못 미더워하겠지요.

이렇게 한바탕 소동이 벌어진 줄도 모르고 유기리는 할머니 댁을 찾아갔습니다. 지난밤에도 사람들의 눈이 많아 생각하는 바를 아무것도 전하지 못한 탓에 여느 때보다 한결 아씨가 애틋하게 그리워 저녁나절이 되자 걸음을 한 것이지요.

할머니는 평소 같으면 그저 생글생글 웃으면서 반갑게 맞이할 터인데, 오늘은 근엄한 표정으로 얘기를 하다가 끝내 속내를 열어 보이고 말았습니다.

"네 일로 내대신이 나를 원망하니 참으로 마음이 아프고 야속하구나. 그리 대단한 일도 아닌 것에 마음을 빼앗겨 나를 답답하게 하니 걱정이 되어서 견딜 수가 없다. 이런 말은 하고 싶지 않으나, 내대신이 화를 내는 이유를 너도 알아야 할 것 같기에."

유기리는 예전부터 뒤가 켕기는 일이 있었기에 금방 전후 사정을 짐작하였습니다.

"무슨 말씀이신지요. 조용한 학문소에 틀어박힌 후로는 바깥 출입도 거의 하지 않았으니, 내대신께서 화를 내실 만한 일은 없을 터인데요."

이렇게 유기리가 얼굴을 붉히며 부끄러워하니 할머니는 그 모습이 또 안쓰럽고 사랑스러웠습니다.

"그만두기로 하자. 하지만 앞으로는 절대 주의를 하거라."

할머니는 이렇게만 주의를 주고 다른 얘기를 꺼냈습니다.

앞으로는 편지를 주고받는 일조차 어려울 것이라 생각하자 유기리는 땅이 꺼지는 듯한 심정이었습니다. 할머니가 식사를 권하여도 입에 대지 않고 잠자리에 든 듯합니다. 유기리는 마음이 뒤숭숭하여 견딜 수 없으니 사람들이 잠이 든 연후에 아씨 방의 중간 장지문을 살짝 당겨보았습니다. 지금까지는 문을 잠

그는 일이 없었는데, 오늘은 꿈쩍도 하지 않고 사람의 기척도 느껴지지 않습니다. 유기리는 억장이 무너져 장지문에 기대어 있는데, 아씨도 그 너머에서 잠이 깨었나 봅니다.

대나무 숲을 달리는 바람에 잎사귀가 쏴쏴 소리를 내고, 하늘을 나는 기러기떼의 울음소리가 저 멀리서 들리니, 아씨의 어린 마음이 저미어 이런저런 슬픈 생각을 하고 있는 듯합니다.

　구름 속 저 기러기도 나를 닮았는가.

하늘을 흐르는 저 구름 위의 기러기가 나처럼 슬퍼서 우는 것인가 하고 홀로 읊조리는 기척이 실로 싱그럽고 귀여웠습니다.

"이 장지문을 열어주세요. 몸종이 없나요."

유기리는 더 이상 참을 수가 없어서 나직이 말을 걸었으나 대답이 없습니다. 몸종은 유모의 딸입니다.

아씨는 자신이 홀로 중얼거린 말을 유기리가 들었나 싶으니 부끄러워 얼굴을 이불에 묻고 숨어버렸습니다. 어려 보이기는 하나 사랑의 애틋함을 벌써 아는 듯하니 여간내기가 아닙니다. 유모들이 가까이에서 자고 있어 몸을 움직이는 것조차 신경이 쓰이는 터라 두 사람은 장지문을 사이에 두고 아무 말도 못하였습니다.

　깊은 밤 친구를 부르면서

하늘을 나는 저 구슬픈 기러기 울음소리
바람까지 불어대 갈댓잎 흔들리니
외로움이 더하는구나
아아, 서글픈 이내 몸이여

　유기리는 이렇게 생각하면서 할머니 곁으로 돌아갔으나 한숨만 쉴 뿐이었습니다. 만의 하나 할머니가 잠에서 깨어나 듣지는 않을까 하여 조마조마하니, 한참을 몸을 뒤척이다가 잠들었습니다.

　다음날 아침, 유기리는 이유도 없이 부끄러워 일찍부터 자기 방에 틀어박혀 아씨에게 편지를 쓰고 있으나, 그것을 건네달라 부탁할 몸종도 만날 수가 없고 더욱이 아씨의 방에는 갈 수 없으니, 가슴이 무너지는 듯한 슬픔과 수심에 차 있습니다.

　아씨 또한 두 사람 사이를 놓고 한바탕 시끄러웠다는 것은 부끄러우나, 앞으로 내 신세가 어찌 될 것인지, 사람들이 어떻게 생각할 것인지에 대해서는 깊이 생각지 않는 듯 보입니다. 그저 아리땁고 사랑스럽기만 한 모습이니, 시녀들이 유기리를 놓고 이러저런 비평을 하는 것을 보고 들어도 유기리를 얄미운 사람이라고 멀리할 마음은 생기지 않습니다. 허나 일이 그토록 큰 소동으로 번질 줄이야 꿈에도 몰랐는데 유모들이 아씨에게 이런저런 잔소리가 많으니, 이쪽에서 편지를 보내지도 못합니다. 좀더 성숙한 여자였다면 은밀히 만날 기회를 만들었을 터인데 말입니다.

유기리 역시 아직은 어설픈 나이이니 일이 이렇게 된 것이 그
저 속이 타고 분하기만 할 따름입니다.

내대신은 그 후로도 어머니를 원망하며 찾아뵙지 않았습니
다. 부인에게는 그런 일이 있었다는 내색을 전혀 하지 않으나,
다만 늘 심기가 불편한 표정입니다.

"우메쓰보 중궁이 각별한 준비에 화려한 의식을 치르고 황후
자리에 오르고 나니, 그 일을 비관하여 상심이 큰 고키덴 여어
의 모습을 그냥 보고 있기가 민망합니다. 차라리 이참에 사가로
내보내달라고 주청을 드려 이곳에서 마음 편히 쉬게 하여야겠
습니다. 황후는 되지 못하였어도 폐하께서 밤낮으로 곁을 떠나
지 못하게 하시니, 여어를 모시는 궁녀들도 쉴 틈이 없어 고역
이라고 투덜거리는 듯합니다."

내대신은 이런 말을 꺼내자마자 서둘러 여어를 사가로 데려
오고 말았습니다.

폐하께서 쉽사리 허락을 하지 않자, 내대신은 불편한 심기를
그대로 드러내며 주청을 드려 억지로 사가로 데리고 온 것입니
다. 폐하께서 쾌히 응낙을 하지 않았는데도 말이죠.

"소일거리가 없어 따분할 터이니 할머니 댁에서 아씨를 불러
와 같이 음악놀이라도 하면서 지내세요. 아씨를 할머님께 맡겨
두면 안심이 될 듯하였으나 호기심이 왕성한데다 조숙한 도련

님이 함께 있으니, 자칫 사이가 가까워질까 걱정입니다. 아씨도 이미 그런 일에 조심해야 할 나이가 되었으니."

내대신이 아씨를 사가로 데리고 가려 하자 할머니의 낙담이 매우 컸습니다.

"딱 하나 있는 딸을 잃은 후 마음이 늘 허전하고 쓸쓸하던 참에 손녀를 맡게 되어 기쁨이 한량없었거늘. 내 생애에서 가장 소중한 보물이라 여기고 밤낮으로 애지중지하며 늙은 몸을 위로하였습니다. 그런 것을 이렇듯 갑자기 떼어놓으니 참으로 매정하기 이를 데 없는 처사입니다."

내대신은 어머니의 말씀이 황공하여 이렇게 자신의 속내를 내비쳤습니다.

"마음속으로 늘 생각하던 불만을 솔직히 털어놓았을 뿐입니다. 어떻게 어머님께 그런 처사를 할 수 있겠습니까. 궁중에 있었던 여어가 폐하와의 사이가 순조롭지 못하여 얼마 전 사가로 나왔습니다. 소일거리가 없어 적적해하는 터라 제 마음도 아프니, 음악놀이라도 함께 하여 기분을 푸는 것이 좋을 듯하여 잠시 데리고 가는 것입니다. 이렇게 곱고 번듯하게 키워주신 은혜는 절대 소홀히 하지 않겠습니다."

내대신의 작정이 그러하니, 만류하여본들 생각을 고쳐먹을 성품이 아니라 내대신의 어머니는 아쉽고 유감스러운 마음으로 울면서 말하였습니다.

"사람의 마음만큼 매서운 것도 없구려. 그 어린것들조차 이

할미 몰래 허튼짓을 하여 괘씸하거늘, 어린것들은 그렇다치고 내대신은 사려분별이 분명한 사람인데, 나를 원망하여 그 아이를 데리고 가려 하다니요. 사가로 간다 한들 여기만큼 안심이 될 리는 없겠지요."

하필이면 그때 유기리가 찾아왔습니다. 혹여 아씨를 만날 틈이 있지 않을까 하여 요즘은 수시로 이 댁을 드나들고 있지요.

공교롭게도 내대신의 수레가 대어 있어, 들어서기가 꺼림칙하고 거북하여 사람들 눈에 띄지 않게 살며시 자기 방으로 들어갔습니다.

내대신의 아들인 좌근위 소장, 소납언, 병위좌, 시종, 대부 등이 다들 이 댁에 모여 있었는데, 할머니는 이들이 발 안으로 들어오는 것을 허락하지 않았습니다. 이복형제인 좌위문독과 권중납언도 돌아가신 태정대신이 가르친 대로 여전히 할머니 댁을 찾으며 정중히 모시고 있습니다. 그 자식들도 모여들었으나 유기리의 아름다운 용모에는 견줄 바가 못 되었습니다.

할머니는 유기리에게 각별한 애정을 쏟았는데, 그 외에는 이 아씨만을 가까이 두고 귀여워하며 애지중지하였습니다. 그런데 이렇게 데리고 간다니 그 허전함을 달랠 길이 없었습니다.

내대신은 궁중에 들렀다가 저녁나절에 아씨를 데리러 오겠노라 말하고 댁을 나섰습니다.

내대신은 지금 와서 따져본들 돌이킬 수 없는 일이라 조용히 얘기를 마무리 짓고, 차라리 유기리와 결혼을 시키는 것이 어떠랴 싶은 생각도 하지만, 그것도 쉬이 수긍이 가는 생각은 아닙니다.

'유기리의 관위가 지금보다 다소나마 높아지면 일단은 제 몫을 한다 인정하고, 딸아이에 대한 애정도 그 깊이를 가늠해본 연후에 허락을 하고, 다시금 혼담을 꺼내 번듯하게 사위로 맞아들이는 형식을 취하는 것이 좋으리라. 지금은 아무리 막아본들 같은 집에 사는 어린아이들이니, 분별력 없는 마음으로 무슨 남세스러운 짓을 저지를지도 모르는 일. 어머님께서도 어차피 엄하게 꾸짖지는 않으실 터.'

이런 생각으로 고키덴 여어가 따분해한다는 것을 구실로 이쪽에서나 저쪽에서나 시끄러운 일이 벌어지지 않게 아씨를 데리고 갔습니다.

할머니가 아씨에게 편지를 보내니, 이런 말씀이었습니다.

"내대신은 나를 원망하고 있을 터이나, 일이 이렇게 되었어도 너는 이 할미 마음을 잘 헤아릴 수 있을 것이다. 떠나기 전에 찾아와 얼굴이라도 보여다오."

아씨는 예쁘게 몸단장을 하고 할머니에게 갔습니다. 아씨는 올해로 열네 살이 되었습니다. 아직 겉모습이야 미숙해 보이지만 얌전하고 깜찍하기 이를 데 없습니다.

"지금까지 내 곁을 한시도 떠나지 않았으니, 내 너를 벗삼아 허전한 마음을 달래어왔는데 앞으로는 어째야 좋을지 모르겠구나. 남은 목숨이 오래지 않아 너의 앞날을 지켜볼 수 없을 것 같아 내 나이를 한탄하고 있었는데, 이렇게 나를 버리고 가버린다고 생각하니 가슴이 찢어지는 듯하구나."

할머니는 아씨에게 이렇게 말하며 눈물을 흘렸습니다.

아씨는 유기리와의 일을 부끄럽게 여기며 고개도 들지 못하고 그저 울기만 할 뿐이었습니다. 그 자리에 유기리의 유모인 재상이 나타나 아씨의 귀에 대고 속닥거렸습니다.

"저는 아씨와 도련님 두 분을 주인으로 여기고 섬겨왔는데, 이렇게 사가로 가버리시다니요. 내대신님이 다른 분과의 혼담을 꺼내더라도 절대 하라는 대로 해서는 안 됩니다."

아씨는 더더욱 부끄러워 대꾸를 하지 못합니다.

"그런 골치아픈 얘기는 해서 뭣하리. 사람의 운명이란 각기 정해져 있어 제 손으로는 어찌 할 수 없는 것을."

할머니는 이렇게 재상을 꾸짖었습니다.

"아니지요. 내대신님께서는 도련님이 아직 어엿하지 못하다고 얕잡아보는 것이겠지요. 지금 도련님은 비록 6위에 있지만, 마님께서 말씀하신 대로 우리 도련님이 다른 도련님보다 못한 점이 어디 하나라도 있는지 누구에게든 물어보십시오."

재상은 화가 나고 답답한 마음에 말이 나오는 대로 지껄였습니다.

유기리는 숨어서 아씨를 바라보고 있습니다. 여느 때 같으면 누가 보고 뭐라 하여도 거슬리지 않는데, 오늘은 그저 마음이 아파 견딜 수가 없으니 흐르는 눈물을 훔쳐내고 있습니다. 유모

재상은 그런 도련님이 가여워, 할머니에게 잘 둘러대고는 저녁 나절 사방이 분주한 틈을 타서 두 사람을 만나게 하였습니다.

둘은 서로가 부끄럽고 가슴이 두근거려 말도 하지 못하고 눈 물만 흘립니다.

"내대신님의 처사가 너무도 혹독하여 차라리 단념할까도 싶지만 그대를 만나지 못하면 그리워 견딜 수 없겠지요. 지금까지는 만나기가 쉬웠는데, 그런 때 왜 좀더 자주 만나지 못했는지 후회스럽습니다."

유기리가 이렇게 말하는데, 그 모습이 아직 어린 티를 벗지 못하여 애처롭게만 보입니다.

"나 역시 같은 마음이에요."

아씨도 이렇게 말하였습니다.

"내가 그리웠습니까."

유기리가 물어 아씨가 고개를 끄덕거리니, 그 모습 또한 천진난만할 따름입니다.

사방이 어둑어둑해지고 등불이 켜질 무렵, 내대신이 퇴궁을 하여 어머니 댁에 들른 모양입니다. 앞을 물리는 수행원들의 우렁찬 목소리가 들립니다.

"아이구, 내대신께서 오셨나 봅니다."

시녀들이 허둥지둥 소란을 피우니 아씨도 겁이 나서 떨고 있습니다.

유기리는 오히려 내대신이 꾸짖어 시끄러워지든 말든 상관없다는 식으로 아씨를 내놓지 않았습니다. 아씨의 유모가 아씨를 찾으러 다니다가 둘의 모습을 보고는 어이가 없고 분한 마음에 혼자 중얼거렸습니다.

"참으로 어처구니가 없군. 내대신 님의 말씀대로 마님께서는 알고 계셨던 게야. 이러니까 골칫거리라는 게지. 내대신 님께서 화를 내고 꾸짖는 것은 당연한 일이라 치고, 만의 하나 안찰사 대납언 님의 귀에 들어가는 날에는 어찌 생각하실까. 제아무리 훌륭한 분이라 한들 결혼 상대가 6위여서야."

이렇게 투덜거리는 목소리가 둘의 귀에도 희미하게 들립니다. 둘이 숨어 있는 병풍 바로 앞까지 와서 불평하는 탓이지요.

유기리는 자신의 관위가 낮아 얕잡아 보는 것이라 생각되니 세상이 한스럽고 아씨에 대한 연정도 다소는 식는 듯하여, 유모를 용서하지 않으리라 다짐하고 이런 노래를 읊었습니다.

그대를 그리워하여 흘린
피눈물로 물든
이 검붉은 소맷자락을
6위의 옥포 자락이라
멸시하고 능욕하여
성할 리 없으리니

130

"저 소리가 들립니까. 아아, 수치스러워 몸둘 바를 모르겠습니다."

> 갖가지로 내 불운한 신세
> 알게 되니
> 우리 두 사람의
> 고통스런 운명
> 서러움에 견딜 수가 없구나

이렇게 노래로 미처 답하기도 전에 내대신이 집 안으로 들어왔습니다. 이제는 어찌할 도리가 없으니 아씨는 자기 방으로 돌아갔습니다.

유기리는 홀로 남겨진 것이 체면도 서지 않거니와 흉측하기 짝이 없다 여겨지니, 가슴이 메어 자기 방에 가 드러눕고 말았습니다. 수행원의 나직한 목소리에 이어 내대신의 수레 세 대가 줄지어 나가는 듯한 기척이 들리는데도 마음이 뒤숭숭하여 어찌할 바를 모릅니다.

"이쪽으로 건너오라 하십니다."

할머니의 전갈이 있는데도 자는 척 꼼짝도 하지 않습니다. 눈물만 하염없이 넘쳐흐르니, 슬픔에 겨운 하룻밤을 지새우고 하얀 서리가 내린 이른 아침에 서둘러 할머니 댁을 빠져나갔습니다. 울어서 통통 부은 눈가를 시녀에게 보이기가 부끄러운데다,

할머니가 또 불러들여 곁을 떠나지 못하게 할 터이니 마음을 놓을 수 있는 곳으로 서둘러 가는 것이겠지요.

가는 길에도 유기리는 이 일은 누구의 탓도 아니고 내가 청하여 얻은 고뇌라고 생각합니다. 날씨마저 구름이 잔뜩 끼어 있어 사방은 아직 어둠에서 헤어나지 못하고 있습니다.

> 쓸쓸하게 얼어붙은 아침 서리여
> 아직 밝지 않은 새벽하늘에
> 어두운 구름이 끼니
> 서럽고 애틋한 이내 수심
> 눈물의 비로 뿌리는구나

겐지는 올 신상제 절회 때 고세치 무희를 진상합니다. 대단한 준비를 하는 것은 아니지만, 날짜가 임박한지라 동행할 여동의 옷가지들을 서둘러 짓게 하였습니다.

동원의 하나치루사토는 밤에 입궁할 사람들의 옷을 짓고 있습니다. 겐지는 이 모든 일에 각별한 신경을 쓰고 있습니다.

우메쓰보 중궁 역시 여동과 시중드는 시녀들의 옷가지들을 화사하게 지어 겐지에게 선물로 보냈습니다.

작년은 후지쓰보 여원의 상중이었는지라 고세치 무희의 진상도 중지되어 허전하였던 탓에 전상인들도 예년보다 화려하게 하자고 작정한 터라, 무희를 진상하는 가문마다 경쟁을 하듯 만반을 기하여 더없이 훌륭하게 준비한다는 소문입니다.

공경 가운데에서는 안찰사 대납언과 좌위문독, 그리고 전상인 가운데에서는 현재 오미의 수이며 좌중변을 겸하고 있는 요시키요가 진상하였습니다. 무희들은 하나 빠짐없이 그대로 궁중에 머물며 폐하를 받들게 할 것이라는 폐하의 명이 있었던 터라, 각 집안에서 딸을 무희로 진상하는 것입니다.

겐지가 진상하는 무희는 현 셋쓰의 수로 좌경대부를 겸하고 있는 고레미쓰의 딸인데, 그 용모가 매우 수려하다고 소문이 자자합니다. 고레미쓰로서는 딸을 집 안 깊은 곳에 숨겨두고 싶었던 터라 주저하였습니다.

"안찰사 대납언은 측실의 딸을 진상한다고 하는데, 그대가 소중한 비장의 딸을 바친다 하여 무에 부끄러울 일이 있겠습니까."

주위 사람들이 이렇게 질책을 하자 고레미쓰는 난처하여 시큰둥하나마, 이왕에 이렇게 된 일 그대로 폐하께 바칠까 하는 생각을 하였습니다.

집에서 춤을 빈틈 없이 연습을 시키고, 무희의 시종을 비롯하여 가까이에서 모실 몸종을 엄격하게 선발하여 당일 저녁 이조원으로 보냈습니다.

겐지도 무라사키 부인과 하나치루사토의 시중을 드는 여동과 하급 시녀를 견주어 보아 용모가 단정한 자를 선별하였습니다. 그렇게 신분에 따라 선별된 자들은 매우 자랑스럽게 여겼습니다.

당일, 천황 앞에 선보일 때를 대비하여 겐지는 무희의 시종들로 하여금 자기 앞을 지나가도록 하였습니다. 일일이 보니, 각기 아리따운 용모를 갖춘 여동들이라 누구 하나 떨어뜨리기가 곤란하였습니다.

"무희의 시중 역을 내 쪽에서 한 명 더 바치고 싶을 정도로구나."

겐지는 이렇게 우스갯소리를 하니, 결국은 몸가짐이 단정하고 마음씨가 고운 자를 택하였습니다.

대학에 있는 유기리는 그 후로 그저 모진 슬픔에 가슴이 찢어지는 듯하니, 끼니도 제대로 잇지 않고 책도 돌아보지 않은 채 헤어날 길 없는 상심에 잠겨 누워만 지내다가 간혹 바람이나 쐴까 하고 방을 나서 이리저리 거닐었습니다. 도련님의 용모와 자태가 아리땁고 훌륭한데다 태도 또한 침착하고 우아하니, 젊은 시녀들은 정말 멋진 분이라며 멀리서 바라보았습니다.

겐지는 무라사키 부인이 거처하는 곳에는 유기리가 절대 근접하지 못하도록 하니, 발 앞에 앉게 하는 일조차 드물었습니다. 색을 즐기는 자신의 심성에 비추어 미리 조심을 하는 탓인지 서먹하게만 대합니다.

무라사키 부인을 모시는 시녀들 가운데에도 친근하게 지내는 자가 없는데, 오늘은 고세치 무희 건의 분주함을 틈타 서쪽 별채로 들어갔습니다.

무희를 우차에서 조심조심 내리게 하고, 구석 차양의 방에 병풍을 쳐 마련한 임기 대기소에 기다리게 하였습니다. 유기리가 그곳에 들러 살며시 들여다보니 무희가 지친 표정으로 물건에 기대어 있습니다.

나이는 유기리가 사모하는 내대신의 딸 구모이노카리 아씨의 또래인 듯한데, 키는 아씨보다 크고 호리호리한 몸매며 자태에 운치가 있으니 아씨보다 매력이 한층 더하였습니다. 어두워서 확실치는 않으나, 그 분위기가 아씨를 떠올리지 않을 수 없을 만큼 비슷하여, 당장 마음이 옮겨 간 것은 아니어도 두근거리는 가슴에 옷자락을 끌어 사락거리는 소리로 무희의 주의를 끌려 합니다. 무희는 아무 눈치도 모르고 이상하다는 표정만 짓고 있습니다.

하늘에 계시는 도요오카 히메를
모시는 천녀인 그대여
내가 처음 본 그대에게 마음을 빼앗겨
금줄을 치고 내 것이라 정한 마음을
잊지 말아주시오

"오래전부터 그대에게 마음을 두고 있었습니다."
이렇게 불쑥 말을 꺼내니 너무도 갑작스럽습니다. 무희는 젊고 아리따운 목소리였으나, 누구인지 짐작이 가지 않아 다소 불쾌하게 여기고 있는데, 화장을 고쳐야 한다고 시중드는 시녀들이 분주하게 다가와 소란을 피웁니다. 유기리는 아쉬움을 남기고 그대로 돌아섰습니다.

유기리는 6위의 옥색 포가 탐탁지 않아 그동안 궁중 출입도 하지 않고 방에만 틀어박혀 있었는데, 고세치의 행사에는 특별히 옥색이 아닌 평상복을 입어도 무관하다는 허락을 받은 덕분에 입궁을 하였습니다. 겉으로는 조숙한 듯 보여도 아직은 어린 애처럼 천진한 분이라 조잘거리며 돌아다닙니다. 천황을 비롯하여 누구 하나 이 도련님을 허술히 대하지 않으니, 더할 나위 없는 신망을 얻고 있습니다.

각 집안에서는 고세치 무희가 입궁하는 의식을 더할 나위 없이 훌륭하게 치렀습니다. 올해 무희의 용모는 태정대신 겐지와 안찰사 대납언이 진상한 무희가 특히 빼어나다고 사람들이 칭찬이 자자합니다. 과연 두 무희가 공히 뛰어난 미인인데, 얌전하고 가련하다는 점에서는 역시 겐지가 진상한 무희를 따를 자가 없습니다.

화사하게 단장한 아름다운 이 무희가 고레미쓰의 딸이라 여겨지지 않을 정도이니, 예사롭지 않은 아름다움에 사람들이 이렇듯 칭찬을 아끼지 않는 것이겠지요. 예년의 무희들보다 한결 어른스럽고 아리따우니, 올해의 무희들은 정말 각별합니다.

겐지도 입궁하여 그 광경을 바라보았는데, 그 옛날 마음을 빼앗겼던 고세치 무희의 모습이 떠올랐습니다.

　무희의 가무가 있는 당일인 신일 저녁나절에 겐지는 그 옛날의 무희에게 편지를 보냈습니다. 허나 그 글귀는 읽는 이들의 상상에 맡기도록 하지요.

　　그 옛날 앳된 무희였던 그대여
　　지금은 세월이 흘러
　　나이를 많이 먹었을 터이지요
　　소맷자락 나부끼며 천녀처럼 춤추었던 그대의
　　옛 친구였던 나 역시 이리 나이를 먹었으니

　　그 후로 긴긴 세월이 흘러, 문득 떠오른 차에 옛사랑을 그리워하며 보낸 글귀에 지나지 않는데, 그것을 받은 상대는 애틋한 마음에 가슴이 설레니 생각하면 참으로 허망한 일입니다.

　　고세치 춤을 빌미로
　　말씀을 받잡으니
　　그 옛날, 석송 가지를 걸쳤던 내가
　　아침 햇살에 녹는 서리처럼
　　그대에게 나부꼈던 날이
　　오늘만 같아라

옛 고세치의 무희가 보낸 답신은 쪽으로 무늬를 물들인 종이
에 씌어 있었습니다. 무희가 당일 입는 쪽빛 당의에 색을 맞춘
듯하여 멋스럽게 느껴졌습니다. 누구인지 알 수 없게 필적을 바
꾼 글자는 먹의 농도에 짙고 옅음이 있고, 히라가나에 적당히
흘린 초서체를 섞어 띄엄띄엄 흘뜨려 쓴 솜씨가 신분에 어울리
지 않게 정취가 가득합니다.

유기리도 고레미쓰의 딸이 눈에 띄고부터는 남몰래 연심을
불태우며 만날 수 없을까 하여 어슬렁어슬렁 주변을 걸어다니
는데, 무희 주위에 사람이 많아 근접할 수 없는데다 시종들은
퉁명스럽기만 하니, 사소한 일로도 부끄럼을 타는 자신이 한심
하여 그저 한숨만 쉬다가 끝이 났습니다.

허나 유기리의 가슴에는 무희의 얼굴이 새겨지고 말았으니,
그리움에 사무치는 구모이노카리 아씨를 만날 수 없는 외로움
을 달래기 위해서라도 어떻게든 고세치 무희를 취하고 싶었습
니다.

무희들을 그대로 궁중에 머물게 하여 궁녀로 일하게 하려던
폐하의 뜻이 있었으나, 이번에는 일단 출궁을 시키기로 했습니
다. 오미의 수 요시키요의 딸은 가라사키의 액막이 제에, 셋쓰
의 수 고레미쓰의 딸은 나니와의 액막이 제에 가겠노라 하여 집
으로 돌아갔습니다. 안찰사 대납언도 때를 보아 다시 딸을 궁중
으로 들이겠노라는 뜻을 밝혔습니다.

좌위문독은 자격이 없는 딸을 무희로 진상하였다 하여 비난을 면치 못하였으나, 그 딸도 궁중에 머물게 되었습니다.

"전시 가운데 결원이 생겼기에."

고레미쓰가 사람을 통하여 딸을 전시로 보내고 싶다고 청하자, 겐지는 그렇게 조처해야겠다고 생각하였습니다.

유기리는 그 얘기를 듣고 몹시 서운해하였습니다. 자신의 나이나 관위가 남들과 다르지 않았더라면, 고레미쓰의 딸을 취하고 싶노라 말해볼 수도 있을 터인데 마음을 품고 있다는 것조차 알리지 못하고 끝나는가 싶으니, 딱히 열을 올리고 있는 것은 아니어도 구모이노카리 아씨의 일과 더불어 절로 눈물이 맺혔습니다.

이 고레미쓰의 딸의 오빠로 궁중에서 일을 배우고 있는 동전상이 있는데, 늘 유기리 곁을 찾아 시중을 들어주곤 합니다. 유기리는 여느 때보다 친근하게 그 소년에게 말을 걸었습니다.

"고세치는 언제쯤 궁중으로 들어가느냐?"

"올해 안이라고 들었습니다."

"그대 동생의 얼굴이 너무도 아리따워 다시 한 번 보고 싶구나. 늘 만날 수 있는 네가 부러울 지경이다. 한번 만날 수는 없을까."

"어찌 그런 일을 할 수 있겠습니까. 저 역시 마음대로 볼 수가 없는데요. 형제라고는 하나 아버지가 근처에도 못 가게 합니다. 하물며 도련님을 만나게 하다니 그럴 수는 없지요."

"그렇다면 다만 편지라도."

유기리는 이렇게 부탁하며 편지를 건넸습니다. 소년은 이전부터 이런 짓을 해서는 절대 안 된다고 아버지가 단속을 하고 있어 참으로 난감한 일이라고 생각하고 있는데, 억지로 편지를 떠안기는 도련님 또한 안되었다 싶은 마음에 편지를 받아들고 돌아섰습니다.

딸은 제 나이보다 한층 조숙하였던 것일까요. 유기리의 편지를 받아보고는 단박에 마음이 끌렸습니다. 연두색 얇은 종이에 세련된 색깔의 종이가 겹쳐져 있고, 필적은 아직 유치하나 장래 그 솜씨가 기대됩니다.

빛나는 햇살에
또렷이 드러났겠지요
고세치의 무희인 그대가
하늘 선녀의 소맷자락을 나부끼며
춤추는 그 모습에
빼앗긴 내 마음이

오누이가 편지를 보고 있던 참에 아버지 고레미쓰가 느닷없이 나타났습니다. 겁에 질린 두 사람은 당황하여 편지를 미처 감추지 못하였습니다.

"무슨 편지냐?"

고레미쓰가 물으며 편지를 빼앗으니 딸은 부끄러움에 얼굴이 새빨갛게 물들었습니다.

"이런 짓은 하지 말라고 하였거늘."

고레미쓰는 화를 내고는 도망가는 아들을 불러 세워 추궁하였습니다.

"누구의 편지냐?"

"유기리 도련님이 부탁한 것입니다."

아들이 이렇게 대답하자 고레미쓰는 언제 화를 내었냐는 듯이 웃음 지었습니다.

"도련님의 장난기 넘치는 마음이 귀엽구나. 너희들은 도련님과 나이는 같은데 어찌 그리 못났는지."

고레미쓰는 이렇게 유기리를 칭찬하고 편지를 당장 아내에게 보여주었습니다.

"이 도련님이 우리 딸을 다소나마 예사롭지 않게 여긴다면 궁중으로 들이느니 차라리 도련님에게 드리는 것이 낫지 않겠소. 겐지 님께서 여인네들에게 보이는 마음씨를 보면 한 번 애정을 품은 사람은 절대 잊지 않고 돌아보시니 믿음직스럽지 않소. 나도 혹 아카시의 뉴도처럼 될지 아오."

가인들은 고레미쓰의 말에 아무도 상대를 하지 않고 무희를 궁중으로 들일 채비에 분주하였습니다.

유기리는 그 후 고레미쓰의 딸에게도 편지를 전할 수가 없었습니다. 그런데다 더욱 소중한 구모이노카리 아씨가 마음에 걸리고 시간이 흐르면서 한없이 그리워지는 그 모습을 다시 한 번볼 수 없을까 하여 애달파할 뿐, 다른 마음의 여유는 없습니다.

할머니 댁에도 왠지 마음이 무거워 걸음을 할 수가 없습니다. 아씨가 지냈던 방과 긴 세월 함께 놀았던 장소를 떠올리며 수심에 잠기는 때가 많으니, 할머니 댁마저 번뇌의 씨앗으로 여겨져다시 동원의 학문소에 칩거하고 말았습니다.

겐지는 동원의 서쪽 별채에 기거하는 하나치루사토에게 유기리를 보살펴달라고 부탁하였습니다.

"외할머님께서도 남은 날이 그리 오래지 않은 듯하니, 외할머님이 돌아가신 연후에도 부디 아들을 보살펴주시구려. 그 때문에라도 어린 지금부터 돌보시는 편이 낫겠지요."

겐지가 이렇게 말하니, 하나치루사토는 겐지의 말을 순순히따르는 성품인지라 자상한 애정으로 유기리를 보살피고 있습니다.

유기리는 하나치루사토를 힐금 보고는 이렇게 생각하였습니다.

'용모는 그리 대단치 않은 분이로군. 저런 분까지 아버님께서는 기꺼이 거두셨구나. 오로지 원망스러운 그 사람의 모습만을그리워하는 나 자신이 한심하니, 성품이 저분처럼 온화한 사람이 있다면 그런 사람과 사랑을 나누고 싶구나. 그렇다고 마주볼마음도 일지 않을 만큼 용모가 수려하지 못하다면 상대가 가여울 터이지. 아버님께서 이렇듯 긴 세월 동안 가까이 두고 계시면서도 휘장 너머로만 말씀을 나누고 얼굴을 보지 않으려 하심은 저분의 용모와 성품을 다 알고 그리하실 터, 지당한 일이라 해야겠구나.'

유기리의 생각이 이러하니 어른도 무색할 정도입니다. 할머니는 여승의 모습을 하고는 있어도 여전히 아름답고, 어디를 가든 용모가 아리따운 여자들뿐이니 유기리는 모름지기 여자란 그러한 것이라고만 여기고 있었는데, 하나치루사토는 원래가 곱지 못한데다 한창나이도 지난 터라 지나치게 야위고 머리숱도 적어, 이렇게 흠을 잡고 싶은 것일 터이지요.

한 해가 다 가려 하니 정월의 설빔을 마련하기 위해 할머니는 손이 분주합니다. 올해는 유기리 한 사람 몫만 준비하였는데, 몇 벌이나 멋들어지게 만들었지만 유기리 눈에는 전부 6위의 예복이라 마땅치가 않습니다.

마음이 울적한 유기리는 할머니에게 투정을 부렸습니다.

"초하루에 굳이 궁중에 들어갈 마음도 없는데, 왜 이렇게 서둘러 마련하셨습니까."

"궁중에 들지 않는다니 어찌 그런 말을 하는 게냐. 마치 다 늙어 기운도 없는 노인네 같은 말투로구나."

"노인네는 아니지만 아무것도 할 기력이 없습니다."

유기리는 이렇게 중얼거리고는 눈물을 글썽였습니다. 할머니는 아씨가 그리운 마음에 애를 태우는 게지 하고 생각되자, 마음이 아프고 애처로워 눈살을 찌푸렸습니다.

"사내란 아무리 신분이 낮다 해도 마음가짐은 높이 가져야 하는 법이다. 그렇게 울적하고 비관해서는 안 되느니라. 그렇게 나약하게 굴어서야 되겠느냐. 불길하구나."

"아니, 그렇지가 않습니다. 사람들이 6위라고 멸시하는 것 같으니, 그것도 한때일 뿐이라고 마음을 달래기는 하지만 역시 궁중 출입을 하기에는 마음이 무겁습니다. 조부이신 태정대신께서 살아 계셨더라면 이렇게 멸시를 당하는 일은 없었겠지요. 아버님은 애써 조심하지 않아도 좋을 친아버지인데 저를 마치 남처럼 다루시니 처소에도 마음대로 드나들 수 없고, 가까이에서 사랑을 받을 수도 없습니다. 동원으로 오실 때나 가까이 부르십니다. 서쪽 별채에 있는 하나치루사토 님은 친절하게 대하여주시지만, 친어머니만 살아 계셨더라면 근심하고 서러워할 일이 뭐가 있겠습니까."

이렇게 말하며 흐르는 눈물을 감추려 하니 할머니 역시 가여움을 감추지 못하고 눈물을 흘렸습니다.

"어머니를 잃은 사람은 신분이 높든 낮든 가여운 법이니라. 지니고 태어난 운명을 따라 어엿한 어른이 되면 아무도 무시하지 못할 게야. 그러니 너무 상심하지 말거라. 태정대신이 조금만 더 살아 계셨더라면 좋았을 것을. 태정대신을 대신하여 더할 나위 없는 후견인으로 겐지를 의지하고 있는데, 네 마음 같지 않은 일도 많은 게로구나. 세상 사람들은 내대신의 성품도 보통 사람과는 다르다고 칭찬이 자자한 듯하지만 어미인 내게는 전과 달리 매정하게 대하니, 이렇게 오래 살아남아 있는 것이 한스러울 뿐이다. 그런데 앞길이 창창한 너마저 이렇게 신세를 비관하고 있으니 참으로 고달픈 세상이로구나."

정월 초하루, 겐지는 신년 하례식에 참례하지 않아도 되는 태정대신이기에 댁에서 편하게 지냈습니다. 옛날에, 후지와라노 요시후사 태정대신이 자택에서 흰말을 보았다는 예에 따라, 정월 절회 날에는 이조원으로 흰말을 끌어들여 궁중의식을 모방한 의식을 치렀습니다. 요시후사 대신의 고사를 능가하는 새로운 것을 가미하니 가히 엄숙한 의식이었습니다.

이월 이십일이 지나서는 상황의 거처인 주작원으로 천황의 행차가 있었습니다. 벚꽃이 활짝 피기에는 아직 이른 시기였으나, 삼월은 돌아가신 후지쓰보의 기월인지라 이월에 행차를 한 것입니다. 서둘러 핀 벚꽃의 색깔이 화사하니, 주작원에서도 각별히 신경을 써서 대전을 수리하고 장식하는 등 빈틈 없이 준비를 하였습니다. 또 행차에 동행할 상달부와 친왕을 비롯한 많은 관료들도 준비에 만반을 기하니, 청색 포에 겉은 하양이요 속은 빨강인 겹옷으로 예를 갖추어 입었습니다.

천황은 적색 포를 입습니다.

천황의 부름이 있어 태정대신 겐지도 폐하 앞에 나서니, 똑같은 적색 포 차림이라 안 그래도 닮은 두 분이 더욱 닮고 빛나 보이고 누가 누구인지 구별할 수 없을 정도였습니다.

사람들의 옷차림새나 몸가짐도 평소와는 다르니, 오늘 따라 유난히 근엄하게 보입니다.

스자쿠 상황은 나이를 먹으면서 점점 더 아름답고 위엄을 갖추어 그 자태며 마음씨가 한결 우아하고 침착하였습니다.

오늘은 시의 전문가들을 부르지 않고, 시문에 능하다는 대학료의 학생 열 명을 불러들였습니다.

식부성에서 치르는 시험 문제를 참고하여 칙제를 내렸습니다. 이는 겐지의 장남인 유기리로 하여금 폐하 앞에서 시험을 치르게 하려 함이겠지요. 겁이 많은 학생들은 주눅이 들어 정신을 차리지 못합니다. 한 사람씩 배에 태워 연못 한가운데로 보내자 어쩔 줄을 모릅니다.

해가 어언 기울 무렵, 악인들을 태운 용두익수의 배 두 척이 노를 저어 연못을 돌아다닙니다. 음률을 맞추기 위해 연주하는 짧은 곡에 때맞춰 불어온 산바람이 합주를 하니 감흥이 절로 나는데, 그 소리를 들으면서도 유기리의 마음은 다른 곳에 가 있는 듯합니다.

'이렇게 힘겨운 학문의 길로 나아가지 않아도 모두와 함께 즐겁게 놀 수 있었을 터인데.'

유기리의 생각이 이러하니 세상이 그저 원망스러울 따름입니다.

「춘앵전」을 춤출 때, 스자쿠 상황은 그 옛날 기리쓰보 선황이 살아 계실 때 벌였던 벚꽃잔치를 떠올리면서 이렇게 말하였습니다.

"그렇게 멋진 광경을 언제 또다시 볼 수 있으리."

겐지 역시 그 무렵을 떠올리면서 감개에 젖었습니다.

춤이 끝날 무렵 겐지는 스자쿠 상황에게 술잔을 올렸습니다.

춘앵전 곡조는 옛날과 다름없는데

그 시절 꽃잔치를 벌이며

춤추고 놀았던

벚꽃 그늘은 죄 변하고 말았으니

겐지가 노래하자 스자쿠 상황이 화답하여 노래를 읊었습니다.

안개 너머 궁중 멀리

이곳에도

오늘 행차를 받들어

봄이 왔노라

지저귀는 꾀꼬리 소리

겐지의 동생이며 지금은 병부경인 전 대재부 태수가 폐하께 술잔을 올렸습니다.

그 옛날 기리쓰보 선황의
성대를 전하는
춘앵전의 피리 소리에
지저귀는 꾀꼬리 소리까지
그 옛날과 다르지 않으니

경하의 말을 섞은 노래로 그 자리를 수습한 병부경의 솜씨는
정말 훌륭하였습니다. 폐하께서도 술잔을 들고 노래를 읊으니,
그 모습이 더할 나위 없는 기품과 풍정을 자아내고 있습니다.

꾀꼬리가 성대를 그리워하며
우짖는 것은
흩날리는 꽃이
언젠가 색이 바래듯
나의 치세가 그에 못 미침일까

오늘의 행차는 공식적인 것이 아니라 조촐하게 모인 자리인
지라, 참석자 모두에게 술잔이 돌아가지 않아서 그런지 노래도
여기가 끝입니다. 혹 빠뜨린 것이 있을지도 모르겠지만요.
음악을 연주하는 곳이 멀어서 잘 들리지 않으니 폐하께서 악
기를 앞으로 가져오라 명하였습니다.
병부경은 비파, 내대신은 육현금, 스자쿠 상황은 쟁, 칠현금

은 역시 겐지 태정대신에게로 돌아왔습니다. 이처럼 탁월한 솜씨를 지닌 명수들이 각자의 뛰어난 기술을 다하여 연주하니 그 음색이 무엇에도 비유할 바 없이 아름다웠습니다.

창가에 능한 전상인들도 많이 모여 있어, 사이바라의 「존귀하도다」를 부른 다음 「사쿠라 사람」을 불렀습니다. 달이 어스름하게 떠올라 정취가 한층 더해질 무렵, 연못 한가운데 모래섬에 횃불이 활활 타오르면서 그 밤의 음악놀이는 막을 내렸습니다.

밤이 깊었는데, 이렇게 나선 길에 고키덴 황태후의 처소를 피하여 그냥 지나치기가 애석한 폐하께서는 그리로 발길을 돌렸습니다. 겐지도 동행하였습니다. 황태후는 기다리고 있었다는 듯이 반갑게 폐하를 맞았습니다. 황태후의 노쇠한 모습을 보니 겐지는 후지쓰보를 떠올리지 않을 수 없어, 이렇게 오래 사는 사람도 있는 것을 하고 아쉬워하였습니다.

"지금은 나이가 들어 모든 것을 잊어버렸는데 황공하옵게도 이리 찾아주셨습니다. 새삼 기리쓰보 선황이 살아 계셨을 때가 그리워집니다."

이렇게 말하면서 황태후는 눈물을 흘렸습니다.

"의지할 분들이 모두 앞서 가신 후 슬픔에 젖어 봄이 찾아와도 모르고 지냈는데, 오늘은 황태후를 뵈오니 마음에 큰 위안이 됩니다. 앞으로는 종종 찾아 뵙겠습니다."

겐지도 적당히 인사를 하고 자리를 물러나왔습니다.

"다시 또 찾아 뵙지요."

천천히 머물지 않고 서둘러 돌아가는 위세를 보면서, 황태후의 심정은 역시 온건하지 못하니 겐지를 미워하였던 옛날을 어떤 식으로 떠올렸을까요. 어차피 천하를 쥐게 될 겐지의 운을 막을 수는 없는 것이었거늘 하고 지난날을 후회하고 있습니다.

오보로즈키요 상시도 조용히 옛일을 떠올리자니 감개무량한 일이 한두 가지가 아닙니다. 지금도 여전히 일이 있을 때마다 겐지가 편지를 보내주는 듯합니다. 또 황태후는 천황에게 주상을 드리는 일이 있을 때마다, 조정에서 내려오는 하사품인 연관 연작과 그밖의 것들이 마음에 들지 않는다고 고하는데다 오래 살아 이런 참담한 일을 당한다고 분해하니, 자신의 전성시대를 되돌리고 싶은 마음에 무슨 일에든 까탈스럽게 구는 모양입니다. 나이가 들수록 잔소리가 많아지니 스자쿠 상황도 비위를 맞출 수가 없어 어찌할 바를 모릅니다.

한편 대학에서 공부하고 있는 유기리는 그 행차의 날에 칙제인 시문을 보란 듯이 작성하여 문장생이 되었습니다. 그날은 대학에서 오래도록 수학한 재능이 뛰어난 자들을 선발하였는데, 급제한 학생은 불과 세 명에 지나지 않았습니다.

유기리는 가을 인사이동 때 종5위로 승진하여 시종이 되었습니다. 구모이노카리 아씨는 한시도 잊지는 않았으나, 내대신이 눈을 밝히고 감시하는 것이 분하고 야속하여 무리하게 술수를 부리면서까지 만나려고는 하지 않았습니다. 간혹 때를 보아 편지만 주고받으니, 참으로 안타까운 두 분 사이입니다.

겐지는 이왕이면 넓고 한적한 저택을 보란 듯이 다시 지어, 너무 멀리 떨어져 있어 좀처럼 만날 수 없는 아카시 부인까지 함께 살 수는 없을까, 하고 계획하고 있습니다.

그리하여 육조 경극 주변에 우메쓰보 중궁이 상속한 옛 저택이 있는 자리의 4정 정도의 땅을 부지로 하여 새로이 저택을 짓기로 하였습니다.

내년이면 식부경이 쉰 살이 되므로 무라사키 부인은 아버지의 쉰 살 축하연을 준비하고 있습니다. 겐지 역시 모르는 척할 수 없는 일이라, 새로 지은 저택에서 축하연을 갖고자 일을 서두르게 하였습니다.

해가 바뀌고부터는 머지않은 축하연 준비와 당일 법회 후에 있을 향연, 악사와 무인들의 선정 등 겐지는 분주하게 성의를 다하여 준비에 임하고 있습니다. 축하연의 법회에 공양할 경과 불상을 장식하는 것, 그날 입을 옷가지와 장식품, 손님들에게 드릴 답례품 등은 무라사키 부인이 준비하고 있습니다.

동원의 하나치루사토의 거처에서도 일을 분담하여 준비를 거들고 있습니다. 이 두 사람 사이는 전보다 한결 돈독하니, 참으로 흐뭇한 관계입니다.

축하연 준비로 세상이 떠들썩하다는 소문을 들은 식부경은 고맙기도 한 한편 괴롭기도 하였습니다.

'지금까지 겐지 님은 세상의 많은 사람들에게 자비와 온정을 베풀어왔는데, 내 집안에 대해서만은 냉정하고 야박하게 구는 탓에 무슨 일이 있을 때마다 참으로 비참한 생각이 들었다. 우리 집에서 일하는 아랫것들에게도 마음씀씀이가 곱지 못하고 박대를 하였는데, 이는 다 나를 미워하고 원망하는 탓이겠지.'

또 한편으로는 그렇게 뒤를 돌보는 여자가 많은 가운데, 무라사키 부인에게는 각별히 총애가 깊으니 이 세상에 더할 나위 없이 훌륭하고 소중한 분이라고 애틋하게 여깁니다. 그 행복의 여운이 이 집안까지 미치지는 않는다 하여도 집안의 큰 명예요 영광이라고 생각하였습니다. 그런데다 자신의 축하연을 세상 사람들이 입이 마르도록 칭송할 만큼 대단하게 준비한다고 하니, 말년의 광영에 기쁘기 한량없었습니다. 허나 부인은 오히려 불만스럽고 불쾌하게만 생각하고 있습니다. 자신의 딸인 여어가 후궁 경쟁에서 밀려난 것을 겐지가 아무런 배려도 하지 않은 탓이라 여기며, 지금까지도 마음속 깊이 원망스럽게 여기는 탓이겠지요.

팔월에는 드디어 육조원의 건축이 끝나 이사를 하게 되었습니다.

서남쪽은 원래 우메쓰보 중궁이 서서하던 저택이므로 그대로 중궁이 살게 될 터이고, 동남쪽은 겐지와 무라사키 부인의 거처가 됩니다. 동북쪽은 이조 동원에 있는 하나치루사토, 서북쪽은 아카시 부인을 옮겨 살게 하리라 정하였습니다. 원래부터 있던 연못과 동산은 자리가 좋지 않으면 무너뜨리거나 위치를 옮겼고, 냇물이며 연못, 동산의 모양까지 네 구획에 살게 될 여인들의 취향에 맞게 바꾸었습니다.

동남쪽의 저택에는 동산을 높이 만들어 봄이면 꽃이 피는 나무를 있는 대로 모아 심고, 연못의 풍광도 각별히 아름답게 조성하였습니다. 앞뜰에는 오엽송, 홍매, 벚꽃, 등나무, 황매화, 철쭉 등 봄을 즐길 수 있는 나무를 골라 심고, 군데군데 보일 듯 말듯 가을 초목을 심었습니다.

중궁의 저택은 원래부터 있는 동산에 가을이면 선명하게 물이 드는 낙엽수를 심고, 정갈한 샘물이 저 멀리까지 흐르도록 하니, 졸졸졸 물 흐르는 소리가 더욱 크게 들리도록 바위를 세우고 폭포를 조성하여 저 먼 곳까지 가을 들판을 만들어놓았습니다. 마침 계절도 계절인지라 가을꽃들이 흐드러지게 피었습니다. 사가노의 오이 강가의 가을 풍경도 대단하지만, 이 멋들어진 정원에는 비할 바가 못 되는 듯합니다.

동북쪽의 저택은 보기만 해도 시원한 샘을 조성하고 그늘을 만드는 울창한 나무를 주로 심었습니다. 앞뜰에는 바람이 시원스레 지나다닐 수 있도록 오죽을 심었습니다. 키 큰 나무들이 무성하여 마치 숲처럼 보이니 여름날의 시원한 풍광입니다. 이곳은 또 산골 같은 분위기를 조성하기 위해 일부러 댕강목으로 울타리를 두르고, 옛날을 떠올리게 하는 귤나무, 패랭이꽃, 찔레, 모란 등의 꽃을 색색이 심고 봄과 가을의 초목을 섞었습니다. 동쪽으로는 부지의 일부를 나누어 마장전을 짓고 울타리를 둘러, 오월 경마놀이 때 놀이터로 삼을 수 있도록 하였습니다.
연못가에는 창포를 심고, 연못 건너편에는 마구간을 만들어 둘
도 없는 명마를 몇 마리나 노닐게 하였습니다.

서북쪽 저택은 북쪽을 정면으로 하여 산으로 빙 둘러 구획을
나누고 곳간을 지었습니다. 그 곳간은 소나무를 줄지어 심어 울
타리로 삼으니, 나뭇가지에 쌓인 눈을 즐길 수 있는 풍광입니
다. 초겨울, 아름다운 아침 서리가 맺히듯 국화 울타리를 만들
고, 보기좋게 물이 든 졸참나무, 그밖에 깊은 산의 잎이 무성한
이름 모를 나무들을 옮겨 심었습니다.

가을에 들어서 피안 무렵에 육조원으로 이사를 하였습니다.
모두 함께 옮기도록 계획하였으나 한꺼번에 움직이면 무척이나
혼잡할 터라 중궁은 다소 시일을 미루었습니다. 늘 그러하듯 온
화하고 말이 없는 하나치루사토는 정해진 이삿날, 무라사키 부
인과 함께 거처를 옮겼습니다.

동남쪽 봄의 앞뜰은 지금 계절에는 어울리지 않음에도 역시
나무랄 데 없는 경치였습니다.

수레가 15량이나 줄을 지으니, 수행원은 4위와 5위가 많고,
6위 전상인들은 특별한 자들만 선별하였습니다. 그것도 많은
수는 아닙니다. 세상의 이목도 있고 하여 만사를 간략하고 조심
스럽게 행하니, 위세를 과시하는 허장성세 따위는 없었습니다.

하나치루사토가 이사를 하는 모습도 거의 무라사키 부인의
행렬에 뒤지지 않습니다. 시종이 된 유기리가 동행하여 뒤를 살

피니 적절한 조처였다고 생각됩니다.

그밖에 시녀들이 묵을 조사 역시 칸칸이 세심하게 방을 나누어놓으니 시녀들에게는 더없이 반가운 일이었습니다.

대엿새가 지나 중궁이 궁중에서 출궁하여 이곳으로 옮겨왔습니다. 이 의식도 간소하게 치렀다고는 하나 기실은 매우 성대하였습니다. 뛰어난 행운의 여인임은 두말할 필요도 없지만, 그 고상한 인품에 진중함까지 겸비하고 있으니 세상 사람들이 존경하고 귀히 여기는 것이 예사롭지 않았습니다.

이 네 구획 사이에는 각기 담과 건널복도 등을 배치하여 서로 오가면서 친목을 도모할 수 있도록 배려했습니다.

구월이 되자 수목들이 저마다 단풍을 뽐내니 중궁의 가을의 침전 앞뜰은 형용할 길 없는 풍광입니다.

가을바람이 소슬 부는 저녁나절에 중궁은 벼룻집의 뚜껑을 알록달록한 가을 들꽃과 단풍으로 장식하여 무라사키 부인에게 선물하였습니다. 나이가 두엇 많은 여동이 짙은 보라색 홑옷에 보라색 뜬 옷을 겹쳐 입고 붉은 기가 감도는 누런 색 한삼을 걸쳐 입은 차림에 시중에 익숙한 태도로 복도와 건널복도의 다리를 건너 이쪽으로 옵니다. 중궁의 심부름이란 예법에 따라 격식을 차린 의식이므로 그에 걸맞는 시녀가 심부름을 해야 하는데, 중궁은 용모가 단정하고 귀여운 여동을 즐겨 부렸습니다. 이 여동은 중궁 같은 고귀한 분을 모셨던 터라 그 몸가짐하며 자태가 여느 여동과는 다르니 빼어난 미색입니다.

 봄을 좋아하여 아직도 먼
 봄을 기다리는 그 앞뜰에
 가을 뜨락의 단풍을
 바람에 실어 보내니
 보아주세요

 편지에는 이렇게 씌어 있습니다. 젊은 시녀들이 심부름 온 여동을 칭찬하는 모습도 흥미롭습니다.
 무라사키 부인은 여동이 들고 온 벼룻집 뚜껑에 이끼를 깔고 자갈돌을 바위라 여기고 오엽송 가지를 곁들여 편지를 보냈습니다.

 가을바람에 떨어지는 낙엽의
 가벼운 마음이여
 봄의 아름다움을
 바위에 뿌리내린
 늘 푸른 소나무의 초록으로
 보여주고 싶어

 꼼꼼하게 뜯어보니 바위에 뿌리내린 오엽송 가지는 섬세한 솜씨로 세공된 것이었습니다. 이리하여 중궁은 단박에 알 수 있는 무라사키 부인의 기품과 취향의 고상함에 감탄하며 바라보았습니다. 곁을 모시는 시녀들도 입을 모아 칭찬을 아끼지 않습니다.

"단풍을 곁들인 이 편지에 당한 듯한 느낌이로구려. 봄꽃이 한창 필 무렵에 새로이 답장을 보내세요. 지금 이 계절에 단풍의 험담을 하면, 가을의 여신인 다쓰타 히메도 불쾌하게 생각할 터이니, 지금은 일단 양보하고 봄이 되어 꽃을 방패로 그 뒤에 숨어 이길 수 있는 노래를 지으면 되지 않겠소."

무라사키 부인에게 이렇게 말하는 겐지의 모습이 나이를 짐작할 수 없으리만큼 풋풋하고 한없는 매력에 넘칩니다. 그런데다 지금은 이상적이고 웅장한 저택에서 부인들이 서로 편지를 주고받으며 화목하게 지내고 있으니 더 바랄 것이 없습니다.

오이의 아카시 부인은 자기처럼 사람 축에도 들지 못하는 이는 다른 부인들이 이사를 한 후에 언제랄 것도 없이 소리나지 않게 옮기자 싶어, 시월이 된 후에야 이사를 하였습니다.

겐지는 아카시 부인의 방의 장식이며 이전을 위한 격식 등 만반의 채비를 하여 다른 부인에게 뒤지지 않도록 하였습니다. 딸의 장래까지 고려하여, 무슨 일에든 다른 부인과 차별을 두지 않고 예의를 갖춰 정중하게 대우하는 것이겠지요.

머리 장식

유가오를 그리워하는

나는 예와 다름없는데

머리 장식인 다마카즈라 같은 저 딸은

어떤 인연을 더듬어

나를 찾아온 것일까

◆ 겐지

玉鬘은 '다마카즈라'라고 읽고, 머리를 장식하는 꽃, 조화, 가발 등을 뜻한다. 또한 제1권 「밤나팔꽃」첩에서 횡사한 유가오가 남긴 딸의 이름이기도 하다.

그로부터 오랜 세월이 저 멀리 흘러갔음에도 겐지는 유가오에 대한 애착을 언제까지고 버리지 못하니, 하루도 잊은 날이 없었습니다. 지금까지 각기 마음씨가 다른 다양한 여인들과 잇달아 사랑을 나누었으나, 그 유가오가 살아 있었더라면 하는 아쉬움과 무상함에 견딜 수 없이 그리워합니다.

　시녀인 우근은 이렇다 하게 내세울 것이 있는 여인은 아니지만 역시 유가오의 유품이라 여겨지니 따뜻하게 배려하여주고 있습니다. 지금은 고참 시녀 가운데 한 명으로 겐지를 받들고 있습니다.

　스마로 유랑을 떠났을 때 겐지는 자신의 시녀들을 모두 무라사키 부인에게 맡겼습니다. 그 후부터 우근은 줄곧 무라사키 부인 밑에서 일하고 있습니다. 무라사키 부인은 우근을 온순하고 조심스러운 시녀라고 여기며 소중하게 부리고 있는데, 우근은 마음속으로 이런 생각을 하면서 체념하지 못하고 슬픔에 젖어 지냈습니다.

'유가오 아씨가 살아 계셨더라면 아카시 부인에게 뒤지지 않을 정도로 총애를 받았을 터인데. 겐지 님께서는 애틋하게 사랑하지 않았던 분까지 버리지 않고 뒤를 보살피는 너그러운 분이시니, 유가오 아씨도 고귀한 신분의 부인들과 동렬은 아니어도 분명 이 육조원으로 들어올 수는 있었을 터인데.'

그 서경에 남겨둔 어린 딸조차 행방이 묘연합니다. 우근은 유가오 아씨의 갑작스런 죽음을 누구에게도 발설하지 않고 가슴 깊이 묻어두고 있습니다. 또 겐지가 어쩔 수 없는 일이니 지금 와서 새삼스레 말을 꺼낸다면 자신의 이름에 먹칠을 하는 격이라고 입단속을 하였기에 조심스러워 어린 딸을 찾아내 편지를 보내는 일도 하지 않았습니다. 그러는 사이에 유모는 남편이 대재소이로 부임하여 함께 쓰쿠시로 내려갔습니다. 유가오의 어린 딸이 네 살이 되는 해였습니다.

유모는 어린 딸의 어머니의 행방을 알아내고자 온갖 신불에게 기도를 올리고 밤낮으로 사방을 찾아다니면서 눈물을 뿌렸지만, 끝내 알아내지 못하였습니다.

'더 이상은 어쩔 수 없으니, 이 어린 아씨라도 그분의 유품이라 여기고 뒤를 보살펴주어야겠다. 아니지, 쓰쿠시까지는 멀고 먼 길인데 이렇게 데리고 가버리기는 애처로운 일, 역시 부친께 넌지시 말을 꺼내볼까.'

유모는 이렇게 생각하였지만 소식을 알릴 좋은 방법이 없었습니다.

"어머님의 행방을 모르는데, 아버님인 두중장 님께서 물으시면 뭐라 대답하겠습니까."

"아버님의 얼굴도 제대로 기억하지 못하는 이 어린 아씨를 데리고 가는 것도, 아버님 곁에 남겨두고 가는 것도 우리로서는 걱정스러운 일이지."

"두중장 님이 자신의 딸이라는 것을 알고 난 다음에야 쓰쿠시로 보낼 리가 없지."

이렇게 의논을 한 끝에 결국은 이렇다 할 설비도 갖추지 않은 허술한 배에, 기품 있고 귀여움에 넘치는 아씨를 태워 노를 젓기 시작하였을 때에는 그 가여움에 눈시울이 젖어들었습니다.

아씨는 어린 마음에도 어머니를 잊지 않고 때로 이렇게 묻습니다.

"어머니한테 가는 거예요?"

유모는 그럴 때마다 눈물을 쏟아냈습니다. 유모의 딸들도 유가오 아씨를 그리워하여 눈물을 흘리니, 소이는 뱃길을 가는데 눈물을 흘리면 불길하다면서 꾸짖었습니다.

가는 도중에 경치가 좋은 곳을 구경하면서 이런 대화를 나눕니다.

"아씨의 어머니는 마음이 젊은 분이어서 이런 경치를 많이 보여드리고 싶었는데."

"얼마나 기뻐하셨겠어요."

"하지만 그분이 계셨더라면 이렇게 쓰쿠시로 내려가는 일은 없었겠지요."

　이렇게 멀어지는 도읍을 생각하면서 방향을 거슬러 그쪽으로
가는 배를 보면 부럽기도 하고 서럽기도 하였습니다.

　"슬프구나, 이렇듯 멀리 떠나 왔으니."

　뱃사공들이 거친 목소리로 부르는 노랫소리에 유모의 두 딸
은 마주 보고 또 눈물을 흘렸습니다.

　　저 투박한 뱃사공들도
　　누구를 그리워하는가
　　오시마 해안을 지나는 지금
　　구슬픈 뱃노래 소리
　　들려오니

　　어디에서 와 어디로
　　가는 줄도 모르는 망망한 바다로
　　떠내려가는 배여
　　안타깝구나
　　어디를 향해야
　　그대 사랑을 얻을 수 있으리

　도읍을 멀리 떠나 시골로 내려가는 여행길의 서러움에 '도읍
사람들과 이별하고 시골에 묻혀'란 노래를 떠올리며, 두 사람은

기분을 풀려고 이렇게 노래를 읊고 있습니다.

지쿠젠의 가네 곶을 지나고부터는 '가네 곶을 이미 지났으나'란 옛 노래의 '나는 잊지 않으리'가 않으나 서나 입버릇이 되고 말았습니다.

대재부에 도착하자 도읍에서 너무도 멀리 떠나왔다는 실감이 절실하니, 유모의 눈에서는 눈물이 마를 날이 없었습니다. 그런 와중에도 어린 아씨를 주인으로 모시며 소중하게 키웠습니다.

유모는 간혹 꿈에서 유가오 아씨를 보는 일이 있었습니다. 그때마다 늘 같은 모습의 여인이 곁에 나란히 있곤 하였는데, 꿈에서 깨고 나면 기분이 언짢고 늘 몸이 안 좋아 역시 아씨는 이미 저세상 사람인 모양이라고 체념을 하게 되니, 그 또한 슬픈 일이었습니다.

유모의 남편 소이는 쓰쿠시에서의 임기가 끝나 도읍으로 올라가려 하였으나, 갈 길이 먼데다 별다른 힘도 없고 재정적으로도 궁핍하여 주저하는 사이에, 길을 떠나지 못하고 그만 중병에 걸리고 말았습니다. 죽음을 앞두고도 갓 열 살이 된 아씨의 모습이 눈이 부시도록 아리따워 오히려 걱정이 태산 같았습니다.

"나마저 죽고 나면 앞으로 아씨의 신세가 어찌 될꼬. 이런 변경에서 어른이 되어야 하다니 참으로 황송한 일이다. 한시라도 빨리 도읍으로 데리고 올라가 아버님께 알리고 그다음 일은 아씨의 운에 따라 장래를 맡기려 하였거늘. 도읍은 넓은 곳이니 편리한 점도 많아 아무런 걱정이 없을 것이라 채비를 서둘렀는데, 이런 곳에서 죽게 되다니.

너희들은 오직 아씨를 도읍으로 모시고 갈 일만 생각하거라. 내 죽음에 공양 따위는 하지 않아도 좋으니."

소이는 세 아들에게 이렇게 간곡한 유언을 남기고 숨을 거두었습니다.

대재부에 있는 동료들에게도 누구의 자식인지는 알리지 않고 자신의 손녀인데 소중하게 키워야 한다고만 둘러댔기에, 아씨를 아무에게도 보이지 않고 금쪽같이 키웠습니다.

그런 와중에 소이가 갑자기 죽은 것입니다. 뒤에 남은 유모는 마음이 아프고 불안하여 오직 도읍으로 돌아갈 채비만 서두르는데, 소이와 관계가 돈독하지 못했던 자들이 많아 이런저런 방해를 하니, 거기에다 신경을 빼앗기는 바람에 본의 아니게 해를 넘기고 말았습니다. 그동안에도 아씨는 무럭무럭 성장하여 어머니보다 한층 아름다운데다 아버지 내대신의 피를 이어받아서인지 기품 또한 그윽하였습니다. 그리고 성품까지 너그러워 무엇 하나 흠잡을 데가 없습니다.

소문을 듣고 색을 좋아하는 시골 사내들이 마음이 달아 연문이 끊일 날이 없었습니다. 유모는 어이가 없고 남세스러워 일절 상대를 하지 않았습니다.

"돌아가신 소이의 손녀는 용모는 그럭저럭 볼만하나 몸에 몹쓸 것이 있어 결혼도 시키지 못합니다. 여승으로 만들어 내 목숨이 붙어 있는 한 곁에 두려고 합니다."

유모는 일부러 그런 소문을 내었습니다.

"죽은 소이의 손녀가 결혼하지 못할 몸이라는군. 참으로 아까운 일이야."

사람들은 이렇게 수군덕거렸습니다. 유모는 그런 소문을 듣는 것도 못마땅한 일인지라 신불 앞에서 탄식하며 발원 기도를 올렸습니다.

'어떻게든 도읍으로 데리고 올라가 아버님에게 알려야겠구나. 어렸을 때 무척이나 예뻐하셨으니, 오랜 세월 만나지 못했다고 해서 박정하게 내치지는 않으시겠지.'

유모의 딸과 아들들은 각기 적당한 남편과 부인을 만나 그 고장에 뿌리를 내렸습니다. 유모는 한시라도 빨리 쓰쿠시를 떠나고 싶으나, 모든 것이 마음 같지 않으니 상경은 하루가 다르게 멀어져만 갔습니다.

아씨는 나이가 들어 철이 들면서 자신의 신세를 처량하게 여기니, 한 해에 세 번인 정진에도 힘을 기울였습니다. 스무 살이 되어 완연한 어른이 되자 이런 시골에 그냥 놔두기가 아까울 정도로 아리땁고 빼어난 여인이 되었습니다.

유모 일가는 지금 히젠 지방에 살고 있습니다. 그 지방에서 다소나마 유서가 있다는 집안의 사내들이 아씨의 소문을 듣고 쉴 새 없이 연문을 보내오니, 참으로 성가실 정도였습니다.

히고 지방 일대에서 번성한 한 가문에, 그 고장에서는 제법 성망도 높고 세력도 막강한 대부감이란 무사가 있었습니다. 성격은 우락부락하나 다소나마 여색을 탐하는 마음도 있어 용모가 수려한 여인을 아내로 맞고 싶어하였습니다. 그 역시 아씨의 소문을 듣고는 열심히 청혼을 하였습니다.

"불구라도 상관없으니, 질끈 눈을 감고 아내로 삼겠소이다."

유모는 마음이 몹시 상하여 이렇게 대답하였습니다.

"그런 얘기는 받아들일 수가 없습니다. 본인이 한사코 출가를 하겠노라 고집하니."

대부감은 초조한 마음에 히젠으로 달려와 유모의 세 아들을 불러들여 이렇게 제안하였습니다.

"내 뜻이 이루어지면 서로 마음을 합하여 도우며 살기로 합시다."

아들 가운데 둘째와 셋째는 그만 대부감 편에 붙고 말았습니다.

"처음에는 어울리지 않는 혼담이라 아씨를 가엾게 여겼으나, 우리들이 후견인으로 의지하기에는 대부감만큼 듬직한 인물이 없습니다. 이 사내에게 미움을 사면 이 일대에서는 마음 편히 살 수가 없으니, 아씨가 제아무리 고귀한 혈통을 이어받은 분이라 하나, 부모가 자식으로 인정하지 않고 세상에 그 관계가 알려지지도 않았으니 무슨 소용이 있겠습니까. 대부감이 저토록 열심히 아씨에게 성의를 보이니 차라리 잘된 일이 아닙니까. 대부감과 혼인한다는 전생의 인연이 있었기에 아씨도 이런 시골로 내려온 것 아니겠습니까. 도망치고 숨어봐야 더 이상 좋은 일은 없습니다. 대부감의 성질을 건드려 화라도 내게 되면 무슨 짓을 저지를지 모르니.”

유모는 아들의 협박에 가까운 말을 들으며 참으로 큰일이라고 생각하였습니다.

허나 장남인 분고의 개는 생각이 달라 이렇게 말하였습니다.

“이런 일이 생기다니 정말 안타깝고 분한 일이다. 돌아가신 아버님의 유언이 있는데, 이참에 어떻게 하든 아씨를 도읍으로 모시고 가야겠다.”

딸들도 눈물을 흘리며 원통해하였습니다 .

“어머님이 어디론가 사라져버려 그 행방조차 알 수 없어 아씨만이라도 신분에 걸맞은 사람과 혼인하기를 바랐는데, 그런 시골 사람과 맺어져야 하다니.”

대부감은 이런 일이 있는 줄은 모르고, 자기가 굉장한 명성가라도 되는 듯 자찬에 빠져 열심히 연문을 보냅니다. 필적도 봐줄 만하고, 중국에서 건너온 물들인 종이에 좋은 향내까지 배이게 하여 그런대로 썩 괜찮은 편지라고 본인은 생각하나, 그 말투에는 심한 사투리가 섞여 있습니다.

끝내 대부감 자신이 유모의 둘째 아들을 거느리고 직접 찾아왔습니다.

나이는 서른에 키가 크고 몸집도 두둑하니 보기에 거북한 풍채는 아니나, 유모는 선입견 때문인가 태도 등이 거칠게 느껴지고 보기만 해도 겁이 납니다. 혈색도 좋고 정력적으로 보이지만 쉰 목소리로 알아듣지 못할 사투리를 늘어놓습니다. 청혼을 하는 사내는 어둠을 틈타 은밀히 찾아오기에 굳이 '밤손님'이라고 하는 것일 터인데, 아직 어두워지지도 않은 봄날의 저녁나절에 찾아오다니 참으로 별난 일입니다. '가을날의 저녁에는 어쩐지 그리움이 더하니'라 하여 사람이 그리워진다는 가을날 저녁도 아닌데, 정말 기이한 일입니다. 대부감의 마음을 상하지 않게 하기 위해 유모가 몸소 나와 응대를 하였습니다.

"돌아가신 소이는 인정도 많고 위엄도 있는 훌륭하신 분이어서 화목하게 지내고 싶었는데, 그런 내 마음도 비치기 전에 안타깝게도 돌아가시고 말았습니다. 그 소이를 대신하여 제가 소임을 다하고자 하는 마음에 오늘은 이렇게 한눈도 팔지 않고 한달음에 찾아왔습니다. 이곳에 계시는 아씨가 실로 고귀한 혈통을 이어받은 분이라고 하니 황송합니다. 오로지 제 주군으로, 머리 위에 받들어 모시려고 합니다. 다만 할머니께서 탐탁하게 여기지 않는다 들었는데, 이는 제가 하잘것없는 여인네들과 관계하고 있다는 소문을 들어 그런 것이겠지요. 그러나 어떻게 그런 여인네들과 아씨를 대등히 여길 수 있겠습니까. 나는 아씨를 중궁에 못지않게 대접하겠습니다."

대부감이 이렇듯 넉살좋게 말을 늘어놓자 유모는 대답하였습니다.

"탐탁지 않아하다니요. 그렇게 말씀하여주시니 참으로 다행
스러우나 전생의 인연이 좋지 않은가 봅니다. 허나 말 못할 사정
이 있어 본인도 어떻게 사람들 앞에 나설 수 있겠느냐고 남몰래
슬퍼하고 있습니다. 우리도 가여워 보기가 딱할 정도입니다."

"사양할 것 없습니다. 설사 눈이 멀고 걷지 못한다 한들 제가
보살펴 고치겠습니다. 히고 지방의 신불은 모두 제 말을 잘 들
어주시니."

대부감은 자신만만하게 호언장담을 하면서 아씨를 맞아들일
날을 억지로 정하려 합니다.

"이번 달은 계절의 끄트머리, 혼인 날짜를 잡기에는 불길한
때이니."

유모는 이렇게 시골 사람들이 잘 믿는 미신을 내세워 그 자리
를 모면하였습니다.

대부감은 돌아가려고 마당으로 내려서다가 노래를 한 수 읊
고 싶어 오래도록 궁리한 끝에 이렇게 노래하였습니다.

　　그대를 향한 내 마음

　　행여 바뀐다면

　　어떤 벌이라도 받겠노라

　　마쓰라의 거울 신께

　　맹세하노니

"이 노래는 내가 보기에도 제법 잘 지은 것 같은데."

대부감이 이렇게 싱글거리나, 연가를 주고받는 데는 익숙하지 않은 듯 서툴러 보였습니다.

유모는 억장이 무너져 듣는 둥 마는 둥하니 답가를 노래할 처지가 아닙니다. 딸들에게 답가를 지으라 하나 딸들 역시 무서워서 정신이 아득하다고 싫다 하니, 시간만 흘러 어쩔 도리가 없는지라 유모가 생각나는 대로 읊었습니다.

오랜 세월
아씨의 행복만을 기원해왔는데
어긋난 인연이라면
거울의 신을 무자비한 신이라
원망할 터이니

떨리는 목소리로 이렇게 화답하자 대부감이 그 무슨 소리냐며 갑자기 돌아섭니다.

그 기척에 놀라 유모의 안색이 하얗게 질렸습니다. 딸들이 대신 나서 호탕하게 웃으면서 이렇게 말하여 사태를 무마시켰습니다.

"아씨의 몸이 예사롭지 않으니 이 혼담이 깨어지면 상심이 클 것이라고 생각한 것을, 노인네가 실성하여 거울의 신을 운운하며 잘못 읊은 것입니다."

"아, 그런가. 거 참 재미있는 노래일세. 나를 시골 촌놈이라고들 하는데, 세상 이치를 모르는 불한당은 아니지. 도읍 사람이라고 뭐 별게 있을까. 다 알고 있어. 바보 취급 안 하는 것이 좋을 거야."

대부감은 고개를 끄덕이며 이렇게 말하고는, 한 수 노래를 더 읊으려 하였으나 뜻대로 나오지 않자 그대로 돌아갔습니다.

유모는 둘째 아들이 대부감의 편으로 돌아선 것이 걱정스러워 장남인 분고의 개를 볶아댔습니다.

'대체 어찌하면 좋단 말인가. 의논하고 힘이 되어줄 만한 사람도 없으니. 많지 않은 형제들과는 내가 대부감을 편들지 않는다고 해서 사이가 멀어졌고, 대부감의 미움을 사면 마음대로 운신도 못할 처지가 될 터이니. 자칫 일을 섣불리 처리했다가는 도리어 큰 화를 당할 터인데.'

분고의 개는 이렇게 고민하다가, 아씨가 남몰래 한탄하는 모습이 실로 애처롭고 대부감의 아내가 되느니 차라리 죽어버리겠노라고 낙담하는 것도 지당한 일이라, 과감하게 여행 계획을 세우고 도읍으로 출발하였습니다. 여동생도 긴 세월을 함께하였던 남편을 버리고 아씨가 가는 길에 동행하였습니다. 그 여동생은 혼전에는 아테키라 불렸으나 지금은 병부라고 하는데, 깊은 밤 몰래 빠져나와 아씨를 따라 배에 오른 것입니다.

대부감이 히고로 돌아가 사월 이십일경 길일을 잡아 아씨를 데리러 오겠노라고 하여 이렇게 급히 길을 떠나는 것입니다.

누이는 가족들이 많아 도저히 집을 떠날 수가 없었습니다. 자매는 작별을 아쉬워하였습니다. 앞으로 만나기조차 어려울 것이나 여동생은 오래도록 산 고장인데도 미련이 없었습니다. 다만 마쓰라 신사 앞에서 철썩이는 파도의 경치와 언니와 헤어지는 것만이 서러워 누가 뒤에서 머리를 잡아당기는 듯한 심정에 자꾸만 뒤를 돌아봅니다.

괴로운 일 많았던 섬을
노 저어 떠나기는 하였으나
향방을 알 수 없는 바닷길
부는 바람에 맡겨 배를 띄우니
어찌 될꼬 이내 신세

병부가 이렇게 노래하자 아씨가 화답하였습니다.

가는 곳 알 수 없는 멀고 먼 뱃길
지금 불안한 마음으로 배를 띄우니
바람 부는 대로 떠도는
이내 신세의 허망함이여

아씨는 앞날이 불안하여 견딜 수 없어 배에 앉아서도 엎드리고만 있습니다.

이렇게 은밀히 도망친 일이 절로 사람의 입에서 입으로 전해지면 대부감의 오기가 발동하여 반드시 뒤쫓아오리라 여겨지니 모두 제정신이 아닙니다. 노가 많아 빠르다는 배를 특별히 만든 데다 마침 순풍이 불어와, 배는 어지러울 정도의 속도로 도읍을 향해 달렸습니다.

뱃길이 험하기로 유명한 히비키의 하리마 해협도 무사히 지났습니다.

"해적의 배가 아닐까. 조그만 것이 날아가듯 빠르군."

이렇게 말하는 사람도 있었는데, 난폭하고 인정사정 보지 않는 해적보다 그 끔찍한 대부감이 쫓아올까봐 더 두려우니, 일행은 안절부절 어찌할 바를 모릅니다.

괴로운 마음에
그저 쿵쾅거리는 가슴
이 불안에 떠는 가슴에 비하면
히비키 해협의 파도소리 따위
무에 두려울 게 있으랴

"셋쓰의 가와지리란 곳이 가까워지는구나."

이렇게 말하는 사공의 목소리에 다들 가슴을 쓸어내리며 다소 마음을 놓았습니다.

가라도마리에서 가와지리를 뱃길로 가다보니

뱃노래를 부르는 사공들의 거친 목소리가 그다지 운치는 없어도 지금은 오히려 가슴에 절절하게 와 닿습니다.

그렇듯 사랑스러운 처자식도 있었네

분고의 개도 가슴에 절절하게 스미는 목소리로 흥얼거립니다.
'생각해보니 이 노래처럼 모든 것을 다 버리고 왔구나. 지금쯤 처자식은 어찌하고 있을꼬. 듬직하고 힘이 될 만한 신하들은 다 데리고 왔으니, 대부감이 화가 나 남기고 온 가족들에게 해코지를 하지는 않을까.'
하지만 이런 생각을 하니, 처자를 버리고 떠나온 것이 어른스러운 처사는 아니었다 여겨집니다. 뱃길이 순탄하여 다소 안심이 되면서 이런저런 생각을 하는 탓이나, 마음이 울적해져 눈물이 나옵니다.

호나라 땅에
허망하게도 처자식을 버려두었구나

분고의 개가 자기도 모르게 『백씨문집』의 시 한 수를 흥얼거리자, 그 소리를 들은 여동생 병부도 상념에 잠겼습니다.

'정말 내가 무슨 짓을 한 것인지 모르겠구나. 긴 세월을 함께 산 남편의 마음을 저버리고 도망쳐 나왔으니, 그 사람은 지금쯤 무슨 생각을 하고 있을까.

도읍으로 올라간다고 해서 당장 몸을 의지할 수 있는 집이 있는 것도 아니고, 몸을 의탁할 만한 사람이 있는 것도 아닌데. 오직 아씨 한 분을 위해서 지금까지 살아온 정든 고장을 떠나 바닷바람에 실려 정처 없이 떠돌고 있으니, 앞으로 어찌하여야 좋을지 모르겠구나. 아씨 역시 어찌하여드리면 좋단 말인가.'

그저 모든 것이 막연하기만 하니, 새삼 좋은 도리가 있는 것도 아니어서 아무튼 서둘러 도읍으로 들어갔습니다.

도읍의 구조에 옛 지인 가운데 아직 살아남아 있는 사람을 찾아내어 그리로 향하니, 다행히 잠시 묵을 곳이나마 확보한 셈입니다. 그곳 역시 도읍이라고는 하나 그만저만한 사람들이 모여 사는 곳은 아니라서, 장사치들과 행상인 같은 천한 사람들에 섞여 세상이란 참으로 뜻한 바대로 되지 않는다며 우울하게 지내는 사이, 어느새 가을이 되었습니다. 앞날을 생각하면 그저 허망할 뿐입니다. 의지하였던 분고의 개도 도읍에서는 물새가 뭍으로 오른 것 같은 심정이라 우왕좌왕 허둥댈 뿐입니다. 익숙하지 않은 도읍 생활에서 희망도 없고 할 일도 없어 손을 놓고 있지만 그렇다고 다시 쓰쿠시로 돌아갈 수는 없는 일, 분별없이 쓰쿠시를 떠나온 것을 후회하고 있습니다. 함께 온 신하들도 각자 연고자를 찾아 떠나거나 히젠으로 돌아가는 등 뿔뿔이 흩어지고 말았습니다.

유모는 도읍에 정착할 뾰족한 길이 없는 것을 분고의 개에게 죄스러워하였습니다.

"아닙니다. 나는 괜찮아요. 아씨를 대신하여 어디까지 간들, 가서 행방조차 알 수 없이 사라진다 한들 그 누가 뭐라 하겠습니까. 설사 우리가 권세를 쥐게 되고 영화를 누리게 된다 한들, 아씨를 대부감 같은 시골 사내에게 두고 왔다면 무슨 면목으로 살 수 있겠습니까."

분고의 개는 진심으로 유모를 위로합니다.

"신이 반드시 아씨에게 행운을 열어줄 것입니다. 이 근처에 있는 이와시미즈 하치만 궁은 쓰쿠시에서 아씨가 종종 참배하였던 마쓰라, 하코자키와 같은 계열의 신사입니다. 아씨가 히젠을 떠날 때도 발원을 하고 기도를 올렸으니, 무사히 도읍으로 올라온 지금 신의 덕으로 무사히 돌아왔노라고 어서 보고를 하세요."

아씨를 이와시미즈 하치만 궁으로 데리고 가 참배를 하였습니다. 그리고 그 근처 사정을 잘 아는 사람을 찾아, 돌아가신 아버지와 우애가 두터웠던 오사라는 승려가 살아 있다는 것을 알고는 불러들여 같이 참배를 하였습니다.

"그다음으로는, 부처 가운데에서도 하쓰세의 관세음이야말로 우리나라 안에서 가장 영험하다고 그 평판이 중국 땅까지 자자하다고 합니다. 하물며 멀고 먼 시골이라고는 하나 아씨는 이 나라 땅에서 오랜 세월을 살았으니, 더 많은 은혜를 베풀어주시 겠지요."

분고의 개는 이렇게 말하며 하쓰세 참배에 나섰습니다.

더욱 많은 은혜를 베풀어주시도록 탈것을 사용하지 않고 걸 어서 가기로 하였습니다. 아씨는 걷는 일에 익숙하지 않으니 괴 롭고 힘들었지만, 하자는 대로 열심히 걷고 있습니다.

"내 무슨 죄업이 있어 이리도 서글픈 세상에서 헤매어야 한 단 말인가. 어머니, 이미 돌아가셔서 이 세상에 있지 않다면, 이 몸을 어여삐 여기시어 어머니 계신 곳으로 데리고 가주세요. 만 의 하나 아직 이 세상에 살아 계시다면 아무쪼록 모습을 보여주 세요."

생전의 모습은 기억도 하지 못하는데, 이렇게 부처님께 기도 하면서 오직 어머니가 살아 있기를 염원하고 슬퍼하였습니다.

힘든 여행길을 걷고 걸어 나흘째 되는 날 오전 열 시경에 쓰 바이치라는 곳에 간신히 도착하였습니다. 일행은 힘에 겨워 죽 고 싶은 심정이었습니다.

도중에 아씨는 걸을 수 없을 지경으로 발이 상하여 이런저런 처치를 하면서 간신히 여기까지 왔으나, 더 이상은 참을 수 없 이 발이 아프고 괴로우니 잠시 쉬어가기로 하였습니다.

믿음직스러운 분고의 개와, 활을 지닌 자가 둘, 그밖에 하인 과 몸종이 서넛 동행하고 있습니다. 여자는 모두 셋, 그밖에 변기 청소를 하는 여자와 늙은 하녀 둘이 수행하고 있습니다. 사람 수가 많지 않아 조촐하게 사람들의 눈을 피해 다니는 일행입니다.

불전에 바칠 등불을 새로이 마련하는 사이에 해가 저물었습니다. 숙소의 주인인 승려가 와서 잔소리를 하였습니다.

"다른 분이 묵기로 되어 있는데 누구를 함부로 들여놓은 것이냐. 제멋대로 다른 손님을 묵게 하다니 어리석은 자들 같으니라고."

참으로 혹독한 처사라고 어이없어하고 있는데, 그 사람들이 당도하였습니다.

그들도 걸어서 온 모양이었습니다. 신분이 상당히 높은 듯한 여자 둘에 하인이 다수 따르고 있습니다. 말도 네댓 필을 끌고 있으나, 일행은 몹시 소박한 차림으로 눈에 띄지 않으려고 애를 쓰는 듯합니다. 깔끔한 차림을 한 수행원도 몇 명 있습니다.

주인인 승려는 이 일행을 꼭 묵게 하려고 방을 어떻게 안배할까 고심하면서 우왕좌왕하고 있습니다. 그런 모습이 안되었기는 하지만, 숙소를 바꾸는 것도 체면이 서지 않고 성가신 일, 분고의 개 일행은 안쪽 방으로 들어가거나, 눈에 띄지 않게 다른 방에 숨고 나머지는 방 한구석에 몸을 기댔습니다. 휘장으로 막아 아씨가 새 손님의 눈이 띄지 않도록 합니다. 소리나지 않게 조용히 상대방에게 신경을 쓰고 있는 것을 보면 무례한 자들은 아닌 듯하였습니다.

새 손님은 돌아가신 여주인을 잊지 못하고 자나깨나 그리움에 눈물을 흘리는 우근이었습니다. 세월이 흐르면서 육조원에서 지내는 어중간한 신세가 거북하고 불안하여 고민하는 터라 종종 이 하쓰세 절을 찾아 참배를 드리는 것입니다.

늘 하는 일이라 가벼운 차림으로 떠나오기는 하였으나 도보 여행이 힘들고 괴로웠던 우근은 물건에 기대어 옆으로 누워 있습니다. 그때 옆에 있는 휘장 너머로 분고의 개가 아씨에게 드릴 식사인지, 쟁반을 손수 들고 와 말하는 소리가 들렸습니다.

"아씨에게 드리세요. 그릇이 성치 않아 죄송합니다."

우근은 자신들과는 신분이 다른 사람인 모양이라 여기고, 휘장 틈새로 들여다보았습니다. 그런데 남자의 얼굴이 어디에선가 본 듯한 얼굴입니다. 하지만 누구인지는 기억나지 않으니 분고의 개가 매우 젊었을 때 본 탓입니다. 지금은 살이 찌고 피부는 검게 그을리고 차림새도 허술하니, 오랜 세월의 격차를 메우고 금방 알아보기란 쉬운 일이 아니겠지요.

"삼조, 아씨가 부르십니다."

분고의 개가 불러서 나온 여인 또한 본 적이 있는 얼굴입니다. 돌아가신 유가오 아씨가 오래도록 부렸던 몸종으로, 숨어지낸 집까지 동행하였던 여인입니다. 그 여인이 틀림없다 여겨지니 우근은 마치 꿈을 꾸고 있는 듯한 심정이었습니다. 여주인임직한 사람을 보고 싶은데, 사람들이 가리고 숨겨서 좀처럼 들여다보이지 않습니다.

'저 삼조라는 여인에게 물어보아야겠구나. 남자는 효토타라 불리던 자가 틀림없지 싶은데. 그렇다면 아씨도 같이 있는 것일까.'

이런 생각을 하니 마음이 급하여 참을 수가 없는 터라 휘장 너머에 있는 삼조를 불렀습니다. 그런데 삼조는 먹느라 정신이 없어 나오지를 않으니, 조급하고 답답하지만 화를 낸다고 해서 될 일이 아닙니다.

마침내 삼조가 나와 우근 곁으로 다가왔습니다.

"저는 누구신지 잘 모르겠는데요. 쓰쿠시 지방으로 내려가 20년 가까이 산 하찮은 저를 알아보는 도읍 분이 있다니, 그럴 리가 없지요. 사람을 잘못 본 모양입니다."

삼조는 풀 빠진 명주옷 위에 얇은 비단 겉옷을 걸친 촌스러운 차림에 부쩍 살이 쪄 있습니다. 그 모습을 보니 우근은 자신의 나이를 되새기게 되는 듯하여 꺼림칙하였으나 얼굴을 바짝 들이밀고 이렇게 말하였습니다.

"내 얼굴을 잘 보세요. 기억이 안 나나요?"

삼조는 그제야 손뼉을 치며 큰 소리로 울음을 터뜨렸습니다.

"아이구, 우근 님이 아니세요. 아니 어떻게 세상에 이런 일이. 이런 곳에서 우근 님을 만나다니, 너무너무 반갑군요. 어디에서 참배를 오셨나요. 주인님은 계신가요."

앳된 삼조의 모습에 익숙했던 옛날을 생각하니, 지금까지 지내온 세월이 얼마나 오래인지가 절실하게 느껴져 우근은 가슴이 벅찼습니다.

"그보다 유모는 어디 계신가요? 어린 아씨는 어떻게 되었고요. 아테키라고 불렀던 여동은?"

우근은 이렇게 물으면서도 유가오에 대한 말은 꺼내지 않았습니다.

"모두 계십니다. 아씨는 벌써 어른이 되셨고요. 아무튼 유모에게 우근 님을 만났다고 말씀드려야겠습니다."

삼조는 이렇게 말하고는 휘장 너머로 돌아갔습니다.

얘기를 전해 듣고 모두 깜짝 놀랐습니다.

"정말 꿈만 같습니다. 그리도 원망하고 너무하다고 여겼던 그 사람을 이런 곳에서 만나다니."

유모가 그렇게 말하면서 이쪽으로 다가왔습니다. 서먹하게 사이를 가르고 있었던 병풍을 활짝 밀치고 얼굴을 마주하자, 말도 나오지 않아 서로 눈물을 흘릴 뿐입니다.

노쇠한 유모는 이렇게 말합니다.

"주인아씨는 어떻게 되었나요. 지금까지 긴긴 세월 동안, 꿈속에서도 그분이 계시는 곳을 알고 싶어 기도를 하였는데, 저 멀고 먼 쓰쿠시의 시골에서는 바람조차 소식을 날라다 주지 않더군요. 이런 나이가 되도록 살아남아 있는 몸이 오히려 한심할 지경이었습니다. 하지만 어머님께 버림받은 어린 아씨가 귀엽기도 하고 애처롭기도 하니, 저승길을 떠나려 해도 마음에 걸리는 것을, 그렇다고 어떻게 보살펴야 할지 몰라 아직까지 죽지도 못하고 있습니다."

우근은 그 옛날 유가오의 죽음에 대하여 뭐라고 해야 좋을지 몰라 당황하였던 때보다, 지금이 오히려 더 난감하였습니다.

"말씀을 드려도 소용없는 일입니다. 아씨는 벌써 오래전에 저세상 사람이 되었는걸요."

이렇게 말하자마자 두세 사람이 눈물을 쏟으며 통곡하였습니다.

해가 기울어 분고의 개 일행이 등불을 밝힐 준비를 서두르니, 이렇듯 우연히 재회를 한 탓에 더욱 마음만 급하게 헤어졌습니다.

"함께 갈까요."

우근이 이렇게 말해보았지만, 서로의 동행이 이상히 여길 수도 있고 분고의 개에게 우근을 만났다는 이야기를 할 틈조차 아직 없었던 터라 유모와 우근은 스스럼없이 각자 밖으로 나갔습니다.

우근이 살짝 일행을 살펴보니, 힘겨운 여행길에 많이 지쳤음에도 뒷모습이 사뭇 아름다운 아씨가 눈에 띄었습니다. 초여름 사월경에 입는 홑옷 같은 것을 머리에 쓰고 있는데 그 안으로 검은 머리가 비쳐 보이니, 뭐라 표현하면 좋을지 모를 정도로 아름답습니다. 우근은 마음이 아프기도 하고 안쓰럽기도 하였습니다.

밤길에 눈이 익은 우근은 분고의 개 일행보다 빨리 관음상이 있는 절에 당도하였습니다. 분고의 개는 아씨를 모시느라 고생하면서 초야의 근행 시간에 겨우 도착하였는데, 불당은 참배객들이 대거 모여들어 시끌벅적하였습니다.

우근은 본존불의 오른쪽에 가까운 곳에 자리를 잡았고, 아씨 일행은 기도를 의뢰한 법사와 아직 친분이 두텁지 못한 탓인가 본존불에서 멀리 떨어진 서쪽에 자리를 잡게 되었습니다.

"이쪽으로 오세요."

우근이 자리를 찾아가 말을 건네자, 유모는 분고의 개에게 전후 사정을 설명한 후에 남자들만 남겨놓고 아씨를 우근의 자리로 옮기도록 하였습니다.

"나는 비록 하잘것없는 몸이나, 지금은 태정대신을 모시고 있는 터라 이렇게 은밀히 나선 길에도 무례한 해코지를 당하는 일은 없으리라고 마음 든든하게 생각하고 있습니다. 건방지고 무식한 자들이 이렇게 사람이 많이 모이는 곳에서 시골 사람을 보면 거들먹거리며 무례한 짓을 하는 예도 있으니."

우근은 이렇게 말하고는, 하고 싶은 얘기는 태산처럼 많으나 독경 소리가 사방으로 울려 퍼지는 터라 본존 관음상을 향해 절을 올리면서 마음속으로 이렇게 기도하였습니다.

'부디 아씨를 찾아달라고 관음상에게 빌고 또 빈 보람이 있어 덕분에 오늘 이렇게 만났습니다. 겐지 님께서 아씨의 행방을 몰라 애를 태우고 계시니 아씨를 만났다고 얼른 알려드려야겠습니다. 아무쪼록 아씨의 앞날에 행복을 내려주세요.'

각 지방에서 온 사람들이 참배를 드리고 있습니다. 그 가운데에는 이 야마토 지방의 수의 부인도 있습니다. 동행들도 호화롭고 위세등등한 것을 보고 삼조는 부러워하며 이렇게 기도하였습니다.

"나무대자대비하신 관음불이여, 다른 바람은 없습니다. 부디우리의 소중한 아씨가 대재대이의 정부인이 되든가 이 야마토 수령의 정부인이 될 수 있도록 기도 올립니다. 그렇게 되면 이몸도 출세를 하게 될 터이니, 그런 날에는 반드시 참배를 드리러 오겠습니다."

이마에 손을 대고 일심으로 절을 하는데, 우근은 그 소리를 듣고는 재수 없는 말을 한다고 이렇게 말하였습니다.

"어이가 없습니다. 시골 사람이 다 되었군요. 아씨의 아버님인 두중장께서는 그 시절에만 해도 폐하의 신임이 두터운 분이셨습니다. 하물며 지금은 천하를 손안에서 주무르시는 내대신입니다. 그런 분의 어엿한 자녀인데, 그런 아씨가 하필이면 수령의 아내가 되어 보잘것없는 신분으로 영락할 일이 있다는 말입니까."

"참 내 조용히. 입 다무세요. 대신이니 뭐니 다 소용없지요. 대이의 정부인이 시미즈의 관세음사를 참배할 때 그 행렬의 위세는 폐하의 행차 못지않았습니다. 아무것도 모르는 주제에, 쯧."

삼조는 이렇게 대꾸하고는 또 열심히 절을 올립니다.

쓰쿠시에서 온 분고의 개 일행은 사흘 동안 이어 참배를 하기로 하였습니다. 우근은 그렇게 오래 있을 생각은 아니었지만, 이 기회에 아씨와 마음껏 그동안 사연을 얘기하리라 싶어 자신도 사흘을 있기로 하고 법사를 불러 부탁하였습니다. 법사는 발원문에 쓰는 소원의 취지를 세세하게 알고 있는 터라 이렇게 일렀습니다.

"예의 후지와라의 루리 아씨를 위해 공양을 올리겠습니다. 성심을 다해 기도해주세요. 그분을 바로 얼마 전에 찾았습니다. 소원 성취의 예도 갖추겠습니다."

옆에서 듣고 있던 유모는 감개무량하기 짝이 없었습니다.

"그것 참으로 잘된 일입니다. 소승이 밤낮 없이 기도한 효험이 있었습니다."

법사는 이렇게 말하였습니다.

사방이 여전히 시끌시끌한 것을 보니 아무래도 밤새 근행이 계속되는 모양입니다.

날이 밝자, 모두 함께 우근의 지기인 법사의 숙소로 내려갔습니다. 그동안 쌓인 얘기를 나누며 마음껏 회포를 풀려는 것이겠지요. 여행길에 지쳐 얼굴이 초췌한 아씨가 우근을 거북해하는 모습이 우근에게는 오히려 아름답게 보였습니다.

"나는 뜻하지 않게 고귀한 분을 모시게 되어 많은 분들을 만나보았습니다. 오래도록 무라사키 마님만큼 기량이 훌륭하신

분은 없을 것이라고 생각해왔고, 그밖에는 물론 무라사키 마님이 거두고 있는 아카시 아씨의 생김생김이 아주 귀엽습니다. 겐지 님께서 그 아씨를 어여삐 여기시는 것은 두말할 필요도 없지요. 그런데 아씨의 모습이 여행길에 초췌해졌음에도 그 두 분에게 뒤지지 않을 정도로 참으로 고우십니다.

겐지 님께서는 선황이 살아 계셨을 때부터 황후와 여어를 비롯한 많은 후궁과 그 아래 신분의 많은 여자 분들을 빠짐없이 보아오셨는데, 비록 돌아가셨지만 폐하의 모후이신 후지쓰보 님과 이 아카시 아씨의 용모를 두고 '미인이란 그런 사람을 두고 하는 말일 것이야'라고 무라사키 마님께 말씀하시곤 합니다. 나는 후지쓰보 모후는 본 적이 없기에 그 두 분과 이 아씨를 견주어 보자면, 아카시 아씨는 아무리 미인이라지만 아직은 나이가 어려 어른이 된 후가 기대되는 분이니 역시 무라사키 마님이 그 누구도 흉내낼 수 없을 만큼 빼어나다 할 수 있지요. 겐지 님께서도 무라사키 마님을 내심 가장 빼어나다고 여기실 터이지만, 그렇다 말씀은 하지 않으십니다. 오히려 '나와 부부의 인연을 맺게 되다니 당신에게는 분에 넘치는 일이지' 하고 농담을 하시지요. 그런 두 분의 모습을 보면 마음이 푸근하여 목숨줄이 늘어나는 듯싶고, 이렇게 훌륭한 부부가 어디에 또 있을까 하고 생각하게 됩니다. 하지만 이 아씨도 무라사키 마님에 조금도 뒤지지 않습니다. 세상에는 한도라는 것이 있기에 아무리 아름답다고 해도 부처님처럼 머리에서 후광이 비치는 분은 없지요.

다만 이 아씨 같은 분이야말로 빼어난 용모라 하지 않을 수 없군요."

이렇게 아씨의 아름다움에 넋을 잃고 싱글거리니 유모도 기뻤습니다.

"옳은 말이지요. 이렇게 아름다운데 하마터면 그 변경의 시골 촌구석에서 평생을 묻혀 살게 할 뻔 했습니다. 그것이 안타깝고 슬퍼 집과 가재도구를 모두 버리고, 의지해왔던 아들딸자식들과도 생이별을 하고 이 낯선 타향 같은 도읍으로 올라온 것입니다. 아무쪼록 우근 님이 아씨의 운을 트이게 해주세요. 고귀한 분을 섬기고 있다 하니 연줄이 많을 터이지요. 아씨의 일이 아버님인 내대신의 귀에 들어가 자녀의 한 명으로 인정받게 할 길을 가르쳐주세요."

유모가 이렇게 말하자 아씨는 부끄러워 등을 돌리고 있습니다.

"비록 하잘것없는 몸이나 겐지 님도 가까이 모시고 있는 터라 무슨 일이 있을 때마다 어린 아씨는 어떻게 되었을까요, 하고 말씀드렸더니 귀담아들으시고 '나도 어떻게든 찾아내고 싶으니, 만약에 소문이 들리거든 꼭 알리라'고 하셨습니다."

"태정대신 겐지 님께서 아무리 지체 높으신 분이라 하나 어엿한 부인이 여럿 있습니다. 우선은 그 누구보다 아버지인 내대신께 알려주세요."

유모가 이렇게 말하자 우근은 옛일을 이야기하였습니다.

"겐지 님은 유가오 아씨를 잊지 못하고 늘 슬픈 추억으로 간직하고 계십니다. '그 사람 대신 어린 아씨라도 보살피고 싶구나. 나는 자식이 많지 않아 적적하니, 만약에 그 아씨가 어디선가 나타나면 사람들에게는 내 친자식을 찾았노라고 얘기하거라'라고 이전부터 말씀하셨습니다. 그 무렵에는 저도 분별력이 없고 기를 펴지 못하고 있었던 터라, 찾아보지도 못하는 사이에 유모의 부군께서 대재부 소이가 되었다는 소식을 사람을 통해 들었습니다. 부임 당시 인사차 이조원에 잠시 들렀을 때는 힐끔 보았을 뿐 말조차 걸지 못하였습니다. 아씨는 그 시절 오조의 밤나팔꽃이 피는 집에 그대로 놔두고 갔는 줄 알았는데, 이렇듯 시골 사람이 되고 말았으니 참으로 큰일입니다."

이렇게 그날은 하루 종일 옛이야기도 하고 염불도 외우고 독경도 하면서 지냈습니다. 그곳은 참배객들의 모습이 내려다보이는 장소로, 숙소 앞을 흐르는 강을 하쓰세 강이라고 합니다.

삼나무 두 그루가 서 있는
이 하쓰세에 참배를 오지 않았더라면
이 하쓰세 강가에서
그대와의 해후
과연 이룰 수 있었을까요

우근은 이렇게 노래하며 아씨에게 기도한 보람이 있었노라고 말하였습니다.

물살이 빠른 하쓰세 강

　　흘러간 옛날 일은 모르겠으나

　　오늘 이 만남의 기쁨에

　　흐르는 눈물의 강이 되니

　　이 몸마저 흐르네

　또한 이렇게 노래하며 눈물을 흘리는 아씨의 모습은 어디 하나 흠잡을 데가 없습니다.

　"이렇게 수려하고 아리따우신데, 만약 시골 냄새나 나는 촌여자가 되었더라면 옥의 티라고 얼마나 분해했을까요. 정말 이렇게 훌륭하게 키우시느라고 애를 많이 썼습니다."

　우근은 유모의 노고와 정성을 진심으로 고마워하였습니다.

　돌아가신 유가오 아씨는 그저 풋풋하고 얌전하고 나약하게 느껴질 정도로 나긋나긋하였는데, 이 아씨는 기품이 있고 몸가짐도 이쪽이 부끄러워질 정도로 그윽한데다 소양까지 갖추고 있습니다.

　이런 아씨가 자란 쓰쿠시란 곳은 얼마나 아름다운 곳일까 하고 우근은 상상해보는데, 쓰쿠시에서 돌아온 다른 옛 지기들은 모두 촌사람이 되어 있었으니, 어째 납득이 가지 않습니다.

　해가 기울자 불당으로 올라가 다음날까지 밤새워 근행을 하였습니다.

　골짜기에서 불어오는 서늘한 가을바람까지 갖가지 감개에 젖어 있는 유모를 훑고 지나가니 이런저런 생각이 끊이지 않습니다. 지금까지는 남들 같은 생활조차 여의치 않을 것이라고 불안해하였는데, 우근의 말을 따르면 아씨의 아버지인 내대신은 여러 부인이 낳은 그만저만한 자식들까지 각기 제몫을 할 수 있도록 훌륭하게 키웠다고 하니, 아씨도 이제 그만 그늘에 숨어 사는 생활에서 벗어날 수 있지 않을까 하는 기대를 합니다.

돌아갈 때에는 서로에게 도읍의 주소를 알려주었는데, 우근은 만의 하나 아씨의 행방이 또다시 묘연해지면 어쩌나 하고 불안하였습니다.

우근의 집은 육조원에서 그리 멀지 않은 곳이고 유모가 거처하는 구조와도 가까워 그나마 큰 힘을 얻은 기분이었습니다.

우근은 돌아가자마자 육조원을 찾았습니다. 겐지에게 아씨를 만났다는 얘기를 슬쩍 전할 수 있는 기회가 있지 않을까 하여 서두른 것입니다.

수레를 문 안으로 들이니 널찍한 사방에 들고나는 수레들이 분주하게 움직이고 있습니다. 자신처럼 하잘것없는 몸이 출입하자니 주눅이 들 정도로 화려하고 웅장한 저택입니다.

그날 밤은 겐지를 만나보지도 못하고 이런저런 생각에 잠겨 있다가 잠이 들었습니다.

다음날, 무라사키 부인이 어젯밤 고향집에서 올라온 시녀와 젊은 시녀들 중에서 굳이 우근을 불러들이자 우근은 자랑스러워 우쭐하였습니다. 겐지도 우근을 보고는 대답하기가 곤란한 농담을 던졌습니다.

"왜 그렇게 고향 나들이가 길어졌느냐? 드문 일이로구나. 착실했던 사람이 어느 날 갑자기 젊은 시절로 돌아가는 일도 있다더니, 좋은 일이 있었더냐?"

"휴가를 주시어 이레를 보냈사오나 좋은 일은 하나도 없었사옵니다. 산속을 거닐다가 그리운 옛사람을 우연히 만나."

"그래, 그것이 누구이더냐?"

당장 그 자리에서 말씀드리면 무라사키 부인이 없는 가운데 겐지에게만 은밀하게 얘기한 셈이 되니, 나중에 전해 듣고 차별을 하였다고 오해를 하지 않을까 싶어 궁리한 끝에 나중에 말씀드리겠노라고 대답하였습니다. 마침 사람들이 들어와 그 얘기는 거기서 끝이 나고 말았습니다.

밤이 되어 방에 등불을 켜놓고 겐지와 무라사키 부인이 편안하게 쉬고 있는 모습이 보기만 하여도 그림처럼 화목하였습니다.

무라사키 부인은 올해로 스물일고여덟 살쯤 되었을까요. 지금이 한창나이라는 듯 빛나고 아름다운 모습입니다. 잠시 못 뵙다 다시 뵙는 우근의 눈에는 그 이레 동안에 한결 윤기 나는 아름다움이 더해진 듯 느껴집니다. 하쓰세에서 만난 아씨가 너무도 아름다워 무라사키 부인 못지않으리라 여겼는데, 역시 오랜만에 보는 반가움 때문이었는지도 모르겠으나 무라사키 부인의 아름다움에는 견줄 이가 없으니, 불운한 사람과 행복한 사람의 차이가 이리도 큰가 싶어 그만 비교를 하게 됩니다.

겐지는 잠자리에 들기 전에 우근을 불러들여 다리를 주무르라 하였습니다.

"젊은 시녀들은 힘이 든다고 이런 일을 싫어하니, 역시 나이든 사람은 나이 든 사람이라야 마음도 맞고 친해지기도 쉬운 법인가 보네."

겐지가 이렇게 말하니 시녀들은 키득키득 웃으며 이렇게 말하였습니다.

"그럴 리가요. 누가 감히 친히 부리시는 것을 싫어하겠사옵니까. 괜한 농담으로 놀리시니 그것이 난감한 것이옵지요."

"무라사키 부인도 노인네들끼리 너무 사이가 좋아지면 기분이 언짢겠지. 시샘을 안 하는 성미는 아닐 듯싶으니, 위험해서 말이야."

겐지는 우근에게 소곤거리고는 웃습니다. 그 모습이 무척이나 매력적이니, 요즘은 일부러 농담을 하여 사람을 웃기는 애교까지 더해진 듯합니다.

지금 겐지는 궁중에 출사하여 정무에 시달려야 하는 신분이 아닌지라 세상일에 아등바등할 일도 없습니다. 하루하루가 한가롭게 지나가니, 그저 두서없는 농담으로 시녀들의 마음을 시험하고 재미있어하는 나머지, 이렇게 오래도록 함께한 늙은 시녀에게도 허물없이 장난을 칩니다.

"아까 찾아내어 만났다는 사람이 어떤 사람이더냐? 덕이 높으신 수도승하고 사이가 좋아져 데리고 온 것 아니냐?"

"망측스럽습니다. 허망하게 돌아가신 밤나팔꽃에 맺힌 이슬과 인연이 있는 분을 만나고 왔사온데."

"그것 참 감동적인 얘기로구나. 그래 대체 그 긴 세월 동안 어디에 있었다더냐?"

우근은 있는 그대로 얘기하기가 거북하여 다소 꾸며서 말씀드렸습니다.

"초목이 울창한 산속 깊은 곳에 살고 있었다 합니다. 그 옛날의 시녀들도 몇 명은 여전히 곁을 지키고 있는지라, 그 시절 얘기를 나누자니 슬퍼 목이 멜 정도였습니다."

"이제 됐다. 사정을 잘 모르는 이도 있으니."

겐지는 이렇게 숨기려 하였습니다.

"저는 잠이 쏟아져 듣고 싶은 생각이 전혀 없습니다."

무라사키 부인은 이렇게 말하고는 소매로 귀를 막았습니다.

"얼굴과 자태가 죽은 유가오만 하더냐?"

겐지가 그렇게 물으니 우근이 사실대로 대답하였습니다.

"아름다운 어미의 자식이 반드시 아름다운 것은 아니라고 여겨왔는데, 어머님보다 한결 아름답게 성장하셨습니다."

"그거 흥미로운 얘기로구나. 그래 어느 정도로 아름답길래. 여기 있는 부인만큼이더냐?"

겐지는 일부러 무라사키 부인과 비교하듯 말합니다.

"가당치 않으신 말씀, 그럴 리가 있겠사옵니까."

"꽤나 자신이 있는 말투로구나. 이 나를 닮았다면야 걱정할
필요가 없겠지만."

아씨가 마치 친딸이기라도 한 듯한 말투입니다.

그 후 겐지는 아무도 없는 곳으로 우근을 은밀히 불러내었습
니다.

"그렇다면 그 사람을 이 저택으로 모셔야겠구나. 긴 세월 동
안 행방을 알 수 없어 늘 안타까워하였는데, 이렇게 기쁜 소식
을 듣고도 아직 찾아보지 않고 있다니, 몰인정한 일이 아니냐.
아버지인 내대신에게는 굳이 알릴 필요가 없겠지. 그쪽에는 자
식이 많아 시끌벅적하게 보살피고 있는 듯하니, 그런 곳에 새삼
스레 끼어들어가 오히려 불편한 일도 있지 않겠느냐. 나는 자식
이 적어 적적하니, 뜻하지 않은 곳에서 친자식을 찾아냈노라고
하면 그만이다. 색을 좋아하는 사내들이 바짝바짝 마음을 졸이
게 금이야 옥이야 키우도록 하자꾸나."

우근은 겐지의 말이 너무도 고맙고 기뻐 다음과 같이 말하였
습니다.

"뜻대로 하시옵소서. 내대신께 전하려 한들 그 누가 있어 은
밀히 전하겠사옵니까. 허망하게 돌아가신 분을 대신하여, 두말
않고 아씨를 도와주시는 것이 죄를 씻는 길이옵지요."

"그것 참 말에 가시가 돋쳐 있구나."

겐지는 쓴웃음을 지으면서 눈물을 머금었습니다.

"나는 지금까지 그분을 한시도 잊지 않았으니, 우리 인연이 어쩌면 그리도 애처롭고 허망하였는지, 오래도록 그 생각만 하였느니라. 이렇게 육조원에 모인 부인들 가운데 그때만큼 깊이 사랑한 여인이 없거늘, 오래 살아 변함없는 나의 진심을 확인한 사람도 많은데 하필 유가오 그 사람만 그렇듯 어처구니없는 일을 당하였으니. 지금은 우근 너만을 유품으로 여기고 있으니 참으로 비통한 일이다. 아씨가 이곳에 와준다면 그 오랜 세월의 소원이 이루어진 것이니 얼마나 기쁘겠느냐."

겐지는 이렇게 말하고는 아씨에게 전할 편지를 썼습니다.

스에쓰무하나가 도저히 어쩔 수 없는 처지의 사람이었던 것이 생각나니, 그렇게 영락한 환경에서 자란 아씨의 근황이 걱정스러웠습니다. 그러고는 어떤 답장이 올까 글 솜씨와 필적이 기대되나, 겐지 자신은 격식을 차린 모범적인 편지를 쓰고 그 끝에 노래 한 수를 곁들였습니다.

지금은 모르시겠지만
누구에게 물어 언젠가는 알게 되겠지요
미시마에의 흑삼릉 무성한 저 이파리처럼
우리 인연 한이 없다는 것을

우근은 이 편지를 들고 직접 아씨를 찾아가 겐지의 뜻과 함께 전하였습니다. 겐지는 아씨와 시녀들이 입을 옷가지들도 함께 우근을 통하여 선물하였습니다. 무라사키 부인과 의논을 한 결과이겠지요. 갑전에 준비되어 있는 갖가지 의류 가운데 색상이며 바느질 등을 꼼꼼히 살펴 특별히 고급한 것만을 골라 보낸 터라 시골 냄새 나는 유모는 더욱이 눈이 휘둥그레질 정도였습니다.

아씨 자신은 비록 그것이 빈말이라 하여도 친아버지가 보낸 편지라면 얼마나 기쁠까, 어떻게 알지도 못하는 사람의 집에 몸을 의탁할 수 있겠느냐는 식으로 괴로워하는 표정입니다. 우근이 지금 당장 어떻게 하면 좋을지를 가르쳐주니 유모도 옆에서 끼어들어 위로하였습니다.

"일단은 육조원으로 들어가서 신분을 되찾고 번듯하게 지내다 보면, 자연히 아버지인 내대신님의 귀에도 소식이 들어가겠지요. 부모 자식 간의 인연이란 한번 끊어졌다고 해서 영원히 끝나는 것이 아닙니다. 우근이 하잘것없는 신분으로 아씨를 만날 수 있기를 그토록 발원하였기에 신불의 가호가 있어 이렇게 만나지 않았습니까. 하물며 고귀한 신분인 아씨와 내대신 님이 무사히 살아만 있다면 언젠가는 반드시 만나게 될 것입니다."

아무튼 서둘러 답신부터 쓰라고 재촉합니다. 아씨는 글씨가 세련되지 못하다고 무척이나 부끄러워하나, 유모는 향기 그윽한 당지를 꺼내와 편지를 쓰게 하였습니다.

변변하지 못한 이 몸
그 무슨 인연으로
시름 가득한 이 세상에 태어났을까
마치 흑삼릉이
늪에 뿌리를 내리듯

아련한 먹색으로 이렇게 씌어 있으니, 필적은 다소 불안정하고 어눌한 느낌이 들지만, 기품이 있어 과히 보기가 흉하지는 않아 겐지는 안심하였습니다.

겐지는 아씨의 처소를 어디로 정할까 생각하고 있습니다. 무라사키 부인이 기거하는 남쪽 저택에는 비어 있는 별채가 없습니다. 무라사키 부인의 위세가 등등하니, 시녀들을 남김없이 부리고 있는 터라 사람의 출입도 빈번하여 눈에 띄기 쉽습니다. 아키고노무 중궁이 계시는 서남쪽 저택은 한적하여 아씨가 지내기에 적합한 곳이지만, 그곳에 기거하게 되면 중궁을 모시는 시녀들과 동급으로 간주될 우려가 있습니다.

다소 음침하기는 하여도 동북쪽 하나치루사토가 있는 저택에서 서고로 사용하는 서쪽 별채를 비워 아씨를 그리로 옮겨 살도록 해야겠다고 생각합니다.

조심스럽고 마음씨 고운 하나치루사토와 함께 지내면 사이좋게 얘기도 나누며 소일할 수 있을 것 같아 그렇게 마음을 정하였습니다.

겐지는 무라사키 부인에게 그 옛날 유가오와의 사랑을 털어놓았습니다. 무라사키 부인은 그렇게 오랫동안 가슴 깊이 간직하면서 비밀로 하고 있었다는 사실을 원통해하였습니다.

"너무 원망하지 마시오. 살아 있는 사람의 일인들 묻지 않는데 누가 제 입으로 말을 꺼내겠소이까. 지금 이렇게 털어놓는까닭은 당신이야말로 그 누구보다 각별하고 소중한 사람이기때문 아니겠소."

겐지는 이렇게 위로하면서 옛일을 감상적으로 떠올립니다.

"나는 다른 사람들이 사는 모습을 많이 보고 들어왔는데, 여자란 그리 사랑하는 사이도 아니면서 참으로 애착이 깊더이다. 그래도 함부로 바람은 피우지 않으리라 결심하였는데, 모든 일이 마음 같지는 않아 많은 여인들과 정분을 맺었소이다. 그 가운데에서 오직 귀엽고 사랑스러웠다는 점에서는 이 여인이 으뜸이었다고 생각합니다. 만약 지금까지 살아 있었더라면 서북쪽 아카시 부인과 비슷한 정도로 뒤를 보살폈을 것이오. 여자란 그 성격이 십인십색이라, 그 사람은 재치가 있다거나 풍류를 아는 것은 아니었지만 참으로 기품 있고 사랑스러운 여인이었소."

"말씀은 그리하셔도 아카시 부인과 똑같이 대접하지는 않으셨을 겝니다."

무라사키 부인은 이렇게 말합니다. 역시 아카시 부인을 탐탁지 않게 여기는 게지요. 하지만 천진하고 귀여운 모습으로 두 사람의 얘기를 듣고 있는 아카시 아씨가 사랑스러우니, 겐지가 아카시 부인을 소중히 여기는 것도 어쩔 수 없는 일이라고 생각을 바꿉니다.

이 일이 있었던 것은 구월의 일입니다. 아씨의 거처를 육조원으로 옮기는 예의 건은 그리 순조롭게 진행되지 않았습니다.

유모는 아씨를 모실 만한 적당한 여동과 하인을 찾고 있습니다. 연줄을 더듬어 도읍에서 내려왔다는 여자들을 쓰쿠시에서 불러들이고 그 가운데에서 그럭저럭 눈치가 빠른 이를 시녀로 시중들게 하였으나, 급하게 서둘러 도망을 친 터라 모두 쓰쿠시에 두고 와 변변한 시녀도 없습니다. 도읍은 넓은 곳이니, 시장에서 장사하는 여자들이 시녀로 쓸 만한 여자를 데리고 왔습니다. 아씨가 누구의 여식인지는 비밀로 하였습니다.

우근은 오조에 있는 자신의 집으로 우선 아씨의 거처를 옮기고, 시녀를 고르고 의상을 마련한 연후인 시월, 드디어 육조원으로 옮기게 되었습니다.

겐지는 하나치루사토에게 아씨의 뒤를 정중하게 부탁하였습니다.

"옛날에 사랑하였던 여인이 나와의 관계를 비관하여 깊은 산속 한적한 곳에 몸을 숨기고 있었는데, 그 여인과 나 사이에는 어린 딸이 있었소. 지금까지 애가 타도록 찾았는데도 행방이 묘연한 채 아이는 성년이 되고 말았소. 최근에 예기치 않게 있는

곳을 알아 마침 좋은 기회다 싶어 이곳에 맡기로 한 것이오. 그
어미는 이미 이 세상 사람이 아니니 그 사람을 그대가 맡아주었
으면 하오. 유기리 중장과 똑같이 아무쪼록 성의를 다하여 보살
펴주시오. 미천한 환경에서 자라 시골 때가 많이 묻어 있을 게
요. 예의범절도 깍듯하게 가르쳐주시구려."

"그런 분이 계신 줄은 미처 몰랐습니다. 따님이 한 분밖에 안
계셔서 적적해하셨는데, 참으로 잘된 일이옵니다."

하나치루사토는 겐지의 말을 너그럽게 받아들입니다.

"그 딸의 어미는 세상에 그 예가 드물 정도로 온순한 사람이
었소. 그대의 성품 역시 그러하여 내 믿고 안심하고 맡기는 터
이니."

"유기리 도련님은 보살필 일도 없어 한가하고 따분하던 참이
었습니다. 제가 오히려 기뻐할 일이지요."

육조원의 시녀들은 아씨가 겐지의 딸인 줄도 모르고 또 어디
에서 새로운 부인을 맞아들이는 것이라 생각하며 이렇게 수군
거립니다.

"과연 또 어떤 분을 찾아내셨을까. 그 수집벽은 끝이 없으
시니."

수레를 세 량 마련하여 이동하였습니다. 우근이 아씨를 모시
니 시녀들의 차림새가 촌스럽지 않고 깔끔합니다. 겐지 역시 직
물을 비롯한 많은 준비물을 보냈습니다.

겐지는 그날 바로 아씨가 있는 곳으로 걸음을 하였습니다. 유모들은 옛날부터 히카루 겐지란 이름은 들어 익히 알고 있었지만, 도읍과는 인연이 없는 시골에서 오래도록 생활한 터라 설마 이렇게 눈이 부실 정도로 대단한 분일 줄은 상상도 하지 못하고 있었습니다. 그런 만큼 희미한 등불 아래 휘장 사이로 언뜻언뜻 보이는 겐지의 모습이 실로 아름다우니, 그저 온몸에 소름이 돋을 지경이었습니다.

우근은 겐지가 오는 쪽의 옆문을 활짝 열어놓았습니다.

"이 문으로 들어오니 마치 연인을 만나러 온 기분이로구나."

겐지는 이렇게 웃으며 말하고는 차양의 방에 마련된 자리에 무릎을 꿇고 앉았습니다.

"불빛마저 어슴푸레하여 은은한 분위기로구나. 아비의 얼굴은 보고 싶어하게 마련이라 들었는데, 너는 그러하지 않느냐."

겐지는 이렇게 말하며 휘장을 살며시 밀었습니다. 아씨는 부끄러워 어쩔 줄을 모르니, 고개를 옆으로 돌리고 있는 모습이 흠잡을 데 없이 아름답습니다. 겐지는 기쁘고 반가운 마음이었습니다.

"좀더 불을 밝힐 수는 없을까, 이거야 애간장이 타는구나."

우근은 심지를 돋우어 불빛을 밝게 하여 아씨 가까이에 등불을 놓았습니다.

"이런, 조심성이 없는 사람이로군."

겐지는 웃으면서 이렇게 말하였습니다. 유가오의 모습을 그대로 빼닮은 듯한 입매의 아름다움. 겐지는 마치 친아버지인 양 친근한 말투로 얘기하였습니다.

"오래도록 행방을 알 수 없어 한시도 마음을 놓지 못하고 걱정하고 한탄하였는데, 이렇게 만나니 마치 꿈만 같습니다. 지나간 옛일이 오늘 일처럼 되살아나 슬픔을 억누를 길 없어 말조차 제대로 나오지 않는군요."

겐지는 추억에 잠겨 눈물을 흘리면서 아씨의 나이를 헤아렸습니다.

"부모 자식 간에 이렇듯 오랜 세월을 헤어져 살면서 소식조차 몰랐던 예도 달리 없을 것이니, 전생의 인연이 원망스럽습니다. 이제 그렇게 어린애처럼 부끄러워하지 않아도 좋은 나이가 아닙니까. 그동안 산처럼 쌓인 얘기를 나누고 싶은데, 어찌 그렇게 부끄러워만 하는 겝니까."

아씨는 대답하기도 부끄러워서 기어 들어가는 목소리로 대답합니다.

"아직 걷지도 못하는 어린 시절에 저 멀디먼 변경으로 떠나간 후로는, 살아 있는 것인지 죽은 것인지 모를 허망한 꿈만 같은 세월이었기에."

그 목소리가 죽은 어미를 꼭 빼닮아 풋풋하게 들립니다. 겐지는 온화하게 미소지으며 말하였습니다.

"그 먼 시골에서 겪은 고생을 가엾다 여기는 사람이 지금 나 말고 누가 있겠습니까."

겐지는 이렇게 말하며 아씨의 대답이 재치 있다 여깁니다. 겐지는 우근에게 아씨를 위해 할 일을 일일이 지시하고 돌아갔습니다.

겐지는 아씨의 성품이 나무랄 데 없음을 기뻐하며 무라사키 부인에게 그 느낌을 전하였습니다.

"그런 시골에서 긴 세월을 지냈으니 얼마나 볼품이 없을까 하고 얕잡아 보았는데 내가 부끄러울 만큼 아름다운 딸이었소. 이런 딸이 있다는 것을 어떻게든 세상에 알려, 이 육조원이 마음에 들어 종종 들르는 병부경들의 심경을 더욱 부추기고 싶은데. 색을 즐기는 사내들이 진중한 표정으로 이곳을 찾는 까닭은 그런 기분을 자극하는 젊은 여인이 여기에 없기 때문 아니겠소. 그 아씨를 어여삐 보살피고 싶구려. 그리하여 뒷짐만 지고 있지는 않을 그 작자들의 모습을 내 견주어보고 싶소이다."

"참으로 이상한 아버지입니다. 남자의 마음을 사로잡게 할 궁리만 먼저 하시다니, 몹쓸 분이로군요."

"내가 만약 당시에 이런 기분이었다면, 그대를 어여삐 키워 남자들의 마음을 어지럽게 하였을 터인데. 그때 내가 깊은 생각도 없이 그대를 평범한 아내로 만든 것이 후회스럽소이다."

겐지는 이렇게 말하고 웃습니다. 부인이 부끄러워 얼굴을 붉히니, 그 모습이 또 신선하고 아름답게 보입니다. 겐지가 벼루집을 잡아당겨 심심풀이로 시를 지었습니다.

유가오를 그리워하는
나는 예와 다름없는데
머리 장식인 다마카즈라 같은 저 딸은
어떤 인연을 더듬어
나를 찾아온 것일까

"이 무슨 인연일꼬."

겐지가 혼잣말을 중얼거리니, 무라사키 부인은 정말 깊이 사랑하던 분의 딸인 모양이라고 생각하였습니다.

겐지는 유기리 중장에게도 이 사실을 알렸습니다.

"이런 사람을 찾아내었으니 사이좋게 지내면서 많이 아껴주거라."

유기리 중장은 다마카즈라 아씨의 처소를 찾아갔습니다.

"변변치 못한 자이오나 이런 동생이 있으면 제일 먼저 불러주셨으면 좋았지요. 거처를 옮길 때에도 거들지 못하여 죄스럽습니다."

유기리 중장이 이렇듯 깍듯하게 인사를 올리니 사정을 아는 시녀는 매우 쑥스러워하였습니다.

다마카즈라 아씨는 쓰쿠시의 집도 딴에는 온갖 정성을 들인 곳이었는데, 지금 생각하면 그 얼마나 촌스럽고 형편없었나 싶으니, 이 육조원과 비교하면 하늘과 땅 차이라는 것을 알 수 있었습니다. 방의 장신구를 비롯하여 모든 것이 화려하고 기품이 있는데다 부모와 형제로 인연을 맺게 된 사람들의 차림새며 모습이며 하나같이 눈이 어지러울 정도로 아름답고 훌륭합니다. 지금은 삼조까지 대재부 대이 따위 하잘것없는 직위였다고 생각합니다. 하물며 대부감의 그 험상궂은 얼굴과 숨소리는 생각만 하여도 소름이 끼칠 정도였습니다.

또 다마카즈라 아씨는 분고의 개의 충성은 예사 사람이 할 수 있는 것이 아님을 깨달았고, 우근도 그 점에 대해서는 같은 심정이었습니다.

겐지는 무슨 일이든 적당히 해서는 부족한 점이 있을 것이라면서, 아씨를 위해 가사를 임명하고 필요한 많은 지시를 내렸습니다. 분고의 개 역시 가사 가운데 한 명으로 임명되었습니다. 시골에 묻혀 비참한 생활을 해온 신세였는데, 이런 대우를 받으니 마음이 활짝 갠 듯하였습니다.

'설령 내가 출사를 한다 해도 쉬이 뵐 수 있는 인연은 아니라고 여겼던 분을 이렇듯 뜻하지 않게 만나, 댁내를 밤낮으로 드나들며 사람을 부리고 지휘봉을 휘두르는 신분이 되었으니, 이 얼마나 큰 영광인가.'

분고의 개는 이렇게 생각합니다. 겐지의 배려가 구석구석까지 미쳐 모자람이 없으니, 정말 황공한 일입니다.

세밑에는 다마카즈라 아씨의 방을 설날의 장식물로 꾸미고, 시녀들의 예복까지 다른 고귀한 분들과 똑같이 지어드렸습니다. 아씨의 용모는 누구와 비교해도 빠지지 않으나, 취향은 아무래도 시골 때를 벗지 못하였을 것이라고 짐작됩니다. 아무리 그래도 시골에서 자랐으니 멋을 알랴 싶어, 다마카즈라 아씨에게는 이쪽에서 미리 지어놓은 의상도 함께 드렸습니다. 때를 맞춰 직물을 짜는 사람들이 앞을 다투어 솜씨를 부려 짠 평상복, 소례복 등 갖가지 색상의 옷가지들을 구경하면서 겐지가 무라사키 부인에게 말하였습니다.

"참 많기도 하구려. 서로에게 시샘하지 않도록 공평하게 나누어 주십시다."

이렇게 의논하니, 무라사키 부인은 궁중에서 준비한 것과 이쪽에서 새로 지은 것까지 모두 꺼내오도록 하였습니다. 무라사키 부인은 염색과 바느질에도 솜씨가 뛰어나 더할 나위 없이 아름다운 색상을 빚어내 옷을 지으니, 겐지는 이런 사람은 세상에 둘도 없는 보물이라 여깁니다.

겐지는 여기저기 다듬질을 하는 공방에서 광택을 내온 견직물을 견주어보면서, 짙은 보라와 빨강 등을 갖가지로 골라 옷궤와 옷함에 넣으라 일렀습니다. 연배의 상급 시녀들이 옆에서 시중을 들면서 이것은 어떠시온지요, 저것은 어떠시온지요, 하고 참견을 하면서 집어 담습니다. 무라사키 부인도 옆에서 지켜보면서 이렇게 말합니다.

"하나같이 우열을 가릴 수 없을 만큼 아름답고 훌륭하니, 입을 분의 용모에 어울리게 골라서 드리세요. 아무리 옷이 좋아도 그 사람에게 맞지 않으면 볼품만 없을 뿐 소용이 없는 법이니."

겐지는 웃으면서 이렇게 말합니다.

"넌지시 사람의 용모를 가늠하려는 속셈이구려. 그렇다면 부인에게는 무엇이 어울릴까."

"무슨 그런 말씀을 하십니까. 거울을 본다고 알 수 있는 것은 아니지요."

무라사키 부인은 이렇게 말하며 수줍어합니다.

붉은 매화 무늬가 또렷하게 드러나 있는 짙은 보라색 소례복과 지금 유행하는 진홍색 감은 무라사키 부인에게, 안팎이 다른 색으로 어우러진 평상복과 광택이 나는 엷은 붉은색 부드러운 비단은 아카시 부인에게 드렸습니다.

옅은 하늘색 바탕에 해변의 풍물을 도안하여 짠 감은 우아하기는 하여도 다소 소박한 느낌이 듭니다. 그 감에 짙은 빨간색 평상복인 속옷을 곁들여 하나치루사토에게, 티없이 맑은 짙은 빨간색 겉옷에 선명한 노란색 겉옷은 다마카즈라 아씨에게 골라주는 것을 넌지시 바라보면서 무라사키 부인은 마음속으로 그 옷을 입은 사람들의 용모를 상상하고 있습니다.

내대신은 화려하고 진정 아름다우나 우아함은 다소 부족한데, 다마카즈라 아씨가 필경 그를 닮았을 것이라고 생각합니다. 겉으로야 드러내지 않지만, 겐지가 보기에는 무라사키 부인의 속마음이 편치 않은 듯합니다.

"글쎄, 이 옷가지들로 옷을 입은 사람의 용모를 추측하는 것은 당사자에게는 부아가 치미는 일이 아니겠소이까. 아무리 아름답다 해도 옷의 조화에는 한계가 있고, 용모가 아무리 시답지 않다 해도 역시 마음씨의 깊이는 무시할 수 없을 터이니."

이렇게 말하고 겐지는 스에쓰무하나에게는 어울리지 않게 일부러 연두색 직물에 우아한 당초무늬가 흐트러져 있어 그 무늬와 색상의 조화가 요염하기 이를 데 없는 것을 고르고는, 남몰래 씁쓸히 웃었습니다.

아카시 부인의 몫으로는 매화나무 가지에 나비와 새가 날아드는 이국적인 하얀 소례복에 짙은 보라색 반짝거리는 감을 곁들여 보냈습니다. 그 옷으로 보아 품위 있는 인품이 연상되니 무라사키 부인은 마음이 상하였습니다. 이조의 동원에서 줄곧 겐지의 시중을 들고 있는 우쓰세미에게는 청회색 고상한 직물을 고르고, 자신의 옷감 가운데서 옅은 보라색을 곁들였습니다. 그 옷을 정월 초하루에 입도록 모두에게 공히 편지를 써서 보냅니다. 각 여인들의 용모에 어울리게 골랐으니, 차려입은 아름다운 모습을 보고 싶어 그러는 것이겠지요.

모두들 답례의 편지를 올리니 심부름을 하는 이들에게 내리는 선물도 빈틈 없이 배려를 하는 가운데, 스에쓰무하나는 이조의 동원에 거처하니 육조에 있는 분들보다는 다소 멋을 부려도 좋으련만, 무슨 일이든 꼼꼼하게 처리하는 성품이라 예법에 맞춰 소매 끝을 먹색으로 물들인 황매화색 겉옷 한 벌을 속옷도 곁들이지 않은 채 심부름꾼에게 내렸습니다. 겐지에게 보내는

편지는 향내가 짙게 배어 있기는 해도 오래되어 누릇누릇하고
딱딱한 종이에 썼습니다.

"새삼스레 예복을 받자오니 도리어 원망스러워."

　　보내주신 어여쁜 옷 입고 보니
　　평소의 매정하심이 이 당의에 저미어
　　내 신세만 서러우니
　　소맷자락 눈물에 적셔
　　돌려보낼까 하옵니다

　필적이 매우 고풍스럽습니다. 겐지는 참을 수 없어 피식피식
웃으며 그 편지를 내려놓지 못합니다. 무라사키 부인이 무슨 일
인가 싶어 슬며시 기색을 살피는데, 심부름꾼에게 내린 선물이
너무도 볼품없어 체면이 서지 않으니, 언짢아하는 겐지의 모습
을 보고 심부름꾼은 그 자리를 얼른 피하였습니다. 시녀들도 그
선물이 우스꽝스러워 모여서들 수군거리며 웃고 있습니다.
　스에쓰무하나가 이렇듯 지나치게 고지식할뿐더러 눈치까지
없어 주제넘는 짓을 하니, 겐지는 어찌 대하면 좋을지 몰라 언
짢은 눈빛입니다.
　"이렇게 고리타분한 노래를 읊으려니, 어여쁜 옷이니 소맷자
락을 눈물에 적시느니 하는 상투적인 표현에서 벗어나지 못하
는 게지. 나 역시 마찬가지일 터이지만, 현대식 표현은 전혀 돌

아보지도 않으니 참으로 대단한 사람이야. '마도이'란 세 글자는 사람들이 많이 모이는 장소나 천황 앞에서 정식으로 펼쳐지는 노래 모임에서나 반드시 써야 하는 것이지. 또 구식 연문에서는 '아다비토노'란 다섯 글자를 윗구와 아랫구 사이에 넣기만 하면 말이 매끄럽게 이어져 시가 차분해진다 여기는 모양이지."

겐지는 또 이렇게 말하며 웃었습니다.

"다양한 책자와 노래 자료집을 읽고 그 내용을 찬찬히 공부하여 그 가운데서 좋은 말을 골라내본들, 늘 익숙한 말투에는 그리 큰 변화를 주지 않는 법인가 보구려. 이분의 아버님인 히타치 친왕이 필사했다고 하는 책자를 한번 읽어보라고 내게 보내준 적이 있지요. 노래를 짓는 비법이 가득 담겨 있고, 노래를 지을 때 피해야 하는 규칙도 많이 실려 있었는데, 원래 노래 짓는 솜씨가 뛰어나지 못한데다 그런 것까지 보니 오히려 답답하고 내 마음대로 지을 수 없을 것 같아 되돌려 보냈지요. 그런 책을 열심히 공부해서 지은 것치고 이 노래는 너무도 평범하구려."

겐지가 이렇게 말하며 어이없어하니, 스에쓰무하나에게는 참으로 안된 일이지요.

"어찌하여 그 책을 돌려보냈습니까. 그것을 베껴두어 우리 아씨에게도 보여주면 좋았을 것요. 제게도 그런 책이 있기는 하나 모두 벌레가 먹어 헛것이 되고 말았습니다. 저는 그런 책도 읽어보지 못하였으니, 누구에게 내밀어 보일 수도 없을 만큼 노래 솜씨가 엉망인 게지요."

"그 책은 아씨의 노래 공부에 아무 도움도 안 될 겝니다. 여인이라고 하여 좋아하는 한 가지 일에만 집착하는 것은 좋지 않아요. 그렇다고 매사에 서투른 것도 보기 흉하지요. 그저 마음가짐만 반듯하여 허술하지 않고 겉모습이 음전하면 좋은 인상을 주는 법이지요."

이렇게 말하는 겐지는 스에쓰무하나에게 보낼 답장 따위는 안중에도 없습니다.

"그쪽에서 보낸 편지에 옷을 돌려보내고 싶다 하였는데, 이쪽에서 얼른 답장을 보내지 않으면 실례가 되지 않겠어요."

무라사키 부인이 이렇게 권하자, 겐지 또한 너그럽고 배려가 깊은 자상한 분이라 부담 없는 마음으로 술술 답장을 써내려갔습니다.

돌려보낸다고 하였으나
그 소맷자락 베고 누워
홀로 잠들 그대가
도리어 사랑스러우니

"한탄을 하시는 것도 당연한 일이지요."
이렇게 쓴 모양입니다.

첫새 울음소리

오랜 세월
잔 소나무만 그리워하며
만날 날 있기를 바라고 기다리며
살아온 내게 오늘
꾀꼬리의 첫 울음소리라도
들려주세요

◆ 아카시 부인

🏵 **제23첩 첫 새 울음소리(初音)**
아카시 부인이 딸에게 보낸 노래에서 온 노랫말이다.

새해 첫날은 구름 한 점 없는 쾌청한 날씨였습니다. 보잘것없는 소박한 집 울타리 안에서도 녹은 눈 사이사이로 파릇파릇한 새싹이 돋아나고, 새봄을 알리려고 벌써부터 떠다니는 안개에 나뭇가지에도 새 움이 트니 사람들의 마음까지 느긋해집니다.

　하물며 옥구슬을 깔아놓은 듯 빛나는 육조원은 정원을 비롯하여 어느 사방을 돌아보아도 시선을 빼앗길 만큼 멋들어집니다. 평소보다 한층 아름답게 꾸며놓은 부인들의 처소는 표현하기 어려울 정도입니다.

　봄을 맞이한 무라사키 부인의 처소는 한층 그 아름다움이 더하니, 매화꽃 향기가 발 안에서 피우는 향내와 어우러져 바람을 타고 흘러 마치 이 세상의 극락정토가 아닌가 싶습니다. 무라사키 부인은 이곳에서 한가롭고 유유자적하게 지내고 있습니다. 젊고 용모가 단정한 시녀들은 아카시 부인의 시중을 들라 보내고, 자신의 처소에는 늙수그레한 시녀만 남겨두니 오히려 차림새와 모습이 그윽하고 우아합니다. 그런 시녀들이 군데군데 모여서 장수를 기원하며 '나이 굳히기' 의식을 치르고 있습니다. 거울떡까지 준비해놓고 '그대의 만수무강을 기원하니 그 덕으로 천 년이고 살 수 있도록'이라 노래하면서 새해 축하 인사를 나누며 흥겨워하고 있습니다. 그 자리에 겐지가 나타나니 시녀들은 시치미를 떼면서 몸가짐을 단정히 하고 예를 갖추었습니다.

"황송하옵니다."

"거창하게들 축하의 말을 나누고 있구나. 모두 소원하는 바가 있겠지. 내게도 좀 들려주지 그러느냐. 나도 축하를 해줄 터이니."

이렇게 말하며 웃는 겐지의 모습이 실로 훌륭하니, 시녀들은 겐지의 모습을 보며 한 해를 시작할 수 있게 된 것을 더없이 기뻐하였습니다.

시녀 가운데에서도 유독 겐지의 사랑을 받고 있다고 자찬하는 중장이 이렇게 말하였습니다.

"거울떡을 보면서 '벌써부터 천년에 걸친 그대의 영화가 비쳐 보이니'라 노래하며 겐지 님의 만수무강을 기원하였사옵니다. 어찌 미천한 저희들을 위해 축하를 하고 기도를 하였겠사옵니까."

아침나절에는 축하객이 줄을 이어 복잡하고 시끌시끌하였기에 겐지는 저녁때가 되어서야 각 부인의 처소를 찾았습니다. 옷을 갈아입고 매무시를 정성스럽게 가다듬고 화장까지 한 모습이 보면 볼수록 넋을 잃을 정도입니다.

"오늘 아침 이곳 시녀들이 축하 의식을 치르면서 즐거워하는 모습이 무척이나 부러웠소이다. 그래서 나도 그대에게 거울떡을 드리고 축하를 하려 하오."

겐지는 무라사키 부인에게 이렇게 말하고, 농담을 섞어 새해를 축하하였습니다.

살얼음 녹은
이른 봄의 연못
거울 같은 수면에
우리 두 사람의 행복한 모습
비쳐 있나니

과연 노랫말대로 금실이 좋은 부부입니다.

한 점 얼룩 없이
투명한 연못 거울에
이 세상 끝까지 함께하자고
우리 두 사람
행복한 그림자가
비쳐 있으니

무라사키 부인은 이렇게 화답하였습니다. 무슨 고난이 있어도 행복한 부부의 인연을 노랫말처럼 영원히 이어가자는 뜻으로 다정하게 노래를 주고받습니다. 새해 첫날이 마침 자일이라 천년의 봄과 장수를 축하하기에는 더없이 좋은 날이었습니다.

아카시 부인의 따님이 있는 곳으로 이동하니 여동과 시녀들이 뜰에 있는 동산에서 잔 소나무 뿌리를 뽑으면서 놀고 있었습니다. 젊은 시녀들도 새해 첫날이라 마음이 들떠서 얌전히 있지 못하는 듯 보입니다.

북전의 아카시 부인이 이날을 위해 일부러 만들어 보낸 듯한 선물이 대바구니와 노송 바구니에 담겨 있었습니다. 그런데 섬세하게 만든 오엽송 가지에 앉아 있는 꾀꼬리는 왠지 수심에 잠겨 있는 듯 보였습니다.

오랜 세월
잔 소나무만 그리워하며
만날 날 있기를 바라고 기다리며
살아온 내게 오늘
꾀꼬리의 첫 울음소리라도
들려주세요

"꾀꼬리 울음소리조차 들리지 않는 곳에서."
편지를 보고 겐지는 가엾은 마음을 억누르지 못해 새해 첫날에 상서롭지 못하게 눈물까지 흘립니다.

"답장은 제 손으로 쓰거라. 밤이 늦었다고 조심스러워 편지를 보내지 못할 분도 아니니."

겐지는 이렇게 말하며 딸에게 벼루를 준비해주었습니다.

너무도 사랑스러워 아침저녁으로 보아도 싫증이 나지 않는데, 생모에게는 그리 오래도록 만날 기회를 주지 않았으니 겐지는 아카시 부인에게 몹쓸 짓을 하였다고 죄스러워합니다.

헤어진 후로
세월은 흘렀지만
꾀꼬리가 떠난 소나무를 잊지 않듯
어찌 낳아준 어머니를
잊을 리 있을까

어린 마음에 생각나는 대로 아기자기하게 노래를 지어 보냈습니다.

하나치루사토가 거처하는 여름 침전으로 가니, 지금은 계절이 다른 탓인가 사방이 고요하고 딱히 이렇다 할 장식도 하지 않은 채 품위 있게 생활하는 분위기가 떠다닙니다.

세월이 흐르면서 서로의 마음에 거리낌이 없으니 두 분의 사이는 다감하기만 합니다. 요즘 들어서는 새삼스레 이곳에서 묵거나 베갯머리를 함께하는 일도 없습니다. 다만 화기애애한 가운데 성을 초월한 격의 없는 남녀 관계를 유지하고 있습니다.

두 사람이 사이를 가로지르고 있는 휘장을 살며시 밀치는데도 하나치루사토는 그대로 앉아 몸을 숨기려 하지 않습니다. 세밑에 보낸 엷은 쪽빛 옷은 역시 색상이 소박하고 차분하고, 머리카락도 한창때를 지나 숱이 많이 줄어들었습니다.

'아직은 그리 마음에 걸릴 정도가 아니나 가발이라도 써서 꾸미면 좋을 듯하구나. 다른 남자가 보면 정이 싹 달아날 이 사람의 뒤를 이렇게 보살피고 있는 것이 나로서는 기쁨이요 만족인데, 만약 이 사람이 바람기 많은 여자들처럼 나를 배신하고 떠나갔다면 나는 어찌 되었을꼬.'

겐지는 하나치루사토를 만날 때마다 자신의 느긋한 마음과 하나치루사토의 차분하고 중후한 성격을 모두 이상적이고 바람직하게 여겼습니다.

작년에 있었던 일들을 자상한 말투로 소상하게 나누고는 마침내 다마카즈라가 있는 서쪽 별채로 자리를 옮겼습니다.

다마카즈라 아씨는 아직은 이곳 생활에 익숙하지 않은 셈치고는 침전의 분위기에서 고상한 취향이 느껴집니다. 방은 꼭 필요한 것들로만 치장하고 자잘한 신변잡화는 아직 충분히 마련되어 있지 않았습니다. 하지만 여동들의 모습은 귀엽고 우아하고 시녀들의 수도 제법 많았습니다.

지난 세밑에 보낸 선명한 노란색 겉옷을 입어 화사한 아름다움이 한층 돋보이니, 마치 온몸에서 빛이 나는 듯하여 한없이 바라보고 싶은 모습입니다. 오랜 세월 동안 불운에 시달리며 고생을 한 탓인가, 끝이 상한 머리카락이 옷자락 위에서 살랑살랑 물결치는 것이 오히려 싱그럽게 보였습니다. 이렇게 눈이 번쩍 뜨일 만큼 아름다운 모습을 바라보면서 겐지는 만약 내가 뒤를 보살피지 않았더라면 하고 생각하니, 어째 이대로 딸로 내버려두지는 않을 듯한 예감이 드는군요.

　이렇게 아무 거리낌 없이 겐지를 만나고는 있으나 역시 곰곰이 생각해보면 친아버지는 아닌 터라, 다마카즈라로서는 마음을 놓고 친밀해질 수도 없고 그저 꿈을 꾸고 있는 듯한 기분이어서 열린 마음과 태도로 겐지를 대하지는 못합니다. 그러나 오히려 그런 점이 겐지의 마음을 자극하였습니다.

　"벌써 오래전부터 함께 살고 있는 듯한 느낌이라 이렇게 뵈어도 거리낌이 없군요. 나는 오랜 소원을 풀어 참으로 기쁩니다. 그대 역시 아무 사양 말고 무라사키 부인의 처소를 자주 찾아가보세요. 그곳에는 칠현금을 배우는 어린 아씨도 있으니 같이 연습을 하는 것도 좋겠지요. 또 가벼이 입방정을 떠는 사람도 없으니 마음도 놓일 것입니다."

　겐지가 이렇게 권하자 다마카즈라는 말씀대로 하겠노라고 대답하니 더 이상 적절한 대답은 없을 터이지요.

겐지는 해가 어언 기울 무렵에야 아카시 부인의 침전으로 향하였습니다. 침전으로 통하는 건널복도의 문을 밀자, 방을 가린 발 안쪽에서 은은한 향내가 바람을 타고 흘러나와 사방에 떠다니니, 그 어느 곳보다 운치 있게 느껴집니다. 아카시 부인의 모습이 보이지 않아 어디에 있을까 하여 이쪽저쪽 살피니 벼루 옆에 이야기책이 어지럽게 널려 있습니다. 겐지는 책을 들어 훑어봅니다. 중국에서 건너온 얇은 비단으로 만들어 가장자리에 테를 두른 방석에 유서 깊은 칠현금이 놓여 있고, 섬세한 세공으로 문양을 낸 풍류스러운 화로에서는 시종향이 솔솔 피어오르고 있습니다. 사방 모든 것에 향내를 배게 하는 가운데 옷에 배게 하는 향의 은은한 냄새도 섞여 있으니, 뭐라 말할 수 없이 그윽한 정취를 풍깁니다.

연습을 하기 위해 파지에다 흘려 쓴 글씨도 솜씨가 예사롭지 않고 교양이 엿보입니다. 거창하게 한자를 많이 쓰는 거드름은 부리지 않으니, 그저 차분하고 참한 필적입니다. 자신의 처지를 잔 소나무에 빗대어 보낸 딸의 답신이 반갑고 신기했는지, 애달픈 옛 노래도 몇 번 섞여 있는 가운데 이런 노래가 있었습니다.

　반갑고 기쁘기 한이 없으니
　꽃처럼 아름다운 침전에서
　편안하고 즐거이 보내면서도
　골짜기의 옛 둥지로 돌아오는 꾀꼬리처럼

어미 품을 찾아준 내 딸아

"이제야 겨우 기다리고 기다리던 꾀꼬리 소리를 들으니."

이렇게 덧글이 씌어 있습니다.

또 '매화꽃 피는 언덕가에 집이 있으니'란 옛 노래가 섞여 있는 것은 마음을 다지고 자신을 위로하려 함이겠지요. 겐지는 그 글을 읽으면서 미소짓고 있으니, 그 모습이 보는 이가 부끄러워질 만큼 아름답습니다.

겐지가 붓을 들어 재미 삼아 글을 쓰고 있는데, 아카시 부인이 소리 없이 나와 앉았습니다. 아카시 부인은 늘 공손하고 조심스러운 태도에 예의도 바르니, 겐지는 역시 다른 여인과는 다르다고 생각합니다. 세밑에 보낸 선물인 하얀 소례복에 너울거리는 까만 머리칼이 부드럽고 가늘게 보이니 얌전하고 우아함이 더해 겐지는 마음이 끌렸습니다. 새해를 맞자마자 무라사키 부인이 질투를 하여 소란스러울 것이라 여기면서도 겐지는 그 밤을 아카시 부인과 함께 보냈습니다.

다른 부인들은 역시 아카시 부인에 대한 겐지의 총애가 각별하다는 것을 새삼 느낍니다. 무라사키 부인이 계시는 봄의 침전에서는 말할 것도 없는 일, 뜻밖이라 생각하는 시녀들도 있습니다.

날이 채 밝기도 전에 겐지는 무라사키 부인의 침전으로 돌아왔습니다. 아카시 부인은 날이 어두운데 벌써 돌아가지 않아도 좋을 것을 하고 생각합니다. 겐지가 돌아간 후에도 아쉬움이 남아 애틋함만 가득하였습니다.

기다리다 지친 무라사키 부인이 틀림없이 화를 낼 것이라 생각하니 겐지는 괜스레 주눅이 들었습니다.

"꾸벅꾸벅 졸다가 그만 어른스럽지 못하게 깊은 잠에 빠지고 말았소이다. 사람을 보내 깨우라 하면 좋았을 것을."

이렇게 무라사키 부인의 비위를 맞추는 모습이 오히려 우스 꽝스러웠습니다. 무라사키 부인이 대답조차 제대로 하지 않으니, 겐지는 잠자리에 들어 자는 척하다가 해가 중천에 뜬 후에야 일어났습니다.

오늘은 정월 초이틀입니다. 새해를 축하하는 하객들이 많아 임시 연회를 열기로 하였습니다. 겐지는 많은 손님을 핑계로 무라사키 부인과 얼굴을 마주치지 않으려 합니다.

상달부와 친왕들은 한 사람도 빠짐없이 연회에 참가하였습니다. 음악놀이를 하고 뒤이어 답례품과 축의품을 전하니, 그 또한 더없이 훌륭한 것들이었습니다. 내로라하는 하객들이 저마다 풍채를 자랑하고 있으나, 겐지에 필적할 만한 사람은 누구 하나 없습니다. 한 사람 한 사람 따로이 보면 여러 방면에 정통한 분들도 많고 저마다 재주가 많은데, 겐지 앞에 나서면 이렇듯 압도되고 마니 안타까운 일입니다. 하찮은 아랫것들까지 이 육조원을 찾을 때는 각별히 신경을 씁니다. 하물며 젊고 풋풋한 상달부들은 새로 육조원에 들어온 아씨도 있는지라 남몰래 기 대감을 품고 긴장을 하고 있으니, 예년과는 다른 광경이 펼쳐지고 있습니다.

한가로운 저녁바람을 타고 꽃향기가 풍기고, 매화꽃은 봉우리 가 터지기 시작하였습니다. 다채로운 악기 소리가 들려옵니다.

이 전각은 참으로 참으로 으리으리하구나

사이바라의 한 노래인 「이 전각은」을 노래하니, 박자가 참으로 화려합니다. 겐지도 간혹 목소리를 합하여 노래합니다.

사키쿠사 세 갈래 가지처럼
세 채고 네 채고 전각을 짓고 있구나
전각을 짓고 있구나

노래를 마무리 짓는 이 부분을 노래하는 목소리는 좌중이 넋 을 잃을 정도입니다. 무슨 일이든 겐지가 가담하면 그 빛이 도 드라지니, 꽃의 향기와 악기의 음색마저 한결 풍요로워져 그 차 이를 금방 알 수 있습니다.

이렇게 새해를 축하하는 손님들이 들고나는 수레와 말의 요 란한 소리를 담과 울타리 너머 깊은 곳에서 듣고 있는 부인들은 극락정토에 태어났는데 아직 피지 않은 연꽃 속에 갇혀 있는 기분이 이럴까 싶을 정도로 답답한 심정입니다. 하물며 멀리 떨어진 이조 동원에서 지내는 분들은 세월이 흐르면서 따분하고 외로움만 더해갈 뿐인데, 세상 근심을 피해 산속 깊은 곳에 틀어박힌 기분으로 있으면서도 겐지의 처사를 박정하다 비난하지는 않았습니다. 겐지가 찾아주지 않는다는 것 외에는 이렇다 할 걱정 근심이 없으니 불도가 된 우쓰세미는 성심을 다하여 근행에 정진하고 있고, 노래와 학문에 열심인 스에쓰무하나는 좋아하는 것을 하며 유유자적하게 지내고 있습니다. 경제적인 면은 겐지가 부족한 것 하나 없이 뒷받침하고 있으니, 부인들은 그저 하고 싶은 일을 마음껏 하면서 지내면 되는 것이지요.

정초의 바쁜 날들이 며칠 지나고 겐지는 이조 동원을 찾았습니다.

스에쓰무하나는 신분이 신분인지라 안쓰러워하면서 사람들 눈에 띄는 부분은 최대한 소홀함이 없도록 보이게 정중한 대접을 합니다. 그 옛날에는 탐스러웠던 검은 머리도 나이가 들면서 숱이 줄어든데다 지금은 폭포의 흐름이 무색할 정도로 흰머리가 많아졌으니, 가여운 마음에 옆얼굴조차 제대로 볼 수 없었습니다. 세밑에 보낸 연두색 예복이 어울리지 않는다 여겨지는 것도 옷을 입은 사람의 인품 탓이겠지요.

버스럭거리는 소리가 날 정도로 풀을 딱딱하게 먹인 검정 광택 없는 홑겹옷 위에 이런 직물의 예복을 입으니, 왠지 추워 보이는 모습이 애처로웠습니다. 받쳐 입는 속옷은 어찌 된 일인지 입지 않았습니다.

다만 빨간 코의 색만은 봄 안개조차 가리지 못하니, 겐지는 안쓰러워하면서도 휘장을 쳐 그 얼굴이 보이지 않도록 거리를 둡니다. 그런데 스에쓰무하나는 이렇듯 변함없이 자상하게 대해주는 겐지의 마음에 안심하고 마음을 열고 의지하는 모습이니 더욱 안되었다 싶을 뿐입니다. 용모도 그렇거니와 신분도 보통 신분은 아니라 참으로 애처롭고 서글픈 신세라고 생각하면서, 자기만이라도 마음을 쓰고 뒤를 보살펴주어야겠다고 여기니 참으로 흔치 않은 자상한 배려입니다.

스에쓰무하나는 추워서 목소리까지 떠는 듯 얘기하니 겐지는 보다 못하여 이렇게 말합니다.

"옷가지를 챙겨주는 사람이 없습니까. 이곳은 사람의 눈을 신경쓰지 않아도 좋을 만큼 편안한 곳이니, 좀더 편하게 따뜻하고 두툼한 옷을 입는 것이 좋겠습니다. 겉만 화려하게 치장한 옷은 보기에도 별로 좋지 않습니다."

스에쓰무하나는 거북살스럽게 살며시 미소지으며 말하였습니다.

"다이고 절에 있는 오빠의 옷을 짓느라 제 것까지 지을 손이 없었습니다. 갖옷마저 그 사람에게 주고 말았더니 이렇게 춥군요."

그 사람이란 스에쓰무하나처럼 코가 빨간 오빠를 말하는 것입니다. 솔직한 것이 좋다고는 하나 이래서야 조심스러운 구석이 너무 없다 싶습니다. 이런 여자를 상대하자니 겐지도 그만 고지식하고 답답한 인물이 되어버립니다.

"갖옷은 잘 주셨습니다. 산속에서 도롱이 대신 잘 입고 있겠지요. 그런데 하얀 비단 속옷은 아끼지 않고 입어도 될 터인데 어찌하여 겹겹이 입지 않으셨는지요. 필요하면 언제든 말씀하세요. 내가 깜박 잊고 있다 싶으면 말씀을 하세요. 나는 눈치가 없고 둔한 성품이라 모를 때도 있습니다. 하물며 여러 가지 일로 공사다망하여 그만 손이 미치지 못할 수도 있으니."

겐지는 이렇게 말하고 건너편에 있는 이조원의 창고를 열라 하여 비단과 직물을 내렸습니다. 동원은 황폐해진 곳은 없으나 겐지가 살지 않는 탓에 사방이 고즈넉하고, 뜨락의 나무들만 운치 있는 정경을 보여주고 있습니다. 홍매에 꽃이 피었는데도 그 아름다운 색을 감상해주는 이가 없어 겐지가 망연히 바라보고 있습니다.

그 옛날 살았던 집에
봄의 꽃나무를 보러
찾아왔더니
세상에 둘도 없는 꽃
희귀한 코가 보이는구나

겐지가 이렇게 중얼거리는데도 스에쓰무하나는 노래의 의미를 모르는가 봅니다.

겐지는 출가한 우쓰세미의 처소에도 들렀습니다. 우쓰세미는 거들먹거리고 나서는 일이 없으니, 부처님에게 넓은 장소를 내놓고 자신은 작은 방에 몸을 숨긴 채 근행에만 정진하고 있어 그 모습이 감개무량합니다. 경본과 불구의 장식이나 제단의 도구 등이 차분하고 우아하게 꾸며져 있어, 출가는 하였어도 역시 나름의 꼼꼼한 멋이 느껴지는 인품입니다.

짙은 회색 운치 있는 휘장 뒤 멀리에 떨어져 앉아, 세밑에 보낸 옅은 보라색 예복을 받쳐 입었는지 소매 끝만 다른 색으로 보이는 모습이 그리움에 겨웠습니다. 겐지는 눈물을 머금고 이렇게 말하였습니다.

"'소문에만 듣던 마쓰 섬'이라는 노래처럼 멀리서 그리워하는 편이 좋았는지도 모르겠습니다. 오래도록 그대와 나 사이에는 괴로움만 가득하였는데, 그래도 이렇듯 친밀한 인연만은 끊이지 않았습니다."

우쓰세미 역시 애틋한 표정으로 답하였습니다.

"이렇게 출가한 몸인데도 아직 의지하고 있으니 짧은 인연은 아니었다 싶습니다."

"그 옛날 그렇듯 냉담하여 내 마음을 어지럽혔던 업보를 지금 부처님께 참회하고 있어 그 모습 보기가 더욱 괴롭습니다. 사내란 나처럼 순수하지만은 않다는 것을 이제는 아시겠는지요."

그렇다면 그 옛날 양아들인 가와치의 수가 흑심을 품었던 그 천박한 일을 알고 있는 것인가 싶으니, 우쓰세미는 수치스러워 고개를 들지 못합니다.

"이렇게 머리를 자른 모습으로 뵈어야 하는 더 이상의 업보가 어디에 있겠는지요."

이렇게 말하면서 진심 어린 눈물을 흘리니, 옛날보다 한결 그윽한 기품이 느껴져 오히려 겐지가 부끄러울 정도였습니다. 겐지는 자신과 더 이상은 인연이 깊어질 수 없는 사람이 된 지금에도 가만히 놔두고 싶지 않은 마음 간절하나, 그렇다고 하여 남녀 사이의 얘기를 꺼낼 수도 없으니, 하나마나 한 옛날의 추억담과 세상 돌아가는 얘기를 합니다. 스에쓰무하나도 뒤를 돌봐주는 보람이 이 사람만 하였으면 싶어 자기도 모르게 시선이 그쪽으로 돌아갑니다.

이런 식으로 겐지의 비호 아래 살고 있는 여자들이 많았습니다.

겐지는 그 모든 여인들을 한 차례 찾아가 보았습니다.

"만나러 오는 날이 많지 않다 하여 그대를 잊은 것은 아닙니다. 다만 피할 수 없는 이승에서의 헤어짐이 마음에 걸리니, 사람의 목숨이란 알 수 없는 것이니까요."

이렇게 자상하게 말씀을 건네며 모든 여인들에게 상응하는 애정을 보입니다. 겐지는 여인들에게 교만을 부려도 상관없는 신분인데, 그렇게 허술하게 대접하는 일은 결코 없습니다. 장소와 상대방의 신분에 따라 차별 없이 친절하게 대하니, 많은 여인들이 오직 그 정에 의지하여 긴 세월을 지내고 있는 것이지요.

올해에는 남답가가 있습니다. 그 행렬이 궁중을 출발하여 상황전인 주작원을 돌아 육조원으로 향합니다. 길이 멀어 육조원에는 새벽녘에야 도착하였습니다. 달빛이 휘황하게 밝은 가운데 눈이 얇게 쌓인 정원의 경치가 더할 나위 없이 아름답습니다. 전상인 등 음악의 명수가 많은 시절이었기에 젓대 소리가 구성지게 울려 퍼지는데, 겐지 앞에서는 연주하는 사람들도 각별히 긴장하고 있습니다.

부인들은 구경하러 남전으로 오라는 연락이 사전에 있었는지라, 동서 별채와 건널복도에 각자 자리를 마련하여 보고 있습니다.

서쪽 별채의 다마카즈라 아씨는 침전 남쪽 방을 찾아 아카시아씨와 대면하게 되었습니다. 무라사키 부인도 같은 곳에 있는 터라 사이에 있는 휘장 너머로 얘기를 나눕니다.

남답가 행렬이 주작원과 고키덴 황태후의 어전을 도는 사이에 날이 밝았습니다. 육조원은 남답가 행렬에게 술과 간식을 대접하는 장소로 지정되어 있으니, 간단한 요깃거리만 마련하면 되는데도 예법 이상으로 맛난 음식을 준비하여 성대하게 대접하였습니다. 새벽녘의 달빛이 애처롭고 황량한 가운데 눈발이 날려 쌓여갔습니다. 부는 바람에 저 높은 소나무 가지에서 눈이 떨어져 소름이 끼칠 정도로 스산하니 풀기 빠진 푸른색 포에 하얀 속옷을 받쳐 입은 사람들의 모습은 서글프고 길쭉한 관에 꽂은 조화도 윤기 하나 없는데 장소가 장소인지라 나름의 풍정이 있으니, 마음이 느긋해지면서 목숨이 늘어난 듯한 기분입니다.

남답가 행렬 가운데에서도 겐지의 아들 좌중장 유기리와 내 대신의 아들들이 눈에 띄게 아름답고 화사합니다.

드디어 해가 솟았습니다. 눈발이 희끗희끗 날리고 한기가 드는데, 사이바라의 「다케 강」을 노래하면서 소맷자락을 휘날리며 어우러져 춤을 추는 모습과 정겨운 노랫소리를 그림에 담아둘 수 없는 것이 안타까울 따름입니다.

여인들은 누가 더하고 못할 것 없이 화려한 소맷자락을 발 사이사이로 내밀고 있으니, 눈이 어지러울 정도입니다. 그 색상이 마치 '새벽하늘에 낀 안개 위로 비단을 펼쳐놓은 듯' 다채롭습니다.

그런 광경을 보고 있자니 마음이 더없이 흡족합니다.

그렇기는 하나 관을 쓰고 춤을 추는 남자들의 낯선 모습이며, 축언 중의 음란한 글귀와 해학적인 말을 허풍스럽게 늘어놓는 것이 그리 보고 들어줄 만한 곡이나 박자는 아니었습니다.

관례에 따라 사람들은 축의품인 면포를 받고 퇴장하였습니다.

날이 완전히 밝자 부인들도 각기 처소로 돌아갔습니다. 겐지는 잠시 잠을 청하였다가 해가 중천에 떴을 때 다시 일어났습니다.

"유기리 중장의 목소리가 변소장에 전혀 뒤짐이 없는 듯하구나. 여러 방면에 명인들이 이렇듯 많이 등장하니 참으로 축복받은 시대로구나. 옛날에는 학문에 능하고 뛰어난 자는 많았어도 취미 면은 요즘에 미치지 못하였으니. 유기리 중장을 성실하고 충직한 정치가로 키우려 한 것은 놀기를 좋아하는 나 자신의 불성실함과 어리석음을 닮지 않기를 바라서였는데. 마음속으로는 다소나마 풍류를 아는 사람이 되어주기를 바랐던 모양이다. 그런 것을 억누르고 겉만 성실하게 꾸미고 있다면 대하기가 어려운 일일 테지."

이렇게 겐지는 중장을 어여삐 여기고 있습니다.

겐지는 「만춘락」을 흥얼거리면서 집안의 여인들이 한자리에 모인 모처럼의 기회를 놓치기가 아쉬워 이렇게 말하였습니다.

"한자리에 모였으니 여악을 즐겨보면 어떠리. 우리 집안사람들끼리 후연을 열기로 합시다."

멋들어진 주머니에 담아 소중하게 간직하였던 칠현금 등의 악기를 꺼내 먼지를 털어내고 느슨해진 줄을 맞추라 이릅니다.

부인들은 마음이 졸여 몹시 긴장하는 모습입니다.

나비

아름다운 꽃의 정원에서 너울거리는
이 나비를 보고서도
풀숲 속에 숨어
가을을 기다리는 방울벌레는
봄이 싫다 하실는지요
◆ 무라사키 부인

오라 손짓하는 나비춤에
하마터면 갈 뻔했지요
그대가 흐드러진 황매화 울타리로
막지만 않았던들
◆ 아키고노무 중궁

제24첩 나비(胡蝶)

이 첩의 제목은 무라사키 부인과 아키고노무 중궁이 주고받은 노래에서 '나비'
라고 붙여졌다.

삼월 스무날 무렵, 봄의 침전 정원은 예년보다 한결 아름다워져 마치 미의 정수를 보는 듯하였습니다. 햇살에 아른거리는 꽃향기, 지저귀는 새소리 등, 육조원 내 다른 처소의 사람들은 무라사키 부인의 침전에는 사철 내내 봄이 머무르는 것이 아니냐고 신기하게 여기며 칭찬하였습니다.

젊은 시녀들이 동산과 연못 한가운데 떠 있는 섬에서 하루가 다르게 푸르름을 더해가는 나무와 이끼의 풍취가 너무 멀어 잘 보이지 않는 것을 아쉬워하자, 겐지는 옛날에 만들었던 중국식 배를 치장하라 명하였습니다.

마침내 연못에 그 배를 띄우는 날이 오자, 아악료의 악인들을 초대하여 배 위에서 음악을 연주하도록 하였습니다. 친왕은 물론 상달부들도 대거 이날의 연회에 참석하였습니다.

마침 그때 아키고노무 중궁도 육조원에 와 있었습니다. 작년 가을 중궁이 '봄을 기다리는 그 앞뜰에'라고 도발적인 노래를 지어 보냈는데, 무라사키 부인은 그에 대한 답가를 지금 보내는 것이 좋으리라고 생각하였습니다. 겐지 역시 이 꽃의 향연을 중궁에게 보여주고 싶어 그렇게 권하였으나, 중궁은 딱히 일도 없는데 가벼운 마음으로 건너가 한가롭게 꽃을 즐길 수 있는 신분이 아닌지라, 중궁을 모시는 젊은 시녀 가운데 이런 일을 기뻐할 여인들을 배에 타도록 하였습니다.

중궁이 있는 가을의 침전 남쪽 연못은 무라사키 부인의 정원의 연못과 물길이 통하도록 되어 있으니, 야트막한 동산이 관문 구실을 하고 있습니다. 배를 타고 동산을 따라 노 저으면 이쪽 연못으로 올 수 있습니다.

겐지는 동쪽에 있는 연못가 건물에서 무라사키 부인의 젊은 시녀들과 함께 배를 맞았습니다.

용과 익이 장식된 중국식 배를 화려하게 치장하고, 노를 젓고 장대를 부리는 사공들도 갈래머리로 머리를 꾸미고 중국식 옷을 입고 있습니다. 그런 배가 널따란 연못으로 노저어 나가니, 이렇게 화려한 중국식 배를 본 일이 없는 중궁의 시녀들은 정말 미지의 외국에 있는 기분이 되어 감탄을 금하지 못하였습니다.

연못 한가운데 있는 섬의 움푹 들어간 바위 뒤로 배를 붙이자, 정교하게 배치되어 있는 돌의 아름다움이 마치 그림을 보는 듯하였습니다. 여기저기에서 안개가 너울거리고 그 사이로 보이는 나뭇가지는 마치 꽃으로 수놓은 비단을 펼쳐놓은 듯하였습니다.

무라사키 부인의 정원이 저 멀리 보이기 시작합니다. 초록이 짙어진 버들가지가 축 늘어져 있고, 흐드러지게 핀 꽃은 형용하기 어려운 향기를 풍기고 있습니다.

　벚꽃이 다른 곳에서는 벌써 떨어졌는데, 이곳에서는 한창인 양 함박 미소를 짓고 있고, 건널복도에 늘어진 등꽃 송이도 짙은 보라색 꽃봉오리가 터지기 시작했습니다. 연못물에 그림자를 떨구고 있는 황매화는 그 탐스런 꽃송이가 연못가에 넘쳐 절정입니다. 물새가 짝지어 노닐면서 잔 나뭇가지를 물고 날아다니는 모습이며, 원앙이 잔물결을 일으키며 무늬를 그려내니, 그 무늬를 본떠 도안을 그리고 싶을 정도입니다. 이렇게 경치에 마음을 빼앗겨 정말 시간이 흐르는 것도 잊고, 도끼 자루가 썩을 지경으로 하루를 보냈습니다.

　　바람이 불어와
　　잔물결에도 꽃이 핀 듯
　　노란 꽃물이 찰랑거리니
　　이 경치야말로 그 노래로도 유명한
　　황매화의 곳이 아닐는지요

　　봄의 침전의 이 연못은
　　황매화의 명소 이데의 물가와
　　닿아 있는 것인가요

그 물가의 황매화가
연못 깊은 바닥에서도 꽃을 피우니

신기루 같은 봉래산까지
애써 찾아갈 것도 없지요
이렇게 멋들어진 배 안에서
불로장생의 이름을
후대에 길이 남기면 될 것을

봄날의 햇살이 화창하게 비치는
연못을 노 저어 가는 이 배
장대에 맺힌 물방울마저
지는 꽃잎 같으니

　한없이 노래를 주고받으며 흘러흘러 어디로 가는 것인지조차
잊을 정도이니, 연못가의 경치에 젊은 시녀들이 넋을 잃는 것도
당연한 일이지요.
　날이 저물 무렵에「황장」이라는 무악이 연주되었습니다. 그
흥겨운 소리를 들으면서 꿈인 듯 생시인 듯한 아득한 기분으로
연못가 건물에 도착하여 시녀들은 배에서 내렸습니다.
　그 연못가 건물의 꾸밈은 아주 간소하나 우아한 풍취가 있으
니, 중궁과 무라사키 부인의 젊은 시녀들이 너도나도 질세라 화

사하게 꾸민 의상이며 아름다운 용모가 꽃으로 엮어 짠 비단 못지않을 만큼 한결 돋보입니다. 평소에는 듣기 어려운 음악이 쉴 새 없이 연주되었습니다. 무인들 역시 겐지가 각별히 선별한 자들이니, 구경꾼들이 만족할 수 있도록 갖은 묘기를 부려 춤을 추고 있습니다.

밤이 되었는데도 아직 모자란 듯하니, 정원에 화톳불을 밝히고 계단 아래 이끼 위로 악인들을 불러내었습니다.

친왕과 상달부 들은 각기 쟁과 비파, 생황, 피리, 젓대 등을 연주하였습니다. 스승 격인 악인들 가운데에서도 특히 명수들만 봄의 선율인 쌍조를 연주하니, 침전 위에서 이에 화답하는 현악기 소리의 울림도 화려하기 그지없었습니다. 사이바라의 「존귀하도다」를 연주하기에 이르자, 아무것도 모르는 아랫것들까지 문 주위에 줄지어 있는 말과 우차 사이에 섞여 만면에 웃음을 흘리며, 이 세상에 태어난 보람이 있었노라 흐뭇해하고 있습니다.

하늘에 울려 퍼지는 봄의 음악인 쌍조의 선율이 다른 선율보다 얼마나 멋들어진지 그 자리에 모여 있던 사람들은 차이를 알 수 있었겠지요.

밤이 새는 줄도 모르고 관현놀이를 하는데 드디어 날이 밝았습니다. 선율이 바뀌어 노래를 부르는 목소리도 바뀌니, 무악인 「희춘락」 연주까지 합세하고, 병부경이 사이바라의 「푸른 버들」을 몇 번이나 구성지게 불렀습니다. 겐지도 목소리를 합하여 노래하였습니다.

날이 밝았습니다. 아키고노무 중궁은 동산 너머로 들려오는
아침을 알리는 새소리를 시샘하였습니다.

무라사키 부인의 봄의 침전은 늘 봄의 햇살이 가득하나, 사내
들의 마음을 사로잡는 젊은 여인이 없는 것을 아쉬워하는 사람
들도 있었습니다. 그러던 차에 서쪽 별채에 한 군데 나무랄 곳
이 없는 아름다운 아씨가 기거하게 된데다 겐지도 이 아씨를 끔
찍하게 대우한다고 하니, 온 세상에 그 소문이 자자하게 퍼졌
습니다. 그러니 겐지가 예상했던 대로 아씨를 흠모하는 사내들
이 많은 것은 당연한 일이지요. 자신이야말로 아씨의 상대로 손
색이 없다 자부하는 신분의 사내들은 육조원의 시녀들을 통해
넌지시 의중을 알리는 편지를 보낼 수 있지만, 그렇지 못한 사
내들은 그저 속으로만 연모의 정을 불태우며 애간장을 태우겠
지요.

그 사내들 가운데 내대신의 큰아들 가시와기 중장도 있었습
니다. 가시와기 중장은 아씨가 친누나인 줄을 미처 모르고 연심
을 품은 듯합니다.

병부경 역시 오랜 세월을 함께하였던 정부인이 돌아가신 후
로 3년을 홀몸으로 지내 적적함이 쌓이니 거리낌 없이 새 아내
를 맞고 싶다는 심중을 토로합니다. 오늘 아침에도 술기운을 빌
려 등꽃을 머리에 꽂고 교태를 부리며 너스레를 떠니, 그 모습
이 참으로 매력적입니다. 겐지는 바라는 바라고 내심 우쭐해져
있지만, 애써 모르는 척 시치미 뗀 표정을 짓고 있습니다.

병부경은 겐지가 술잔을 내밀자 난감한 표정을 지으며 술을
사양하였습니다.

"근심 걱정이 없다면 이대로 돌아가고 싶은 심정이옵니다. 이
제 술은 그만 받기로 하지요."

　　등꽃 같은 여인에게
　　빼앗긴 이내 마음
　　사랑의 어두운 심연에
　　몸을 던졌다고
　　염문이 나돈들
　　무슨 후회가 있으리오

병부경은 이렇게 노래하고 '사이좋게 같은 꽃을 머리에 꽂고
싶어'라는 한 구절을 읊으며 술잔에 등꽃을 곁들여 돌려주었습
니다.

겐지는 호탕하게 웃으며 돌아가려는 병부경을 만류하였습니다.

　　사랑의 어둔 심연에
　　몸을 던질꼬 말꼬
　　마음을 굳혀야 하니
　　꽃처럼 아리따운
　　아씨 곁을 떠나지 마시구려

병부경은 자리에서 일어나 돌아가지도 못하니, 오늘 아침의 관현놀이는 어젯밤 이상으로 흥겨웠습니다.

오늘은 아키고노무 중궁이 봄 들어 첫 법회를 갖는 날이기도 합니다. 집으로 돌아가지 않고 휴게소를 빌려 관복으로 옷을 갈아입는 자도 많았습니다. 다만 옷을 갈아입기에 지장이 있는 사람은 돌아갔습니다. 점심때쯤 모두 서남향에 있는 중궁의 침전을 찾았습니다. 겐지를 비롯한 많은 사람들이 법회 자리에 입회하였습니다. 전상인들도 다수 자리를 함께하였는데 이 모든 것이 겐지의 위세 덕분이라 법회는 장엄하게 거행되었습니다.

무라사키 부인은 불전에 꽃을 바쳤습니다. 얼굴이 예쁜 여동 여덟 명을 고르고 골라 새와 나비 모양 옷을 곱게 차려입히고, 새가 된 여동 넷에게는 은 꽃병에 벚꽃을 꽂아 들게 하고, 나비가 된 여동 넷에게는 금 꽃병에 황매화를 꽂아 들게 하였습니다. 같은 꽃이라도 송이가 탐스럽고 색깔도 고운 것을 골랐습니다.

무라사키 부인의 침전 동산 기슭에서 배가 떠나 중궁의 침전 정원으로 접어들었을 무렵, 봄바람이 불어와 벚꽃잎이 하늘하늘 떨어졌습니다. 화창한 하늘 아래 너울거리는 봄 아지랑이 사이로 새와 나비 모양을 한 여동 일행이 나타나니 그 정경이 형용할 길 없이 우아하였습니다.

출연자들의 대기실은 막을 쳐 따로 만들지 않고 건널복도를 사용하기로 하고 악인들을 위한 접이용 의자를 준비하였습니다.

여동들이 침전의 계단 아래까지 나아가 꽃을 바쳤습니다. 스님에게 향을 돌리는 역할을 맡은 사람들이 그 꽃병을 받아 알가 선반에 바쳤습니다.

무라사키 부인은 겐지의 아들 유기리 중장을 사자로 편지도 전해 올렸습니다.

아름다운 꽃의 정원에서 너울거리는
이 나비를 보고도
풀숲 속에 숨어
가을을 기다리는 방울벌레는
봄이 싫다 하실는지요

중궁은 편지를 보고 예의 단풍 노래에 대한 답가인 줄 헤아리고는 빙그레 웃었습니다. 어제 배를 타고 봄의 침전으로 건너갔던 시녀들도 꽃향기에 취한 듯 입을 모아 이렇게 말하였습니다.

"봄의 침전의 아름다운 풍경은 미처 따를 수가 없을 듯하였사옵니다."

휘파람새의 영롱한 울음소리에 새 모양 여동들의 화려한 무악이 시작되자 연못에 물새들까지 모여들어 지저귀는데, 갑자기 음악이 빨라졌다가 그치니 재미있기도 하고 아쉽기도 하였습니다. 나비 모양 여동들의 춤은 새 모양 여동들의 춤보다 화사하여, 하늘하늘 가녀리게 날아올라 울타리에 흐드러지게 핀 황매화 꽃그늘로 날아들었습니다.

중궁직 차관을 비롯하여 전상인들이 잇따라 여동들에게 선물을 하사하였습니다. 새 모양 여동에게는 하얀색 겉감에 빨간색 안감의 평상복을, 나비 모양 여동들에게는 적황색 겉감에 홍매색 안감의 평상복이었습니다. 마치 미리부터 준비하고 있었던 것처럼 하사하는 순서도 정연합니다. 전문 악사들에게는 각자의 지위에 걸맞게 하얀 홑옷 예복과 비단필을 내렸습니다. 유기리 중장에게는 연보라색 겉감에 파란색 안감의 평상복을 곁들여, 여인네들의 옷가지들을 어깨에 걸쳐주었습니다.

아키고노무 중궁이 무라사키 부인에게 보내는 답신은 이러하였습니다.

"어제는 그쪽을 찾아뵈올 수 없어 부러움에 소리 내어 눈물을 흘렸을 정도입니다."

오라 손짓하는 나비춤에
하마터면 갈 뻔했지요
그대가 흐드러진 황매화 울타리로
막지만 않았던들

모든 방면에 뛰어난 분이라도 이런 노래에는 서투른 것일까요. 그다지 잘 지은 노래라고는 할 수 없을 듯합니다.

그러고 보니 어제 봄의 침전의 뱃놀이를 구경한 중궁의 시녀들에게 무라사키 부인이 많은 선물을 하사하였다는 것을 잊었군요. 허나 그런 것까지 일일이 쓰자니 구차한 듯하여 그만두기로 하겠습니다.

날이 새나 날이 지나 이렇게 연회와 놀이 행사를 열며 즐겁게 지내는 터라 시중을 드는 시녀들도 불편함이 없으니, 중궁과 무라사키 부인은 편지를 주고받으며 지냅니다.

서쪽 별채에서 거처하는 다마카즈라 아씨 역시 답가 행사 때 무라사키 부인을 본 이래 편지를 나누고 있습니다. 마음씀씀이가 얼마나 깊은지는 아직 말할 수 없으나, 눈치가 빠르고 꼼꼼한데다 붙임성이 좋고 스스럼없는 성품이라 모두 이 아씨에게 호의를 품고 있습니다. 연문을 보내는 사내들은 많은 듯하나, 겐지가 그리 쉽사리 사위를 정할 리는 없겠지요. 또 겐지 자신의 마음속에도 아버지 구실을 관철하기 어려운 석연치 않은 구석이 있으니, 차라리 친아버지인 내대신에게 사실을 털어놓을까 하고 안달하는 때도 있습니다.

유기리 중장은 다마카즈라 아씨와 다소 친하게 지내 발 가까이에 다가가 직접 대화를 나누기도 하지만 여전히 조심스럽습니다. 하지만 시녀들은 그런 처세가 당연히 친오누이이기에 가능한 것이라 여기고 있고, 유기리 중장 또한 성실하고 고지식한 분이라 흑심은 털끝만큼도 없습니다.

내대신 집안의 젊은이들은 유기리 중장을 따라 육조원에 왔다가 속뜻이라도 있는 듯 심각한 표정으로 정원을 어슬렁거리는데, 다마카즈라 아씨는 애타고 그리운 남녀의 사랑 때문이 아니라 친형제가 넌지시 속내를 알리려 하는 것을 괴로워합니다. 친아버지인 내대신은 자신이 이렇게 지내고 있다는 것을 하루빨리 알아주기를 남몰래 바라고 있지만, 겐지에게는 한마디도 비치지 않습니다. 오로지 겐지를 믿고 의지하고 따르는 마음이 앳되고 사랑스러울 따름입니다. 그렇게 많이 닮지는 않았으나 역시 죽은 유가오의 모습을 떠올리게 하는데다 딸은 그 어미에게는 없었던 재기까지 갖추고 있습니다.

사월 초하루는 옷을 갈아입는 날, 사람들이 여름옷으로 시원스레 갈아입은 즈음에는 하늘마저 상쾌하고 정취가 가득하였습니다. 겐지는 딱히 이렇다 할 일이 없어 늘 한가로운 터라 온갖 관현놀이를 하며 때를 보냅니다.

다마카즈라 아씨에게 날로 연문이 잦게 날아드니, 겐지는 역시 기대하던 바 대로라고 재미있어하면서 일이 있으면 아씨의 방으로 찾아가 편지를 읽어보고는, 적합한 상대라 여겨지는 사람에게는 빨리 답장을 보내라고 채근을 하기도 합니다. 아씨는 언제 불쑥 겐지가 찾아올지 마음을 놓을 수가 없어 난감한 일이라고 괴로워합니다.

병부경이 속내를 털어놓은 지 오래지 않은데, 몸이 달아 투정을 부리듯 이런저런 말을 써서 보낸 편지를 보고 겐지는 회심의 미소를 흘립니다.

"내 많은 형제들 가운데에서도 병부경은 어렸을 때부터 격의 없이 친하게 지내왔지만, 연애에 관한 한 내게 숨기는 것이 많았습니다. 그런데 그 나이가 되어 사랑에 애를 태우는 것이 옆에서 보기가 재미있기도 하고, 안타깝기도 합니다. 그러니 병부경에게는 답장을 쓰세요. 다소나마 교양이 있고 풍류를 아는 여인이라면 말 상대를 하기에 병부경만한 사람도 없습니다. 아주 매력적인 사람이니까요."

겐지는 젊은 여자라면 모두 마음을 빼앗길 사람이라고 칭찬을 하지만, 다마카즈라 아씨는 그저 부끄러워 몸 둘 바를 모릅니다.

검은 턱수염 대장은 성품이 곧고 점잖은 사람인데, 이 사람마저 '사랑의 번뇌에는 공자도 쓰러진다'는 속담처럼 사랑의 번뇌에 괴로워하며 편지를 보내니 이 또한 흥미로워 겐지는 이 편지 저 편지를 비교하며 읽습니다. 그 가운데 연푸른 중국 종이에 향내가 은은하게 배어 있는 것이 있는데, 유독 그 편지만 조그맣게 접혀 있었습니다.

"이 편지는 어찌하여 이렇게 접었을까?"

겐지는 그렇게 말하며 편지를 펼쳐 보았습니다.

필적이 실로 멋들어집니다.

내가 이렇듯 흠모하는 것을

그대는 모르시겠지요

끓어오르는 마음 하염없어도

바위틈에서 샘솟는 물은

그 색과 온기를 알 수 없듯이

글귀 또한 당대풍으로 어지간히 멋을 부렸습니다.

"이건 누구에게서 온 편지인고?"

겐지가 물었지만 아씨는 시원스레 대답을 하지 않습니다. 겐지는 시녀 우근을 불러 일렀습니다.

"편지를 보내는 분들 가운데 좋은 사람을 골라 답장을 쓰라 하세요. 바람기 많은 요즘 젊은이들이 당치 않은 짓을 저지르는 것을 모두 남자의 죄라고는 할 수 없느니. 내 경험으로 봐서도 여인이 답장도 보내지 않고 매정하게 대하면 박정하고 차갑고 남녀 사이의 정을 모르는 사람이라고 분해하거나, 상대가 그리 높지 않은 신분이라면 주제도 모르고 무례하게 군다고 생각하였습니다. 그리 큰 애착을 보이지 않는 듯 꽃과 나비를 화제 삼아 넌지시 보낸 편지에 답장을 보내지 않아 상대를 약 오르게 하면 남자는 오히려 열을 올리는 법. 그리고 여인이 답장을 보내주지 않는다 하여 남자가 그냥 잊어버린다면, 그것은 여인에게 허물이 있는 게 아니겠습니까.

어쩌다 불현듯 떠올라서 그저 적당히 보낸 연문에 몸이 달아 얼른 답장을 쓰는 것은 해서는 안 되는 일, 그런 우를 범하면 나중에 무슨 재난을 당할지 알 수 없는 일이지요. 아무튼 여자가 조심성 없이 자기 멋대로 풍류를 아는 듯 정취를 아는 듯 행세하다 보면, 결국은 좋지 않은 일이 생기는 법입니다. 병부경이나 검은 턱수염 대장은 진지한 척하면서 어리석은 짓을 하는 사람들이 아니니, 이분들에게 상대의 마음을 헤아리지 못하는 퉁명스런 태도를 취하는 것은 아씨에게는 어울리지 않는 일입니다. 두 분보다 신분이 낮은 자들에게는 상대의 마음에 따라 적당히 응하고 그 괴로움과 애틋함도 헤아려주도록 하세요. 또 성심을 다하여 애를 쓰는 것도 인정해주도록 하세요."

다마카즈라 아씨는 부끄러워 고개를 돌리고 있으니 그 옆얼굴이 더없이 아름답습니다. 홍매색 겉감에 파란색 안감의 평상복에 이 계절에 입는 흰색 겉감에 연두색 안감의 화사한 소례복을 입고 있으니, 그 색의 조화가 현대의 젊은 여인답게 친밀감을 자아냅니다. 얼마 전까지만 해도 시골에서 자란 흔적이 남아 있어 그것이 나름대로 얌전한 느낌을 주었는데, 요즘은 육조원 여인들의 모습을 흉내내고 배워 몸짓 하나하나가 세련되고 나긋나긋합니다. 화장도 빈틈없어 한 군데 모자라는 곳이 없으니 화사하고 아리따운 자태입니다. 겐지는 이렇게 매력적인 아씨를 다른 사내의 손에 넘겨주어야 한다니 이 얼마나 아쉬운 일인가 하고 생각하였습니다.

우근 역시 웃는 얼굴로 두 사람의 모습을 바라보면서, 아씨의 아버지라 하기에 겐지는 너무 젊으니 오히려 부부라 하는 것이 어울리겠다고 생각합니다.

"절대 다른 분에게서 온 편지는 아씨에게 전해주지 않습니다. 방금 보신 서너 통의 편지는 그냥 돌려보내면 상대의 마음이 언짢을까 염려하여 시녀가 일단 받아둔 것이오나, 답장은 겐지 님께서 권할 때만 보내고 있사온데, 그것조차 아씨는 꺼리는 듯하옵니다."

우근은 이렇게 말합니다.

"그렇다면 이 조그맣게 접은 편지는 누가 보낸 것이더냐. 필적도 매우 훌륭한데."

겐지가 미소지으며 편지를 내려다보니 우근이 대답하였습니다.

"그 편지는 심부름꾼이 가타부타 말 없이 두고 간 것이옵니다. 내대신 가문의 가시와기 중장이 육조원에서 시중을 들고 있는 미루코라는 여동을 이전부터 알고 있는 터라, 그 아이가 받아 왔사옵니다. 달리 편지를 전할 만한 사람이 없었던 듯합니다."

"그것 참 대견스럽구나. 관위는 아직 낮으나 허술히 여길 수 없는 사람이다. 공경들 중에서도 이 중장의 성망을 따를 사람은 그리 많지 않으니, 내대신의 아들 가운데서도 각별히 사려 깊은 젊은이이니라. 언젠가는 자연스럽게 아씨와의 인연을 알게 될 날이 오겠으나, 지금은 그 점은 덮어두고 적당히 응수를 하는 것이 좋을 것이다. 그건 그렇고 참으로 뛰어난 필적이로구나."

겐지는 그렇게 말하며 편지를 내려놓지 못합니다.

"내가 이런저런 주의를 주는 것을 그대가 어찌 여길지 걱정스러우나, 내대신의 친자식이라는 것을 알리기에는 그대가 아직 세상 물정에 어둡고 앞날도 정해지지 않았으니, 오래도록 서로를 모르고 산 가족에게 불쑥 얼굴을 들이미는 것이 바람직한 일인지 생각이 많습니다. 역시 보란 듯 결혼을 하여 안정을 찾는다면 어엿한 딸자식으로 부모 자식이 상면할 기회도 있지 않을까 싶습니다.

병부경은 독신이기는 하나 바람기 심한 성품이라 드나드는 곳도 많고 거느리고 있는 여인네도 많다 들었습니다. 남편의 성품이 그렇다 하여 미워하지 말고 너그럽게 봐줄 수 있어야 부부 사이도 원만할 것입니다. 그러나 다소라도 시샘을 하는 성품의 여자에게는 남편이 결국 싫증을 내게 되니 질투심은 반드시 주의를 해야 합니다.

또 검은 턱수염 대장은 오랜 세월 함께하였던 정부인이 나이를 많이 먹어 염증이 날로 더하는지라 그대에게 청혼을 하였다 합니다. 주위 사람들은 그 일을 남세스럽게 여기는 듯합니다. 그 역시 타당한 일이라 나도 생각을 굳히지 못하고 있습니다. 이렇듯 혼담이란 부모에게도 자신의 마음을 속 시원하게 털어놓기가 어려운 일입니다. 허나 그대는 그런 말을 하지 못할 나이도 아니니 무슨 일이든 스스로 판단을 해야겠지요. 나를 돌아가신 어머니라 여기세요. 그대가 혼담에 불만을 갖는다면 내게도 괴로운 일입니다."

이렇게 겐지가 성의를 담아 얘기하니 다마카즈라 아씨는 난감하여 대답을 하지 못합니다. 하지만 철없는 아이처럼 입을 꾹 다물고 있는 것도 보기에 좋지 않은 일입니다.

"아무것도 모르는 어린 시절부터 부모는 없는 것이라 여기고 살아왔습니다. 지금 와서 새삼 부모에 대하여 어떻게 생각해야 좋을지 모르겠습니다."

다마카즈라 아씨가 이렇게 말하니, 그 태도와 말투가 느긋하고 의젓하여 겐지는 그럴 만도 한 일이라고 생각하였습니다.

"그렇다면 세상 사람들이 낳은 정보다 기른 정이라고 말하는 것처럼 길러준 아비를 낳아준 아비라 여기고, 내 깊은 속마음을 끝까지 헤아려주세요."

이렇게 겐지는 정말 친아비처럼 자상하게 말합니다. 하지만 연심을 품고 있다는 말은 차마 겸연쩍고 거북하여 꺼내지 못하는데, 말 도중에 간간이 암시를 하여도 아씨는 전혀 눈치를 채지 못하는 것 같으니 한숨을 쉬면서 자리에서 일어났습니다.

정원에 높이 솟은 담죽이 불어오는 바람에 사르락거리며 흔들리는 모습에 마음이 끌린 겐지는 걸음을 멈추고 노래를 지었습니다.

이 집안에

깊이 뿌리내린 죽순처럼
고이고이 기른 딸도
마침내는 짝을 지어
떠나가려는가

"생각하면 아까운 일이지요."
겐지가 발을 들어올리고 말하자 아씨가 살며시 나와 앉아 대답하였습니다.

이렇듯 신세를 진 몸
무슨 일이 닥친다 하여 새삼
어린 죽이 태어난 원래 뿌리를 찾듯
낳아준 아비를 찾아 나서지야 않겠지요

"그런 일을 하면 오히려 제가 곤란해지겠지요."
겐지는 이렇게 말하는 아씨를 가엾다 생각하였습니다. 그러나 다마카즈라 아씨는 말은 이렇게 하였어도 속마음은 달랐습니다.
겐지가 어떤 기회에 내대신에게 사실을 밝혀줄까 하고 불안하고 초조하기만 한데, 겐지의 마음씀씀이가 예사롭지 않은 터라, 내대신이 친아버지이기는 하여도 얼굴 한번 보지 못한 자신에게 이렇게까지 자상하게 마음을 써주지는 않으리라고 생각합니다.

한편 다마카즈라 아씨는 옛이야기 책을 읽으면서 사람 사이의 인정과 세상 물정에 관해서도 점차 알게 되니, 오히려 이전보다 조심스러워져 이쪽에서 나서서 친딸이라는 것을 알리는 것은 어렵겠다고 생각하였습니다.

겐지는 다마카즈라 아씨를 날로 사랑스럽다 여기며, 무라사키 부인에게도 얘기를 하였습니다.

"신기할 정도로 사람의 마음을 끄는, 참으로 매력적인 성품입니다그려. 죽은 어미는 그리 밝지 못한 성품이었는데 말이오. 이해력도 뛰어난 듯하고 붙임성도 좋아 안심할 수 있는 성품이라 여겨집니다."

겐지가 이렇게 칭찬하자 무라사키 부인은 이런 경우 그냥 내버려두지 못하는 겐지의 성격을 잘 알고 있는지라 금방 눈치를 채고 이렇게 말하였습니다.

"그리도 분별력이 있는 분이라면서 어찌 당신에게 그렇듯 마음을 열어놓고 의지하는지 모르겠습니다. 안타까운 일이로군요."

"나를 의지하면 안 된다는 말같이 들리는구려."

"글쎄요, 이 몸 역시 견딜 수 없으리만큼 슬픈 일을 여러 번 겪었고, 그런 때마다 당신의 바람기 많은 성품을 떠올리지 않을 수 없었으니까요."

무라사키 부인이 생긋 웃으며 말하니 겐지는 참으로 눈치가 빠르다고 느꼈습니다.

"괜한 억측을 하시는구려. 내게 그런 흑심이 있었다면 그 사람이 어찌 모르겠소이까."

겐지는 이렇게 말하고는 성가시다는 듯 그만 입을 다물고 말았습니다. 그러고는 속으로 무라사키 부인이 이렇듯 빨리 눈치를 채었으니, 앞으로 어떻게 하면 좋을까 하고 생각하는 한편 얼토당토아니한 일에 매달리는 자신의 바람기를 돌이켜보았습니다.

아씨의 일에 미련을 떨치지 못하면서도 겐지는 서쪽 별채를 자주 드나들며 아씨의 뒤를 보살폈습니다.

한 차례 비가 뿌리고 지나간 황혼녘, 사방이 촉촉하고 고즈넉한 가운데 방 안에서 상쾌한 기분으로 어린 단풍나무와 떡갈나무의 싱그러운 잎을 바라보며 '사월의 날씨 화창하고 청명하니'란 『백씨문집』의 시구를 읊조리고 있자니, 겐지는 금방 다마카즈라 아씨의 향내를 풍기듯 아리따운 자태가 떠올라 슬며시 서쪽 별채를 찾았습니다.

글자 연습을 하며 쉬고 있던 아씨는 거북한 표정으로 자세를 고치고 앉으니, 그 얼굴에 아련하게 요염함이 감돌아 아름답기 그지없습니다. 나긋나긋한 다마카즈라 아씨의 몸짓에 겐지는 문득 그 옛날의 유가오의 모습이 떠올라 그리움을 견딜 수가 없었습니다.

"처음 봤을 때는 이리도 어머니를 닮았을 줄은 몰랐는데, 요즘은 자칫 어머니가 아닌가 하고 착각할 때도 종종 있으니 참으로 애가 타는 일이지요. 유기리 중장이 죽은 어미의 모습을 닮지 않아, 모자지간이라도 이리 닮지 않을 수 있을까 하였는데, 그대처럼 닮은 분도 있는 모양입니다."

겐지를 이렇게 말하며 눈물을 머금고는, 상자 뚜껑에 담긴 과일 중에 귤을 집어 만지작거리며 노래를 읊었습니다.

　귤 향내 나는 소맷자락에
　죽은 옛사랑이 떠오르니
　그 옛날의 어미를 꼭 닮은
　그대의 모습이 도무지
　다른 사람으로 여겨지지 않아

"죽은 이를 언제까지나 잊지 못하고 가슴에 품고 있으면서 마음을 달래지 못하고 긴 세월을 지내왔는데, 이렇듯 어미를 쏙 빼닮은 그대를 만나다니, 꿈이 아닌가 싶었습니다. 역시 그대를 사모하는 이 마음을 억누를 길 없으니 그런 나를 꺼려하지 마세요."

겐지를 이렇게 말하며 아씨의 손을 잡았습니다. 아씨는 이런 일에 경험이 전혀 없는지라 몸 둘 바를 몰랐지만 의연하게 답가를 노래하였습니다.

귤꽃 향내 나는 소맷자락에
돌아가신 어머니를 떠올린다면
귤의 열매인 나 역시
젊은 나이에 죽어야 하는
허망한 운명일는지요

　난감해하며 고개를 숙이고 있는 아씨의 모습에 매력이 넘칩니다. 손은 오동통하고 몸짓은 나긋나긋하고 피부는 매끄럽습니다. 겐지는 그 귀엽고 사랑스러운 모습에 사랑의 번뇌가 더하여 오늘은 속내를 그만 내보이고 맙니다. 아씨는 자신의 처지가 어이없어 그저 바들바들 떨고만 있는데, 겐지는 이렇게 말합니다.

　"어찌 그렇듯 나를 싫어하는 것입니까. 나는 아무도 모르게 조심하고 있거늘. 그대도 모르는 척 숨기고 있으면 그만입니다. 지금까지도 그대를 어여쁘게 여기고 뒤를 돌아본 아비의 마음에 사랑하는 마음까지 더해졌으니 그대를 생각하는 이 마음 세상 무엇에 비할 수 있을까 싶습니다. 그런데 이렇듯 연문을 보내는 사내들만도 못하게 나를 무시해서야 되겠습니까. 실로 깊은 애정을 품고 있는 자는 그리 쉬이 있는 법이 아니라 여기기에 그대가 걱정스러운 것입니다."

　참으로 어처구니없는 아비 마음입니다.

어느새 비가 그치고, 불어오는 바람에 대나무 가지가 사락사락 소리내며 흔들릴 무렵, 둥실 떠오른 달빛이 아름다우니 참으로 고즈넉한 밤 풍경입니다.

시녀들은 두 사람만의 오붓한 대화를 위하여 멀리 떨어져 있습니다. 늘 격의 없이 만나는 사이이기는 하나 이런 기회는 둘도 없는지라, 겐지는 속내를 털어놓은 김에 날로 도를 더해가는 감정에 몸을 맡겼습니다. 몇 번을 입어 부드럽게 몸에 휘감기는 옷을 사람들 모르게 살며시 벗고는 아씨 옆에 누웠습니다. 옷을 벗는 소리가 옷자락이 스치는 소리처럼 들리게 하는 그 솜씨 또한 놀라운데, 아씨는 전에 없던 일이라 어찌할 바를 모르고 괴로워하는 한편, 과연 시녀들이 어찌 생각할까 하여 자신의 처지가 답답하고 한심하기만 할 따름입니다.

만약 친부모 곁에 있었다면 귀한 대접을 받지는 못하였어도 이렇듯 비참한 일을 당하지는 않으리라 여겨지자 슬픔이 북받칩니다. 감추려고 해도 눈물이 하염없이 넘쳐흐르니 겐지는 마음이 아파 부드럽고 자상하게 말하였습니다.

"그렇듯 경원하니 야속할 따름입니다. 전혀 남남이라도 남녀 사이의 관례에 따라 여자는 남자에게 몸을 맡기는 법이거늘, 이렇게 오래도록 친밀하게 지내면서도 곁에 잠깐 누웠다 하여 그리 꺼려하다니요. 더 이상 억지를 부릴 마음은 없습니다. 억누르려 해도 억누를 수 없는 사랑의 불길을 잠시 잠재우려 한 것뿐이거늘."

몸을 가까이하고 보니 아씨의 느낌이 이전보다 한결 그 어미를 닮아 겐지는 애틋함에 가슴이 찢어질 듯하였습니다.

겐지 자신도 너무 갑작스럽고 경솔한 행위였다고 느끼고 반성을 하고 있습니다. 시녀들이 이상히 여길 것이 뻔하니 겐지는 밤이 깊기 전에 서둘러 아씨의 방을 떠났습니다.

"앞으로도 나를 그렇듯 꺼려한다면 괴로워 견딜 수 없을 것입니다. 그대가 만약 다른 여인이었다면 이렇게까지 정신을 못 차리고 애착을 갖지는 않았을 것이니, 그대를 향한 나의 애정은 한없이 깊으나 그저 그대의 어미가 그리워 마음을 달래려고 두서없는 말을 하였습니다. 사람들의 비난을 받을 만한 처신은 더 이상 하지 않을 것이니 이전 같은 마음으로 대답이나 하여 주시오."

겐지가 애타게 말하여도 아씨는 정신마저 아득하고 그저 자신을 한심하게만 여기고 있습니다.

"설마 이렇게까지 싫어할 줄은 몰랐는데 내가 정말로 미운 모양입니다. 하지만 다른 사람들은 절대 알지 못하게 하세요."

겐지는 이렇게 말하고 탄식하며 돌아갔습니다.

아씨는 나이는 먹었지만 남녀 사이의 정분에 대해서는 경험도 없는데다 연애에 빠진 사람이 어떠한지도 듣고 본 일이 없는 터라, 남녀 사이에 더 이상의 관계가 있다는 것은 상상도 하지 못합니다. 세상에 참으로 어이없는 일도 다 있다 생각하며 슬픔을 이기지 못하니 몸 상태마저 이상해졌습니다.

"무슨 병에 걸린 것은 아닐지."

시녀들은 이렇게 말하며 어떻게 대처하면 좋을지 모릅니다.

"겐지 님의 마음씀씀이가 저리 자상하니 아씨에게는 아까울 정도입니다. 친부모라도 그렇게까지 정성을 쏟지는 않을 거예요."

유모의 딸까지 옆에서 이렇게 말하니, 아씨는 더욱 겐지의 징그러운 마음에 넌더리가 나 오직 자신의 신세가 한심할 뿐이었습니다.

다음날 아침 일찌감치 겐지에게서 편지가 왔습니다. 다마카즈라 아씨는 몸이 좋지 않아 누워 있는데, 시녀들은 벼루와 먹을 내밀며 어서 빨리 답장을 쓰라고 채근합니다.

아씨는 편지를 펼쳐보았습니다. 종이는 깔끔하고 실용적인 흰색인데, 글씨는 정말 멋들어집니다.

"어제의 그 매정하고 혹독한 대우가 잊혀지지 않습니다. 시녀들이 뭐라 여길지요."

모든 것을 받아들이고
잠자리를 같이한 것도 아닌데
여린 풀 같은 그대는 어찌하여
그리 수심에 찬 얼굴로
괴로워하는 것인지

"참으로 어린애 같은 처사입니다."

어버이와 같은 말이 씌어 있어 아씨는 어젯밤 일을 생각하면 정말 얄밉게 여겨지나, 답장을 쓰지 않으면 시녀들이 이상히 생각할 듯하여 딱딱하고 멋없는 종이에 딱 한 마디만 썼습니다.

"편지 잘 받아보았습니다. 몸이 좋지 않아 답장을 쓰지 못하니 용서 바랍니다."

겐지는 그 글을 보고는 역시 고지식하고 퉁명스러운 사람이라고 쓸쓸히 웃으면서도 이런 사람이면 원망에 찬 말을 건네는 재미도 있으리라 여기니, 참으로 그 심중이 어처구니없을 따름입니다.

겐지는 일단 마음을 털어놓은 후로는 '애타는 마음을 고백하여 만나자 할까 말까 망설여지니'란 노래처럼, 공연히 빙빙 돌려 말하지 않고 노골적으로 말하는 일이 잦아지니 아씨는 더욱더 궁지에 몰려 몸 둘 바를 모르고 시름에 잠기다가 끝내 몸져 눕고 말았습니다.

허나 이러한 실정을 아는 이는 많지 않으니, 세상 사람들은 물론 주위 사람들도 겐지를 아씨의 친아버지라 알고 있습니다.

'만의 하나 이런 기미가 세상에 알려져 소문이라도 나면 악평이 나돌 것은 말할 것도 없고, 얼마나 큰 웃음거리가 되랴. 아버지 내대신이 나를 찾아준다 하여도 안 그래도 나를 친자식으로 여길 마음이 없는 듯한데, 이런 일까지 알려지면 정숙지 못한 여자라고 멸시할 터이니.'

아씨는 모든 것이 걱정스럽고 괴로울 뿐이었습니다.

병부경과 검은 턱수염 대장은 사람을 통하여 겐지의 의중을
떠보고 전혀 희망이 없지는 않다는 것을 알고는 마음을 담은 편
지를 점점 더 열심히 보내게 되었습니다.

'바위틈에서 샘솟는 물은'이라는 노래를 보낸 내대신 집안의
가시와기 중장도 미루코에게서 겐지가 자신을 인정하고 있다는
얘기를 듣고는, 친누나라는 것도 모르는 채 그저 기쁜 마음에
애타는 사랑의 마음을 담은 편지를 보내면서 아씨 곁을 맴도는
듯합니다.

계절따라 굴러가는 운명의 수레바퀴

세토우치 자쿠초

등장인물의 호칭

제4권에는 「실구름」, 「나팔꽃」, 「무희」, 「머리 장식」, 「첫 새 울음소리」, 「나비」, 이렇게 6첩이 실려 있다. 겐지 나이 서른 살 겨울에서 서른여섯 살 초여름에 이르기까지의 얘기가 전개된다.

스마에서 도읍으로 돌아와 이전보다 더욱 화려한 영달을 누리고 있는 겐지의 생에 다시금 먹구름이 끼기 시작한다.

그 누구보다 강력한 후원자였던 아오이 부인의 아버지 태정대신이 세상을 떠나고, 뒤이어 영원한 애인 후지쓰보도 병으로 죽는다. 두 사람은 정신적으로나 물질적으로나 가장 강력한 버팀목이었기 때문에 겐지의 비탄은 뭐라 말할 수 없이 크다. 아버지 기리쓰보 상황의 죽음 이후 쓰라린 사별의 경험이었다.

이 태정대신은 과거 겐지의 스마 유배 시절의 좌대신으로 정적인 우대신 일파에게 밀려 한때 정계를 떠난 탓에 치사 좌대신이라 불렸던 사람이다.

이렇게 오랜 세월을 거치면서 등장인물의 위계가 변하면서 그 호칭도 따라 변한다. 원문에서는 그럴 때마다 당시의 지위로 호칭을 바꿔 부르고 있는데, 이 현대어역에서는 독자의 혼란을 가급적 줄이기 위해 될 수 있는 한 부르기 쉬운 호칭을 사용했다. 그 한 예로 겐지의 지위는 중장, 대장, 내대신, 태정대신, 준태상천황으로 변하는데, 가장 빈도가 높은 겐지는 '겐지'라는 이름으로 통일했다. 다른 사람은 전에는 이러저러한 사람이라는 설명을 간단히 첨가했다.

실구름

겐지 나이 서른한 살에서 서른두 살 가을까지의 얘기다.

저녁 해 비치는 봉우리에
흐르는 실구름이여
내 슬픈 상복을 닮아
그런 잿빛인가
함께 그분의 죽음을 애통해하기 위해

후지쓰보의 죽음을 추모하는 겐지의 노래에서 따온 제목이다.
이 첩의 서두에는 아카시 부인과 그 딸의 애절한 이별의 장면이 펼쳐진다. 소설에서든 연극에서든 부모자식 간의 이별은 눈물을 자아내는 장면인데 자칫 통속적으로 흐르거나 진부해질

수 있다. 그런데 「실구름」의 이 장면은 애틋함이 그지없는 실로
멋진 장면이다.

무라사키 시키부는 이 장면을 몸과 마음이 얼어붙는 들판 사
가노의 십이월로 설정했다. 아카시 부인은 겐지만을 의지하여
멀고 먼 아카시에서 도읍으로 올라왔으나, 도읍의 외곽인 사가
노의 오이 강가에 살면서 한 달에 두 번 찾아오는 겐지를 기다
리는 외로운 생활을 하고 있다. 더구나 어쩌다 찾아오는 겐지는
무라사키 부인에게 신경을 쓰느라 하루 이틀밖에 묵지 않는다.

겐지는 아카시 부인이 딸을 낳았다는 소식을 듣는 순간, 장차
이 딸을 황태자비로 앉히고 황후가 되도록 하겠다는 야망을 품
는다. 만나 보니 딸은 겐지가 예상했던 것보다 훨씬 귀엽고 사
랑스러운 아이였다.

친엄마의 신분이 이 딸의 앞날에 합당하지 않다고 여긴 겐지
는 이조원으로 데리고 와 무라사키 부인의 손에 키우자고 생각
한다.

겐지의 뜻을 들은 아카시 부인은 괴로워하지만, 아카시에서
따라온 어머니의 충고도 있고 하여, 딸의 장래를 위해 이 제안
을 받아들인다.

겐지는 십이월의 눈 내리는 오이의 강가를 찾아 딸을 데리고
간다. 사정을 모르는 천진한 딸이 엄마도 함께 가는 줄 알고
"빨리, 빨리"라며 소맷자락을 잡아당기며 장면이 눈물겹다.

이렇게 냉혹한 행동을 서슴지 않는 겐지의 마음속은 딸의 행

복한 장래보다 실은 자신의 지위와 권력의 안정을 바라는 남자의 야심과 이기심으로 가득하다. 겐지는 여자와의 정사에 빠져 허우적거리는 유약하고 색을 좋아하는 남자가 아니라, 정치가로서 결단력 있는 인물로 그려진다.

자식을 낳지 못하는 무라사키 부인은 아이를 좋아하는 성품이라, 이 연적이 낳은 어린 딸을 몹시 귀여워한다. 겐지가 아카시 부인을 찾아가 없는 동안, 젖도 나오지 않는 젖꼭지를 딸에게 물리는 장면은 에로틱하면서도 자식을 낳지 못하는 여자의 슬픔이 사무치도록 전해진다.

이해가 저물 무렵, 무라사키 부인은 스물세 살에 아카시 부인은 스물두 살이었다. 부드럽고 청초한 무라사키 부인의 젖가슴에 대한 묘사는 없다. 없기에 더욱이 독자의 눈앞에는 그 젖가슴의 아름다움이 떠오르고 그 속에 담겨진 무라사키 부인의 슬픔이 감지되는 것이다. 당시에는 '계모의 심술'을 소재로 한 이야기가 많았다. 그런 가운데 무라사키 부인과 아카시 부인의 딸과의 아름다운 애정을 그린 것 역시 『겐지 이야기』가 지닌 새로운 면모 가운데 하나였을 것이다.

다음해 겐지 나이 서른두 살의 봄, 태정대신이 사망하고 이어서 후지쓰보가 세상을 떠난다. 후지쓰보는 삼월부터 병석에 누워 있다가 끝내 운명한 것이다.

병석에 누워 있는 후지쓰보를 문안한 겐지에게 후지쓰보는 가녀린 목소리로 이렇게 말한다.

"돌아가신 선황의 유언대로 폐하를 보좌하고 뒤를 돌봐주신 후의는 몸에 저미도록 감사하고 있습니다. 이 감사의 마음을 어떻게 전하면 좋을지 그 방법을 몰라 늘 마음에 두고 있었는데, 지금은 그것도 여의치 않게 되었으니 참으로 안타깝습니다."

이때 비로소 겐지는 자신에 대한 후지쓰보의 매몰차지 않은 애정을 느끼고 눈물을 흘린다. 두 사람만이 공유하고 있는 애틋한 사랑의 비밀이 떠오르면서 가슴이 벅차오른다.

겐지는 후지쓰보가 죽지 말았으면 하는 간절한 마음으로 이렇게 말한다.

"이 세상에 얼마나 더 살아남아 있을지 걱정스럽습니다."

그동안, 후지쓰보는 등불이 꺼지듯 허망하게 숨을 거둔다.

정치를 내세워 사랑의 증거물인 천황을 두 사람이 힘을 합하여 지켜낸 세월이야말로 후지쓰보에게는 무엇과도 바꿀 수 없는 진실된 나날이었는지도 모른다. 긴 세월 동안, 겐지가 뿌리고 다니는 무수한 염문을 들었을 텐데도 후지쓰보는 전혀 질투심을 보이지 않는다.

후지쓰보가 겐지에게 질투심을 드러내며 한탄하는 것은 죽어 혼이 된 후부터다. 후지쓰보는 정계로 복귀한 겐지와 마음을 합하여 두 사람의 자식인 동궁을 지켜내는 데 진력했다. 여자이기를 버리고 어머니가 된 후지쓰보는 그 옛날의 나긋나긋함을 버리고 강단 있는 여자로 변했다. 겐지의 소원을 따라 육조 미야스도코로의 딸인 전 재궁의 입궁시에는 음모에 가까운 면밀한 계획을 추진하여 스자쿠 상황을 실망시킨다.

형태야 어찌 되었든 마음을 합해 황위에 오른 자신들의 자식을 정적으로부터 지켜낸다는 공동의 목적에 분투한 두 사람은 동지였으므로 그 결속력은 연인 이상이었다고 할 수 있다.

후지쓰보가 죽은 나이는 서른일곱, 헤이안 시대 여자에게는 액년에 해당한다. 당시 사람들은 수명이 짧아서 기리쓰보 갱의는 스무 살 정도, 유가오는 열아홉 살, 아오이는 스물여섯 살, 육조 미야스도코로는 서른여섯 살에 죽었고, 가장 오래 산 무라사키 부인도 마흔세 살에 죽었으니 모두 단명한 셈이다.

후지쓰보의 사십구재가 지난 즈음, 레이제이 제는 밤을 지키는 스님으로부터 어머니와 겐지의 불륜, 그리고 자신의 출생에 얽힌 비밀을 듣는다. 『겐지 이야기』에는 입이 가볍고 단순해서 존경할 수 없는 스님이 더러 등장한다. 그 모두가 히에이 산의 기도승이다. 기도승은 시주의 발원문을 읽기 때문에 시주가 무엇을 참회하고 무엇을 바라는지 잘 알고 있다. 그것은 현대의 의사와 마찬가지로 절대 다른 사람에게는 말해서는 안 되는 비밀이다.

그런데 이 스님은 그 비밀을 경솔하게 레이제이 제에게 발설하고 만다. 천황은 경악하여, 자신을 낳아준 아비를 신하로 다룬 불효의 죄에 몸을 떨면서 겐지에게 황위를 양위하려고 한다. 겐지는 천황의 어색한 태도와 양위를 암시하는 언동으로 비밀이 누설됐다는 것을 감지한다. 이즈음 돌아가신 기리쓰보 상황의 동생이며 아사가오 재원의 아버지인 식부경도 타계한다.

전 재궁 우메쓰보 여어가 사가로 돌아온다. 겐지는 이 여어에
대한 자신의 연심을 반성하면서 봄가을의 우열을 묻는다. 여어
는 육조 미야스도코로가 세상을 뜬 당시를 회상하면서 가을을
좋아한다고 대답한다. 이후 이야기 속에서 가을을 좋아한다는
뜻을 지닌 '아키고노무 중궁'이라 종종 불리게 된다.

겐지는 무라사키 부인의 비위를 맞추면서 구실을 마련해 오
이로 아카시 부인을 찾아간다.

나팔꽃

그 옛날 뵈온
나팔꽃의 청초함
지금도 눈동자에 새겨져 잊혀지지 않으니
그 꽃이 한창 피던 시절은
이미 지나간 것일까

이 노래에서 붙여진 제목이다.

겐지 나이 서른두 살 구월에서 눈 쌓인 겨울까지의 얘기이다.

아사가오 재원은 아버지 도원 식부경이 세상을 떠나자 재원
의 자리에서 물러나 구자택인 도원으로 거처를 옮긴다. 이곳에
는 숙모인 제5황녀도 함께 살고 있다. 겐지는 이 황녀의 문안을
빌미로 도원을 찾는다. 황녀는 기리쓰보 선황의 막내 여동생으

로 도원 식부경은 오빠이며 할머니(아오이 부인의 어머니)는 언니다.

노쇠한 제5황녀는 아사가오 전 재원이 겐지와 맺어졌더라면 좋았을 것이라고 말한다.

노래는 부담없이 주고받으면서도 아사가오는 겐지의 유혹에 도무지 응하려 하지 않는다. 세상에서는 두 사람이 오랜 사이라 공인하고 있는데, 겐지로서는 공연한 풍문만 날렸을 뿐, 당사자인 아사가오는 조금도 마음을 열려 하지 않으니 초조해진다. 그렇다고 매정하게 뿌리치는 것도 아니고 적당히 응답은 하는 터라, 겐지는 생매장을 당한 뱀처럼 괴로워한다.

무라사키 부인은 아사가오에 대한 겐지의 연심에 다시 불이 붙은 것을 감지하고는 다른 여자에게 느꼈던 것과는 다른 질투심과 위기의식에 번뇌한다.

아사가오에게 마음을 빼앗긴 겐지는 궁중에서 머무는 날이 많아졌고, 집에 있으면 멍하니 생각에 잠겨 있거나 편지만 쓴다. 무라사키 부인은 혹시 아사가오에게 겐지를 빼앗기고 쫓겨나는 것은 아닐까 하고 불안해한다.

겐지는 번뇌하는 무라사키 부인을 가엾어하면서도 매정한 상대에게 이끌리는 마음을 도무지 억누르지 못한다.

제5황녀는 점점 더 노망이 들어 겐지와 얘기를 나누는 도중에 코를 골기까지 한다. 겐지는 지금은 출가한 몸이 되었으나 옛날에 한때 정분을 나누었던 겐 전시를 만난다. 여전히 요염한 몸짓과 이가 빠져 쪼그라든 입으로 달콤한 목소리를 내며 치근 덕거리는 겐 전시에게 놀라 겐지는 도망친다.

겐지는 아사가오에게 "한마디라도, 마음에 들지 않는다 직접 말씀하여주면"이라고 채근하지만 아씨는 그럴싸한 대답도 하지 않고 태도도 보여주지 않는다. 자칫 겐지의 유혹에 넘어갔다가 육조 미야스도코로 같은 꼴은 당하고 싶지 않다고 생각하는 것 이다.

눈 내리는 달밤, 겐지는 여동들에게 정원에 쌓인 눈으로 눈사 람을 만들라 한다. 그 모습을 보면서 돌아가신 후지쓰보 중궁이 시녀들과 여동들에게 설산을 만들게 하였던 추억에 젖는다.

그 밤, 겐지는 무라사키 부인에게 후지쓰보 중궁, 아사가오, 오보로즈키요 상시, 하나치루사토 등의 인물평을 들려준다. 그 날 밤 꿈에서 겐지는 후지쓰보 중궁의 환영을 본다. 후지쓰보는 무라사키 부인에게 자신에 관한 얘기를 한 것을 원망하며 이렇 게 말한다.

"다른 사람에게는 흘리지 않겠노라 그토록 맹세하였건만, 끝 내 염문을 퍼뜨리고 말았으니 이 몸 부끄러워서 명계에서도 괴 로움에 시달리고 있습니다."

꿈에서 깨어난 겐지는 한없는 괴로움에 눈물을 흘린다.

그 후 겐지는 각지의 절에 후지쓰보 중궁이 지옥의 고난에서 벗어날 수 있도록 독경을 명하고 그 자신도 기도를 올린다.

살아 있을 때는 기품 있고 조심스러웠던 후지쓰보 중궁이 죽

은 후에야 겐지와 무라사키 부인의 잠자리에 나타나 여자답게
원망을 늘어놓는 것이 가엾다.

아사가오는 겐지에게 실연의 아픔을 느끼게 한 정조 높은 여
인으로 존재 가치를 발한다.

무희

무희란 고세치 무희의 노랫말이다.

겐지가 쓰쿠시의 고세치에게 보낸 노래와,

　그 옛날
　앳된 무희였던 그대여
　지금은 세월이 흘러
　나이를 많이 먹었을 터이지요
　소맷자락 나부끼며 천녀처럼 춤추었던 그대의
　옛 친구였던 나 역시 이리 나이를 먹었으니

유기리가 고레미쓰의 딸인 고세치에게 보낸 노래에서 제목을
딴 것이다.

　빛나는 햇살에
　또렷이 드러났겠지요
　고세치의 무희인 그대가

하늘 선녀의 소맷자락을 나부끼며
춤추는 그 모습에
빼앗긴 내 마음이

겐지 나이 서른셋에서 서른다섯 살까지의 이야기.

아사가오에 대한 미련을 떨치지 못하는 겐지가 그려지고, 겐지와 아오이 부인 사이에서 태어난 유기리에 대한 엄격한 훈육과 유기리와 내대신(이전의 두중장)의 딸인 구모이노카리와의 풋내 나는 사랑이 그려진다.

그리고 마지막으로 겐지가 오래전부터 구상해왔던 육조원이란 거대한 하렘의 건설, 그곳으로 거처를 옮겨 사는 겐지의 부인들의 얘기가 전개된다.

해가 바뀌어 작년 삼월에 죽은 후지쓰보 중궁의 일주기도 지났다. 상복을 벗자 여름옷으로 갈아입는 시절까지 겹쳐 세상은 화사해졌는데 아사가오만은 아버지의 복상 중이라 침울한 분위기에 싸여 있다. 아직도 연모의 정을 끊지 못하는 겐지는 문안편지를 보내고, 상복을 벗을 즈음에는 엄청난 양의 옷을 선물한다. 아사가오는 불편하게 생각하지만, 주위에 있는 시녀들은 아사가오의 고집스러움을 비난하는 한편 겐지를 동정한다.

아사가오는 제5황녀는 물론 시녀들 모두가 한통속이라 혹시 겐지를 방으로 끌어들이지는 않을까 하여 긴장의 끈을 놓지 않는다. 하지만 겐지는 억지스럽고 난폭한 처신은 하고 싶지 않아 마음을 열 때까지 기다리겠노라며 느긋하게 대처한다.

아오이 부인이 낳은 유기리의 성인식이 유기리가 나고 자란 삼조의 저택에서 치러진다. 할아버지는 돌아가셨지만, 할머니가 손자를 돌보면서 눈에 넣어도 아프지 않다 할 만큼 깊은 애정을 보인다.

할머니는 내대신의 딸도 데리고 있었는데, 이 손녀의 생모가 남편인 내대신과 이혼하고 다른 남자와 재혼한 탓에 할머니가 키우고 있었다. 어머니와는 인연이 적은 이 고종 남매는 어느 틈에 풋내 나는 첫사랑을 키워간다.

겐지는 매우 엄격하게 유기리를 교육하고 예의범절에도 까다롭게 군다. 때문에 겐지 같은 고관의 자식을 4위가 아닌 6위에서 시작하도록 했고, 대학료에 집어넣어 공부를 시킨다. 할머니는 이 같은 겐지의 태도에 반발하여 불평을 늘어놓지만 겐지는 받아들이지 않는다.

내대신은 장차 구모이노카리를 입궁시키려는 기대를 품고 있다. 어느 날, 내대신은 어머니 댁을 찾아 뵈었던 차에 시녀들이 쑥덕거리는 소리를 통해 유기리와 구모이노카리가 어른들의 눈을 피해가며 연애질을 하고 있다는 것을 안다.

내대신은 감시감독이 소홀했다고 어머니를 탓하며 구모이노카리를 자기 집으로 데리고 간다.

유기리는 아버지 겐지의 엄격함을 불만스러워하지만 반항을 할 만큼 대범하지는 못하다.

학문에 정진하는 태도와 의문장생 시험에 합격해 탁월한 재능을 인정받는 유기리의 모습이 그려진다.

한편 레이제이 제의 후궁들 사이에서 황후 자리를 놓고 경쟁이 있었지만, 겐지의 뒷배로 육조 미야스도코로의 딸 우메쓰보여어가 중궁으로 낙점되었다. 경쟁 상대였던 내대신의 딸 고키덴 여어는 물론, 무라사키 부인의 이복 여동생인 병부경의 딸도 실망이 크다.

유기리는 내대신의 딸 구모이노카리를 만날 수 없는 외로움을 견디던 중에 고세치의 무희가 된 고레미쓰의 딸을 처음 보고 마음이 끌린다. 유기리가 보낸 연문을 본 고레미쓰는 딸을 궁중으로 들여보내려 했으나 유기리의 사랑을 받는다면 그편이 낫다고 생각한다. 할머니는 유기리를 동정하는 한편 겐지의 태도가 친아버지 치고는 너무도 냉정하다고 원망한다.

겐지는 하나치루사토에게 유기리를 부탁한다. 자식이 없는 하나치루사토는 기꺼이 유기리를 돌봐준다. 유기리는 하나치루사토가 뜻밖에도 미인이 아닌 것에 놀란다. 미인들만 보고 자란 탓에 겐지가 어째서 이렇게 아무 매력도 없는 여자를 소중히 여기는지 이해하지 못한다.

유기리는 공부에 매진한 덕분에 문장생에 합격한다. 가을의 인사 이동시에 5위로 승진하여 시종이 된다. 구미이노카리와는 은밀히 서신을 주고받고 있지만 만나지는 못한다.

겐지는 육조 경극에 있는 육조 미야스도코로의 구저택 주변에 장대한 저택을 건설하고, 그곳에 사랑하는 부인들을 옮겨 살게 하려는 계획을 세운다.

겐지는 이 새 저택에서 무라사키 부인의 아버지 식부경(전 병부경)의 쉰 살 축하연을 치르려고 생각한다. 식부경은 겐지가 스마로 유배를 갔을 당시, 우대신 일파를 두려워하여 무라사키 부인마저 냉담하게 대했던 터라 그 일로 겐지의 원망을 사 만사에 보복을 당할 것이라고 여겼던 까닭에 기쁨이 각별했다.

공사를 서둘러 착공한 후 1년 남짓한 이듬해 팔월 육조원이 완성되었다. 네 구획으로 나누어 동남쪽은 무라사키 부인과 겐지가 살고, 서남쪽은 육조 미야스도로코의 구저택 터라 아키고노무 중궁의 사가로 삼았다. 동북쪽에는 하나치루사토를, 서북쪽에는 아카시 부인을 맞아들이자고 계획한다. 각 부인이 피안 무렵에 이사를 왔고, 시월에는 아카시 부인도 이사를 왔다.

동남쪽은 봄, 서남쪽은 가을, 동북쪽은 여름, 서북쪽은 겨울. 각 방향에 사계절의 경치를 조경한 더할 나위 없이 아름다운 정원을 꾸몄다. 부인들은 육조원으로 이사 온 후 서로가 편지를 주고받으며 화목하게 지낸다. 겐지로서는 언제든 각 부인을 찾아갈 수 있으니 편리해진 셈이었다. 이 저택을 육조원이라 불렀다.

머리 장식

겐지는 세월이 흘러도 유가오를 잊지 못한다. 그때 데리고 온

유가오의 시녀 우근은 지금도 겐지의 시중을 들고 있다. 우근은
무슨 일이 있을 때마다, 만약 유가오가 살아 있다면 이 화려한
육조원에서 아카시 부인 정도의 대접을 받으며 지냈을 텐데, 하
고 생각한다.

우근은 유가오가 살았던 오조의 집으로 돌아가지 않은 채 모
습을 감춘 셈이라 우경의 유모들은 우근 역시 귀신에 홀려 사라
졌든지 목숨을 잃었을 것이라고 생각한다. 유가오의 딸이 네 살
이 되었을 때, 유모의 남편이 대재 소이가 되어 임지로 내려가
게 되자 어린 아씨까지 데리고 일가가 모두 쓰쿠시로 가버리고
말았다.

유모의 남편은 임기가 끝나도 도읍으로 돌아갈 재력이 없는
터에 병까지 앓아 끝내 죽고 만다. 그들이 아씨라 부르며 소중
히 여기는 유가오의 딸은 열 살이 되었는데, 벌써부터 타고난
미모가 빛나고 있었다. 소이가 죽은 후에도 유모 일가는 쓰쿠시
에서 살고 있는데, 아씨는 날로 아름다워지고 기품이 더해지면
서 평판이 널리 퍼져 구혼자들이 끊이지 않는다. 난감해진 유모
는 세상에는 자신의 손녀라고 알리고 있었던 터라, 손녀의 몸에
결혼할 수 없는 결점이 있다고 둘러대고 구혼자들을 물리친다.
그 가운데 히고 지방의 대부감은 그 지방 일대에서 위세가 대단
한 무사인데, 어떤 몸이든 자신이 고쳐 행복하게 해주겠노라며
물러서지 않는다. 대부감은 유모의 둘째와 셋째 아들을 자기 편
으로 끌어들여, 반대하면 이 고장에서 살 수 없게 하겠노라고

위협한다. 유일하게 아씨에게 충성을 다하는 장남 분고의 개는 유모와 도모하여 배를 타고 쓰쿠시를 벗어나 도읍으로 향한다.

무사히 도읍으로 돌아오기는 했지만, 아는 사람 하나 없는 도읍에서 유모는 생활고에 시달린다. 이제 신불에게 의지하는 도리밖에 없다는 분고의 개의 발안으로 이와시미즈 하치만 궁에 참배를 하고 이어 영험하고 이익을 가져다 준다는 하쓰세 관음에게 참배하기로 한다. 일행은 보다 큰 영험을 위해 걸어서 하쓰세까지 간다. 아씨는 가는 길이 너무도 힘겨워, 아픈 다리를 이끌고 겨우 목숨만 부지한 채 하쓰세 산 기슭에 있는 쓰바이치란 곳에 도착한다.

겐지의 보살핌을 받고 있는 우근 역시 아씨의 행방을 알려달라는 발원을 하기 위해 하쓰세 관음을 참배하러 온 길이었는데, 두 일행은 우연하게도 같은 숙소에 묵게 된다. 이 운명적인 만남으로 아씨 일행과 우근은 다음날 함께 하쓰세를 참배하고 밤을 밝히며 얘기를 나눈다.

육조원으로 돌아간 우근은 유가오가 남기고 간 딸을 만났다는 사실을 겐지에게 알린다. 겐지는 세상에는 다른 여인이 낳은 자신의 핏줄이라 말하고 그 딸을 육조원으로 불러들인다.

무라사키 부인에게는 사실을 알리고 아씨는 하나치루사토에게 맡겨 뒤를 보살피게 한다. 아씨는 동북쪽 하나치루사토의 침전의 서쪽 별채에 기거하게 된다.

겐지는 아씨는 물론 시녀들의 옷까지 넉넉히 준비하는 등 이

사 준비에 만전을 기해 아씨가 부끄러워하지 않도록 배려한다. 겐지는 처음 보는 딸의 뜻밖의 아름다움에 유가오를 떠올리며 감동한다. 목소리도 유가오를 닮아 싱그럽다.

겐지가 이 아씨를 보고 난 감상을 무라사키 부인에게 말하는 장면에서 부른 다음의 노래 때문에 이 아씨를 다마카즈라라 불렀고, 이 첩의 제목이 되었다.

유가오를 그리워하는
나는 예와 다름없는데
머리 장식인 다마카즈라 같은 저 딸은
어떤 인연을 더듬어
나를 찾아온 것일까

겐지는 분고의 개의 충성심을 높이 사 아씨의 집사로 삼았다.

이해가 저물어 갈 즈음, 겐지는 육조원의 부인들에게 설날 용 예복을 골라 선물한다. 동남향의 봄의 침전에서 무라사키 부인과 함께 옷을 골랐다. 무라사키 부인은 겐지가 고르는 옷을 보면서 각 부인의 아름다움과 성격을 상상하려 한다. 이 옷 고르는 장면은 육조원의 영화로움이 그려지는 화려함이 돋보인다.

이때, 이조 동원에서 겐지의 비호를 받고 있는 스에쓰무하나와 우쓰세미에게도 옷이 선물된다. 이 장면에서 독자는 「관문」 이후 무대에서 모습을 감춘 우쓰세미가 출가해 겐지의 보살핌을 받고 있다는 것을 처음 알게 된다.

이때 스에쓰무하나가 사자에게 답례로 내린 선물의 엉뚱함이 웃음거리가 된 얘기를 끝으로 「머리 장식」 첩은 막을 내린다.

생모와 얼굴도 모른 채 헤어져 고아가 된 다마카즈라가 쓰쿠시에서 성장하여 도읍으로 올라온 후 육조원으로 들어가기까지의 과정은 헤이안 시대의 신데렐라를 방불케 한다. 당시 이 이야기를 들었던 사람들은 그 파란만장하고 흥미진진한 생애에 이런 느낌을 갖지 않았을까. 대부감과 주고받는 대화의 우스꽝스러움, 하쓰세 참배길에서 쓰바이치 숙소에 등장하는 삼조라는 시녀의 촌스런 좌충우돌적인 언동 등, 대중소설적인 재미를 주는 장면도 있거니와 다마카즈라의 비운과 고난 등 눈물을 자아내는 장면도 있다. 천황이나 중궁과 함께 이 이야기를 들었던 궁녀들에게 가장 인기가 있었던 첩이 아니었을까 생각된다.

쓰바이치의 숙소에서 우근과 유모가 우연히 만나는 장면은 지나치게 작위적이란 느낌도 들지만, 인생에는 이런 우연이 전혀 없지는 않으므로 이 이야기를 소설로 읽는 독자로서는 현실 저 너머에 꿈의 무지개다리를 놓을 수도 있었을 것이다. 현실의 불행함과 마음의 아픔이 이런 영험담으로 상당 부분 위로받고 치유되기도 했을 것이다.

「머리 장식」 첩은 쪽수는 많지만 전개되는 이야기의 재미와 상큼한 장면 전환 덕분에 길이가 느껴지지 않는다.

스무 살이 넘은 다마카즈라는 이미 젊지는 않지만 마음고생을 많이 한 탓에 고이고이 자란 평범한 그 나이의 여자들보다 사람들의 마음의 움직임에 민감하고 사소한 대화에서도 말하는 재미가 느껴진다. 어머니인 유가오보다 기품도 있고 이지적이며 화사하다.

또 총명하기도 하여 육조원의 분위기에 금방 녹아들어 점차 도회적인 세련미를 더해간다. 겐지는 이렇게 매력적인 다마카즈라를 찾아낸 사실을 친아버지인 내대신에게는 일부러 알리지 않는다. 대외적으로는 자신의 딸인 것처럼 행세하면서, 다마카즈라에게 빠져 우왕좌왕하는 남자들의 모습을 곁에서 지켜보며 즐기자는 속셈을 품고 있는 것이다. 그러나 그 이면에는 아버지와 딸이란 순수한 관계로는 끝나지 않을 호색적인 흑심이 일찌감치 작용하고 있었다.

이 첩에서 특필할 만한 사항은 다마카즈라의 드라마틱한 운명 외에 육조원이란 겐지의 이상적인 하렘의 출현을 들 수 있다. 그 넓이가 4정이라고 돼 있는데, 정이란 도읍의 시가가 대로와 소로와 나뉜 한 구획을 뜻하고, 1정은 사방이 약 120미터에 1만 5,000제곱미터 정도라고 한다. 정과 정 사이는 길로 연결돼 있으므로, 그 넓이까지 포함한다. 그 것을 네 배 한 넓이, 6만 제곱미터 더하기 길의 너비인 셈이니, 그 넓이를 가히 상상할 수 있을 것이다. 고라쿠엔 전 구장의 약 다섯 배에 달하는 넓이다. 네 개의 정을 사계절로 나누어 정원을 꾸미고, 계절에 어울리는 부인을 살게 하여 마음 내키는 대로 찾아다닌다는 구

상은 남자가 누릴 수 있는 최고의 사치이며 소망이라 할 수 있
겠다.

첫 새 울음소리

해가 바뀌어 겐지 나이 서른여섯 살의 새봄이다. 육조원의 완
공 이후 처음 맞는 하렘의 정월인 셈이다. 구름 한 점 없이 맑게
갠 하늘 아래, 겐지는 예복을 선물한 부인들을 한 명 한 명 찾아
간다. 오전에는 신년 인사차 찾아온 인사들로 복잡해 겐지는 저
녁나절이 되어서야 부인들을 찾아간다.

무라사키 부인의 봄의 침전에서 새봄을 축하하는 노래를 주
고받은 후 아카시의 아씨의 방을 찾는다. 이 방에는 서북향의
아카시의 부인에게서 선물과 노래가 와 있었다.

오랜 세월
잔 소나무만 그리워하며
만날 날 있기를 바라고 기다리며
살아온 내게 오늘
꾀꼬리의 첫 울음소리라도
들려주세요

이 노래에서 제목을 따온 것이다.

겐지는 딸에게 답장을 쓰게 한다. 넓다고는 하나 같은 육조원

안에 살면서도 아카시의 부인은 눈 내리는 날, 오이에서 슬픈 이별을 한 후 자신이 낳은 딸을 만나지 못하고 있다.

겐지는 그곳에서 하나치루사토를 찾아간다. 하나치루사토에게 보낸 옷은 너무 수수하여 그다지 눈에 띄지 않고 당사자도 머리숱이 많이 빠져 있다. 그 모습을 보고 겐지는 '가발이라도 쓰면 좋을 터인데' 하면서 답답해한다. 두 사람은 이미 성적인 관계가 없는 부부 사이였다. 겐지는 자신이 아니면 흥이 깨져 아무런 매력도 느끼지 못할 것이라고 생각하면서 자신의 끈질김과 자상함을 스스로 인정하며 뿌듯해한다. 하나치루사토에게는 오랜 반려자로서의 넉넉함이 있어 겐지는 마음 편하게 한 때를 보낸다.

다마카즈라는 화사한 노란색 겉옷에 지지 않을 만큼 한결 화사한 모습이다. 규슈에서 고생을 한 탓에 앞머리 숱이 약간 적어진 것조차 상큼하게 보인다. 머리숱이 적어도 하나치루사토와는 전혀 느낌이 다른 것이다. 겐지는 호색적인 마음이 동해 스스로 위태롭게 여긴다.

그곳에서 한참 얘기를 나누고 밤이 깊어서야 아카시 부인의 처소를 찾는다. 겐지는 얄미울 정도로 깔끔하게 준비된 그 방과 하얀 바탕에 이국적인 무늬가 있는 개성적인 차림으로 멋을 낸 아카시 부인의 매력에 만족한다. 겐지는 무라사키 부인을 염려하면서도 새해 첫 밤을 그곳에서 지낸다.

초이틀 날은 신년 하객이 많은 가운데, 화려한 축연과 음악놀이를 하면서 저물어간다. 덕분에 언짢아하는 무라사키 부인의 기분을 달랠 수 있어서 겐지는 안도한다.

정월 초의 분주함이 잦아든 후 겐지는 이조 동원의 스에쓰무하나와 우쓰세미를 찾아가 자상하게 말을 건넨다. 한번 인연을 맺은 여자는 버리지 않고 끝까지 보살피는 겐지의 다정함은 그를 용서할 수밖에 없게 하는 미덕이다.

이 첩에서 남답가 행사가 치러진다. 일행이 궁중에서 주작원을 들러 육조원으로 왔다고 씌어 있다. 남답가는 실제로는 이치조 제 대에 이미 맥이 끊긴 행사인데, 무라사키 시키부가 그런 소재를 굳이 사용한 것은 이 이야기의 시대적 배경을 성대라 칭송받은 엔기, 덴랴쿠 시대로 삼았기 때문에 현실감을 살리기 위한 것이었다.

모든 정경은 무라사키 시키부가 상상으로 묘사한 것이리라.

나비

「첫 새 울음소리」에 이어 육조원의 무르익은 봄에서 초여름까지의 이야기. 겐지는 서른여섯 살이다.

육조원의 봄의 침전은 삼월 이십일이 지나서도 가던 봄이 발길을 멈춘 듯 봄의 절정을 구가한다. 다마카즈라가 육조원으로 들어온 지도 벌써 반년이 되어가고 있었다.

겐지는 새로 지은 용두익수의 배를 봄의 침전의 연못에 띄우고 사람들을 초대해, 가는 봄을 아쉬워하며 음악회를 갖는다.

마침 아키고노무 중궁도 사가에 와 있던 참이라 중궁의 시녀들을 배에 태워 봄의 침전으로 데려와 성대한 원유회를 베푼다. 물론 음악을 빼놓을 수 없으니, 사람들은 밤을 새워 즐긴다.

다음날, 중궁전에서 법회가 있어 사람들은 그쪽으로 갔다. 무라사키 부인은 새와 나비옷을 나눠 입힌 귀여운 여동들과 공양할 꽃을 함께 배에 태워 보낸다. 음악 소리에 맞춰 새로 나비로 분장한 여동들이 귀엽게 춤을 추는 모습도 볼거리였다.

육조원이 영달의 나날을 이어가는 가운데 다마카즈라는 점차 촌티를 벗고 아름다운 매력을 더해간다. 겐지의 친딸인 줄 아는 내대신의 아들 가시와기 중장까지 연문을 보낸다. 그러나 유기리 중장은 정말 친누나인 줄 알고 성실하게 보살피려 한다.

고생을 많이 한 덕분인가 다마카즈라는 육조원의 말 많은 시녀들과도 원만하게 지낸다. 다마카즈라에게 구혼하는 자들이 점차 많아지면서 육조원에 젊은 귀공자들이 모여든다.

겐지는 이를 재미있어하면서 연문을 비평하고 인물평을 하지만 사윗감은 신중하게 고르려 한다. 아니 겐지는 날로 다마카즈라의 매력에 빠져, 차라리 내대신에게 사실을 털어놓고 자신도 구혼자가 될까 하고 생각한다.

겐지의 동생 병부경을 가장 적합한 후보자라 여기면서도 아내를 잃은 병부경에게는 애첩이 몇 명이나 있는 듯하다고 트집을 잡는다.

열성적인 검은 턱수염 우대장은 집안도 좋고 장래성도 있지만, 정부인이 나이가 많은데다 극도로 신경질적이라 성가실 수도 있다면서 감점을 한다. 아무튼 겐지는 누구에게도 다마카즈라를 주고 싶지 않은 심경이었다.

눈치가 빠른 무라사키 부인은 겐지와의 사소한 대화를 통해 겐지가 다마카즈라에게 연애 감정을 품고 있다는 것을 알게 된다.

겐지는 다마카즈라를 만날 때마다 자신의 감정을 억누를 수 없어 넌지시 연심을 암시하는데, 여자 쪽은 전혀 눈치를 채지 못하는 듯해 한숨만 쉴 뿐이다.

그러던 어느 날 끝내 겐지는 어머니 유가오의 모습을 꼭 빼닮은 듯 보여 견딜 수 없는 심정에 다마카즈라의 손을 잡고, 어머니의 모습을 너무도 많이 닮아 감정을 억제할 수가 없다, 그러니 나를 싫어하지 말라고 속내를 털어놓고 만다.

다마카즈라는 뜻하지 않은 사태에 어처구니 없어하며 그저 몸을 떨 뿐이다. 겐지는 우쭐하여 온갖 말로 꼬드긴다.

그러던 어느 날, 비가 그치고 떠오른 달빛이 방 안 깊숙이 비치고 있었다. 시녀들은 왠지 조심스러워 하여 주위에 아무도 없었다. 이렇게 좋은 기회는 없다 싶은 겐지는 옷을 벗고 다마카즈라 옆에 살며시 눕는다. 이것은 예사롭지 않은 사태다. 겐지는 그대로 자신을 뜻을 이루려 하는데 너무도 놀란 다마카즈라가 긴장하고 저항을 하는 탓에 더 이상은 일이 진전되지 않는다.

그런데도 온갖 말을 다하여 유혹한 후, 시녀들이 수상하게 여기기 전에 방을 나서면서 이런 말로 주의를 주니, 참으로 어처구니없는 아비다.

"다른 사람들은 절대 알지 못하게 하세요."

뜻하지 않은 겐지의 연심에 다마카즈라의 번뇌가 시작된다.

읽는 이로서는 다마카즈라의 앞날이 과연 어찌 될지 그다음 얘기가 기대되는 대목이다.

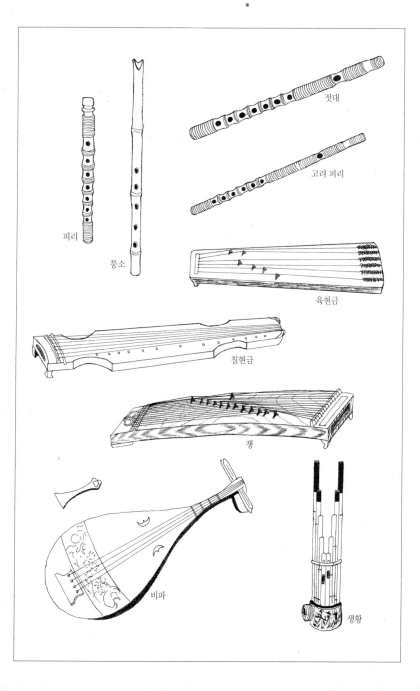

젓대

고려 피리

피리

퉁소

육현금

칠현금

쟁

비파

생황

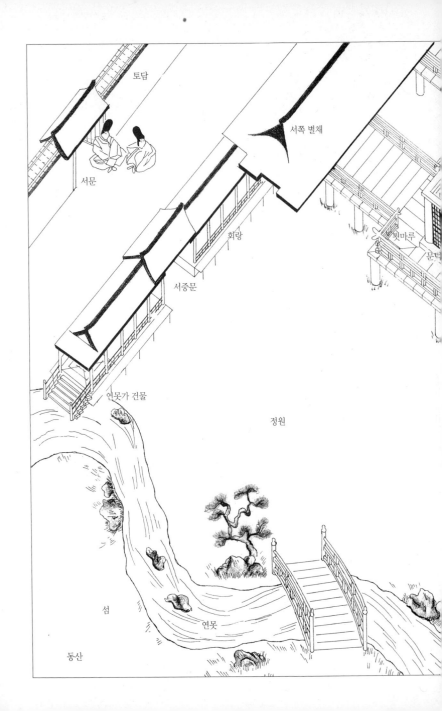

토담

서쪽 별채

서문

회랑

뒷마루

문틱

서중문

연못가 건물

정원

섬

연못

동산

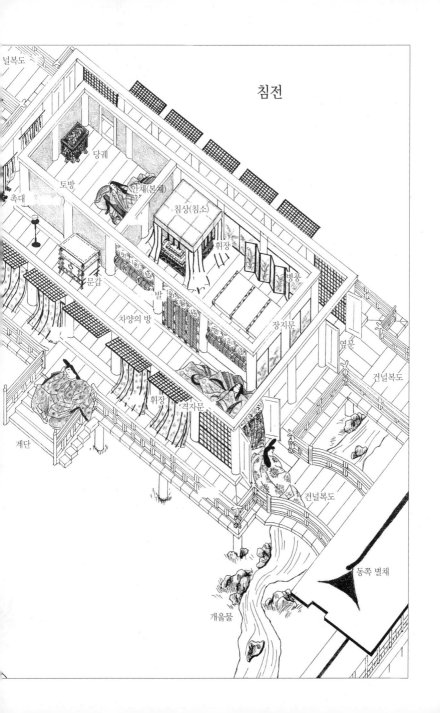

침전

널복도

당궤

토방

족대

안채(본채)

침상(침소)

휘장

병풍

문갑

장지문

차양의 방

발

옆문

건널복도

휘장
격자문

계단

건널복도

동쪽 별채

개울물

소례복 차림

바지(풀 먹인 빳빳한 바지)

겉옷

성인식 예복

쥘부채

당의

겉겹옷(5겹)

겉치마

겉옷

속바지

평상복 차림

겉옷

쥘부채

건

평상복 차림

쥘부채

가벼운 평상복 차림

홑옷

바지
(대님으로
아랫자락을
묶는 바지)

관

관복 차림

홀

석대

포

속옷자락

겉바지

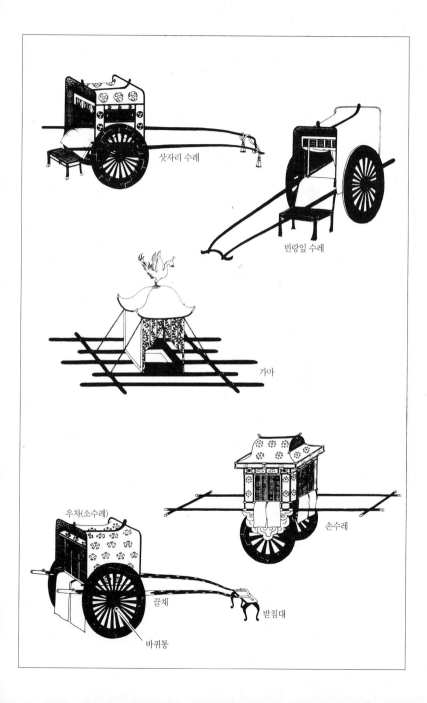

삿자리 수레

빈랑잎 수레

가마

우차(소수레)

손수레

끌채

발침대

바퀴통

• 가미가모 신사

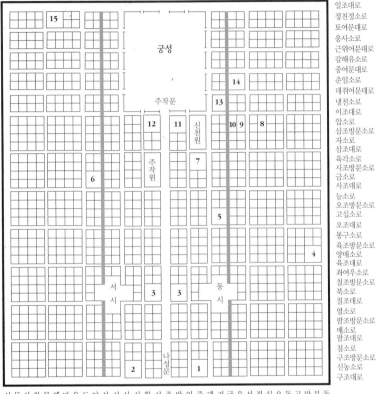

```
 1  2  3  4  5  6  7  8  9 10 11 12 13 14 15
 동 서 홍 하 후 순 사 압 한 굴 대 곡 냉 고 우
 사 사 려 원 화 조 원 원 학 하 천 창 천 양 다
        원        후  원 원 료 원 원 원 원
                               원
```

별궁

일조대로
정친정소로
토어문대로
응사소로
근위어문대로
감해유소로
중어문대로
춘일소로
대취어문대로
냉천소로
이조대로
압소로
삼조방문소로
자소로
삼조대로
육각소로
사조방문소로
금소로
사조대로
능소로
오조방문소로
고십소로
오조대로
통구소로
육조방문소로
양매소로
육조대로
좌여우소로
칠조방문소로
북소로
칠조대로
염소로
팔조방문소로
매소로
팔조대로
침소로
구조방문소로
신농소로
구조대로

도리베노

궁성

주작문

신천원

주작원

서시

동시

나성문

15   14 13 12 11 10 9 8 7 6 5 4 3 2 1

서경극대로
무차소로
산포대로
창지소로
목대리소로
혜대로
마다소로
우조소로
도조소로
야사천소로
서인부소로
서궁소로
서대궁대로
황가소로
서작문대로
방성대로
임생소로
즐사소로
대궁대로
저외소로
굴천소로
유소로
서동원소로
정고소로
실정환소로
오동원대로
동창소로
고원대로
만리소로
부소로
동경극대로

헤이안 경

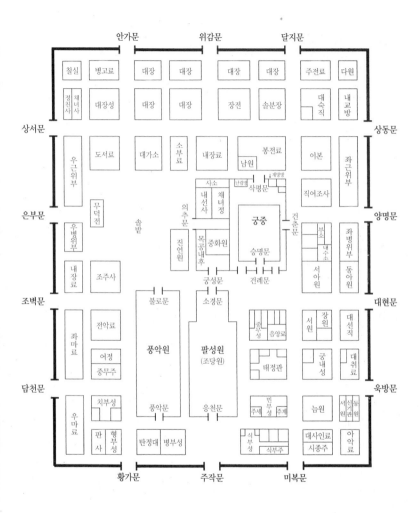

안가문　위감문　달지문

| 칠실 | 병고료 | 대장 | 대장 | 대장 | 대장 | 주전료 | 다원 |
| 정친사 채녀사 | 대장성 | 대장 | 대장 | 장전 | 솔분장 | 대숙직 | 내교방 |

상서문　　　　　　　　　　　　　　　　　　　　　　상동문

| 우근위부 | 도서료 | 대가소 | 소부료 | 내장료 | 봉전료 남원 | 이본 | 좌근위부 |
| | 무덕전 | | | 사소 내선사 채녀정 | 개발방 삭명문 | 직어조사 | |

은부문　　　　　　　　　　　　　　　　　　　　　　양명문

| 우병위부 | | 솔밭 | 의추문 | 목공내후 중화원 | 궁중 | 비소 내수소 | 좌병위부 |
| 내장료 | 조주사 | | 진언원 | 승명문 | | 서아원 | 동아원 |

조벽문　　　궁성문　　건례문　　　　　　　　　　　대현문

좌마료	전악료	불로문	소경문	종부성 음양료	서원 장원	대선직
	어정	풍악원	팔성원 (조당원)	태정관	궁내성	대취료
	중무주					

담천문　　　　　　　　　　　　　　　　　　　　　　육천문

| 우마료 | 치부성 | 풍악문 | 응천문 | 민부성 주세 | 능원 | 서선동기원관원 |
| | 판사 형부성 | 탄정대 병부성 | | 식부성 식부주 | 대사인료 시종주 | 아악료 |

황가문　　주작문　　미복문

궁성

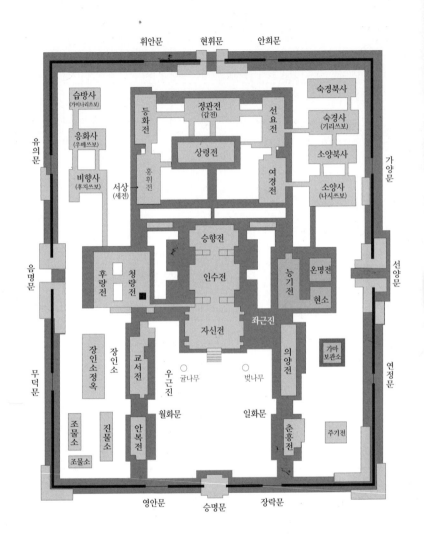

휘안문　현휘문　안희문

습방사
(가미나리쓰보)

응화사
(우메쓰보)

비향사
(후지쓰보)

유의문

음명문

무덕문

조물소

조물소

진물소

장인소정옥

장인소

안복전

교서전

청량전

후량전

서상
(세전)

홍휘전

등화전

정관전
(갑전)

상령전

승향전

인수전

자신전

우근진

월화문

굴나무

벚나무

일화문

좌근진

능기전

온명전

현소

의양전

춘흥전

주기전

선요전

여경전

숙경북사

숙경사
(기리쓰보)

소양북사

소양사
(나시쓰보)

가마
보관소

영안문　승명문　장락문

가양문

선양문

연정문

궁중

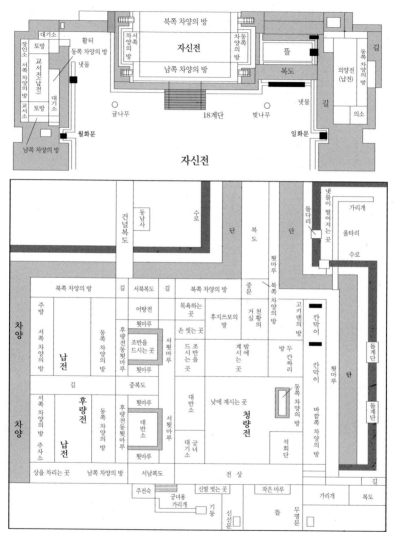

자신전

청량전 · 후량전

관위	신기관	태정관	중무성	식부성	치부성	형부성	병부성	민부성	대장성	궁내성	좌우대사인료	도서료	내장료	아악료	현번료	제릉료	주계료	목공료	대학료	주세료	좌우마료	좌우병고료	음양료	전약료	내장전료	봉전료	대취료	주전료	재궁료
정종1위		태정대신																												
정종2위		좌대신 우대신 내대신																												
정3위		대납언																													
종3위		중납언																													
정4위		참의	경	경																										
종4위		백	좌우대변																												
정5위		좌우중변	대보	대판사 대보																										
종5위	대부	소납언	소감물 대시종 보종	소보																문장박사		두					두			두
정6위	소부	좌우대외기 대사	대내기 대승	중판사 대승															조	명경박사					시의					조
종6위	대우 소우		소중감물 승	소판사 소승 대주약																							조			
정7위	좌우소사 소외기		대소내기 대소감물 주령	판사 대사 대속록															조	대윤	명법박사			음양박사	천문박사	주금박사	의박사			대윤
종7위			감물주전 대전약	대해부 소주약															소윤 박사	산박사	서박사			역박사 음양사	누각박사 침박사	양생박사	각박사 의윤사			소윤
정8위	대사		소주령 록	판사 소록 중해 소속록부																										
종8위	소사		소전약	소해부																	대속	소속	마의사				대속		속
대초위																										소속			
소초위																														

↑ 전상인 / 지하 ↓

관위상당표

관위	동서시사	수옥사	정친사	조주사	내선사	준인사	직부사	채녀사	주수사	후궁	춘궁방	중궁직	수리직	좌우경직	대선직	좌우근위부	좌우위문부	좌우병위부	탄정대	장인소	검비위사	감해유사	대재부	진수부	안찰사	국사 대국	국사 상국	국사 중국	국사 하국
정종1위																													
정종2위																			별당										
정3위																													
종3위									상시							근위대장			윤				수						
정4위										부																			우에노태수 가즈사 히타치
종4위									전시		춘궁대부	중궁대부	대부	대부		근위중장	위문독	병위독	대필	두 / 별당	장관	대이			안찰사				
정5위														대선대부		근위소장			소필	5위장인									
종5위									장시		춘궁학사	형	형				위문좌	병위좌		장인	차관	소이	장군					수	수
정6위			정		봉선	정													대소충 / 6위장인	6위장인	대	대감					개	수	
종6위									정			대진	소진	대진		근위장감	위문대위	병위대위			대위	판관	소감 / 대감사				개	수	
정7위														소진			위문소위	병위소위	태순 / 소찰		소위	대소 / 판관 / 전사감	군판	기사	대연				
종7위			우		전	선										근위장조		병위소위			주전		박사		소연			연	
정8위							우	우			대속						위문대지			소소	소소	대지	소사 / 전약 / 산사 / 소공 / 의사						연
종8위											소속					병위소대지 / 병위소지	위문소지					소지	군조			대목	소목		목
대초위		영사				영사																							목
소초위									영사																				목

계보도

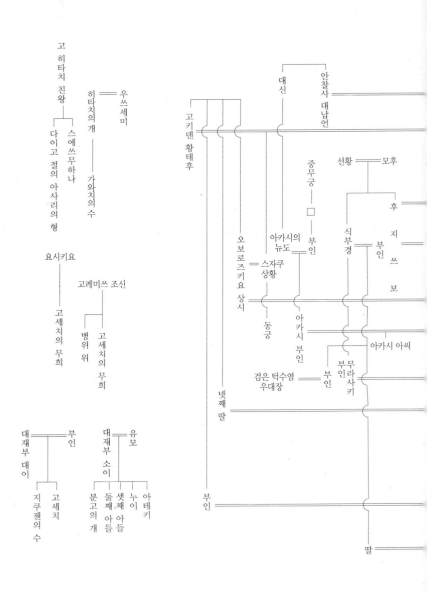

고히타치 친왕
ㅡ 다이고절의 아사리의 형
ㅡ 스에쓰무하나

히타치의 개 ㅡ 우쓰세미
히타치의 개 ㅡ 가와치의 수

요시키요 ㅡ 고세치의 무희

고레미쓰 조신
ㅡ 병위위
ㅡ 고세치의 무희

부인 ㅡ 대재부 대이 ㅡ 지쿠젠의 수
고세치

유모 ㅡ 대재부 소이
ㅡ 아테키 누이
ㅡ 셋째 아들
ㅡ 둘째 아들
ㅡ 분고의 개

고키덴 황태후

넷째 딸

부인

안찰사 대납언
대신

중무궁 ㅡ □ ㅡ 부인

아카시의 뉴도

오보로즈키요 상시 ㅡ 스자쿠 상황 ㅡ 동궁

선황 ㅡ 모후

후

지쓰보

식부경 ㅡ 부인

아카시 부인

아카시 아씨

검은 턱수염 우대장 ㅡ 부인
무라사키
부인

딸

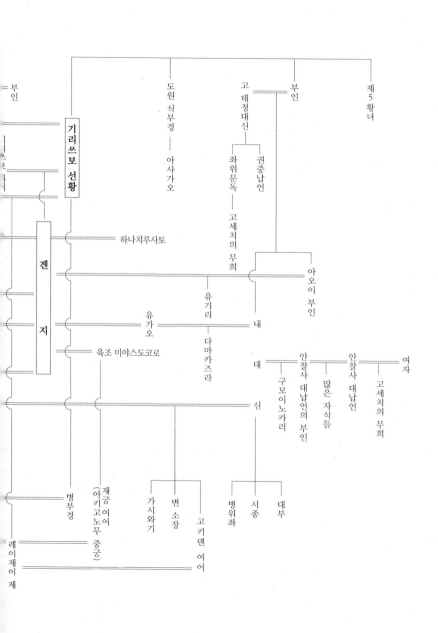

기리쓰보 선황

겐지

부인

제5황녀

부인

고태정대신

권중납언

좌위문독 ── 고세치의 무희

도원 식부경 ── 아사가오

하나치루사토

아오이 부인

유기리 ── 다마카즈라

유가오

내

대

여자

고세치의 무희

안찰사 대납언

안찰사 대납언의 부인

많은 자식들

구모이노카리

신

병위좌

시종

대부

육조 미야스도코로

병부경

(재궁 여어 아키고노무 중궁)

가시와기

변 소장

고키덴 여어

레이제이제

연표

첩	황제	겐지나이	주요 사항
19 실구름		31	겨울, 아카시 부인, 고심 끝에 딸을 무라사키 부인에게 보냄. 아카시 아씨, 이조원으로 가 무라사키 부인의 양녀가 된다.
		32	봄, 섭정 태정대신이 돌아가시면서 천재지변이 계속된다. 후지쓰보 중궁도 붕어하자, 겐지는 그 죽음을 애도한다. 여름, 레이제이 제는 승도를 통해 출생의 비밀을 알게 되면서 겐지에게 양위를 암시하지만 겐지가 고사한다. 가을, 겐지는 이조원으로 퇴궁한 재궁 여어에게 사랑을 고백하지만 거절당함. 봄가을의 우열론, 여어, 가을을 좋아해 아키고노무 중궁으로 불림. 겐지, 아사가오에게 연정을 품는다. 무라사키 부인이 번뇌. 아사가오는 겐지의 구애를 거부한다. 겨울, 눈 내리는 밤, 겐지는 무라사키 부인에게 자신이 관계한 여성들에 대해 얘기한다. 같은 날 밤, 후지쓰보가 꿈에 나타나 겐지를 원망한다.
20 나팔꽃	레이제이제		
21 무희		33	여름, 유기리가 성인식을 치르고 겐지의 교육 방침에 따라 대학료에 들어간다. 가을, 재궁 여어가 입궁. 겐지는 태정대신이 되고, 대납언은 내대신으로 승진. 내대신이 풋사랑을 하는 유기리와 구모이노카리를 갈라놓자, 유기리는 자신의 관위가 낮은 것을 한탄. 겨울, 유기리는 고세치의 무희인 고레미쓰의 딸에게 연심을 품는다. 겐지는 하나치루사토를 유기리의 후견인으로 삼음.
		34	봄, 주작원에 행차. 유기리, 문장생이 되어 가을에는 시종이 됨. 겐지, 육조원을 축조.
22 머리장식		35	여름, 유가오의 딸 다마카즈라가 쓰쿠지에서 도읍으로 올라온다. 가을, 육조원이 완성돼, 겐지와 무라사키 부인, 하나치루사토, 아키고노무 중궁이 이사. 아키고노무 중궁과 무라사키 부인, 봄가을의 우열을 논함. 다마카즈라는 하쓰세에 참배하러 가다 우연히 우근과 재회함. 겨울, 다마카즈라가 육조원으로 들어간다. 겐지는 하나치루사토에게 다마카즈라를 부탁한다. 연말, 겐지는 부인들에게 옷을 선사하고, 스에쓰무하나의 노래에 씁쓸하게 웃는다.
23 첫 새 울음소리		36	봄, 육조원의 정월, 무라사키 부인의 봄 침전은 지상의 극락 같은 풍정. 겐지, 부인들의 처소를 돌고 아카시 부인의 처소에서 묵음. 십사일, 남답가 행렬, 육조원을 찾음. 삼월, 육조원에서 뱃놀이. 다마카즈라에 대한 귀공자들의 관심이 높아짐. 무라사키 부인과 아키고노무 중궁, 또 봄가을 우열론을 펼침. 여름, 겐지가 다마카즈라에게 연심을 품어 난감해짐.
24 나비			

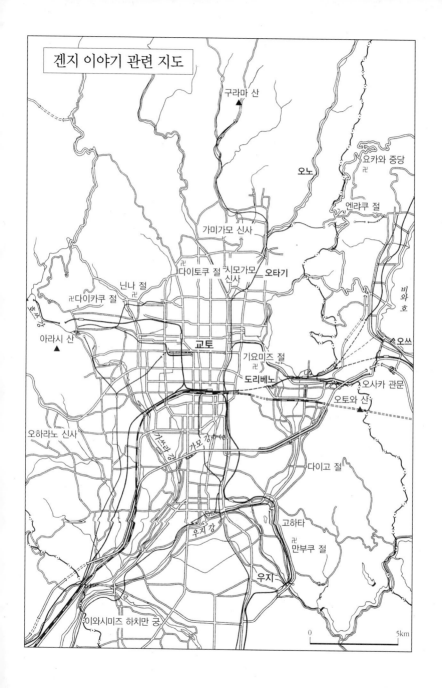

겐지 이야기 관련 지도

구라마 산 ▲

오노

요카와 중당 卍

엔랴쿠 절

가미가모 신사

다이토쿠 절 卍   시모가모 신사 卍   오타기

닌나 절 卍

다이카쿠 절 卍

비와 호

아라시 산 ▲

교토

기요미즈 절 卍

오쓰

오사카 관문

도리베노

오토와 산 ▲

오하라노 신사

가쓰라 강   가모 강

다이고 절

우지 강

고하타

만부쿠 절 卍

우지

이와시미즈 하치만 궁

0   5km

어구 해설

가네金 **곶** 후쿠오카(福岡) 현 무나카타(宗像) 군 겐카이(玄海) 초 가네자키 (鍾崎). 종을 뒤집어놓은 듯한 형상을 하고 있다.

가라사키辛崎**의 불제** 시가(滋賀) 현 오쓰(大津) 시, 비와(琵琶) 호의 서쪽 기 슭. 나니와(難波)와 함께 예로부터 계(禊)의 고장.

가모賀茂**의 재원**齋院 헤이안 시대, 가모 신사에서 신을 모셨던 미혼의 황녀 또는 왕녀. 재왕(齋王)이라고도 한다. 천황이 즉위할 때마다 새로 선정 된다. 무라사키노(紫野: 교토 시 기타北 구)에 거처가 있었다.

가모의 접시꽃葵 **축제** 가모 신사의 축제. 음력 사월 유일(酉日).

가지기도加持祈禱 밀교(密敎)에서 행하는 주술법, 기도.

간식 밥에 뜨거운 물을 부은 것. 여름에는 시원한 물을 붓는다.

갈래머리 중국식, 소년의 머리를 묶는 법. 머리를 한가운데에서 좌우로 갈 라 귀 부분에다 잠자리매듭 모양으로 묶는 스타일.

갑전匣殿**의 별당**別當 궁중의 정관전(貞觀殿)에 있으며 의복을 조달하는 기 관의 장관. 천황과 동궁의 침소에 대기하는 일이 많다. 왕명부는 제2권 「비쭈기나무」 첩에서 출가를 했으므로, 의심스럽다.

갑전匣殿 귀인의 댁에서 장속 등을 만드는 장소.

갖옷 모피로 만든 방한복. 원래는 남성용인데, 제4권 「첫 새 울음소리」 첩 에서 스에쓰무하나가 입었다고 되어 있다.

같은 연꽃 극락정토에서는 함께 수도한 사람을 위해 연꽃의 자리 절반을 비워놓고 기다린다고 한다. 겐지는 후지쓰보와 부부가 아니기 때문에 일련탁생(一蓮托生: 함께 극락왕생을 목적하고 죽을 때까지 여의지 않 는 것)을 원해도 불가능하다.

개울물, 냇물 침전의 정원에 도랑을 파서, 강물을 끌어들여 개울처럼 흐르
　도록 한 물.

검은 턱수염 우대장 우근위 대장. 종3위에 상당한다. 스자쿠 상황의 여어이
　며, 현재 동궁의 어머니인 쇼쿄덴 여어의 오빠. 겐지와 내대신 다음가
　는 실력자.

겉옷 겉에 입는 옷. 또는 궁녀나 시녀가 정장을 할 때 당의 밑에 입는 옷.

겐지源氏 미나모토(源)란 성을 가진 씨족을 칭하는 말이다. 따라서 겐 씨
　라고 번역해야 하지만 『겐지 이야기』에서는 주인공의 이름 역할을 하
　기 때문에 소리를 그대로 살렸다.

겐源 전시 기리쓰보 제를 섬겼던 궁녀. 색을 좋아하는 노파. 제2권 「단풍
　놀이」 첩에서 겐지, 두중장 등과 희롱한다. 같은 권 「접시꽃 축제」 첩에
　서는 무라사키 부인과 함께 축제를 구경하러 나간 겐지에게 노래를 건
　넨다.

경마競馬놀이 말을 경주시키는 경기.

계禊 제의를 치르기 전, 죄와 몸의 부정을 강물이나 바닷물로 씻어내 청
　결히 하는 의식. 삼월의 첫 사일(巳日)에 행하는 것을 상사(上巳)의 계
　라고 한다. 고대 중국에서는 죽은 자의 영혼을 불러 불상사를 사전에
　막았다고 하는데, 일본에서도 헤이안 초기부터 행해졌다.

계의 날 접시꽃 축제를 열기 2, 3일 전. 가모의 재원이 가모 강의 강가에
　서 계를 행한다.

고레미쓰惟光 겐지의 유모의 아들. 제1권 「밤나팔꽃」 첩에서 이미 등장했
　다. 겐지의 은밀한 잠행 장면에서 활약한다. 스마, 아카시에서 겐지와
　불우한 시기를 함께하고, 귀경 후 출세한다.

고세치五節의 무희 신상제(新嘗祭), 대상제(大嘗祭: 새로운 천황이 즉위한
　해)의 무악에 봉사하는 무희. 십일월, 축일(丑日), 인일(寅日), 묘일(卯
　日), 신일(辛日)에 행한다. 마지막 날은 풍명절회(豊明節會). 무희는 공
　경에서 두 명, 전상인과 수령에서 두 명, 합이 네 명. 대상제 때는 전상
　인과 수령이 세 명, 합이 다섯 명이다.

공경公卿 국정의 최고 간부. 태정관 등. 공(公)과 경(卿)의 총칭. 공이란 섭
　정, 관백, 대신. 경이란 대납언, 중납언, 참의, 3위 이상.

공달公達 귀족의 자녀.

귤꽃 향내 옛날을 그립게 떠올리게 하는 정경.

근행勤行 부처 앞에서 경을 읽거나 회향(回向)을 하는 것.

기러기 발柱 비파의 목에 있다. 현을 받치는 네 개의 발. 조율에 사용한다.

기월忌月 기일이 있는 달.

길쭉한 관 남답가(男踏歌)를 할 때 무인(舞人)이 쓰는 관. 상투를 집어넣는 부분이 보통 관보다 높고 하얀 천이 대어져 있다.

꽃놀이 남전의 벚꽃놀이. 즉 자신전 앞에 있는 벚꽃을 감상하는 연회. 제2권 「꽃놀이」 첩에서 이월 이십일이 지나 행해졌다. 성대였던 기리쓰보제 시절을 기억하는 상징이며, 춘앵전을 추는 겐지의 모습에는 후지쓰보도 감동하여 남몰래 노래를 읊었다.

나이 굳히기 의식 연초에 장수를 축하하고 기원하는 의식. 정월 초하루에서 사흘간, 무, 외 꼬치, 눌린 은어, 은어찜, 멧돼지 고기, 사슴 고기 등을 먹는다.

내대신內大臣 좌우대신을 제외한 정원 외 대신. 나카토미노 가마타리(中臣鎌足)가 임명된 것이 첫 전례였다. 10세기 후반, 후지와라노 미치다카가 임명된 후로는 늘 임명했다.

내시사內侍司 후궁(後宮) 12사(十二司) 가운데 하나. 천황을 가까이 모시면서 말을 전하고, 궁녀들을 감독하며, 후궁(後宮)의 의식 예법 등을 관장하는 기관.

노송 바구니 노송나무를 얇게 깎아 구부려 만든 바구니. 내부를 칸막이로 나눠 사용한다.

다듬질 천을 부드럽게 하거나 광택을 내기 위해 천을 두드리는 것. 겨울철에 대비하여 가을에 다듬이질을 하는 경우가 많다. 그 소리가 애수를 띠고 있어 시와 노래의 소재로 사용되었다.

다이고 절醍醐寺**에 있는 오빠** 스에쓰무하나의 오빠인 아사리. 제3권 「무성한 쑥」 첩에 등장했던 선사. 다이고 절은 교토 시 후시미(伏見) 구에 있다. 수행승의 본산이다.

다케쿠마武隈**의 소나무** 다케쿠마는 미치노쿠(陸奧)의 명승지. 오늘날의 미야기(宮城) 현 이와누마(岩沼) 시의 옛 국부(國府) 자리에 있었다는 상생의 소나무. 늘 푸른 소나무와 달리 이 소나무는 때에 따라 시들고 마르기도 하였다.

답가踏歌 중국에서 전래된 행사로 남자는 정월 십사일에 여자는 십육일에 나뉘어 치러졌으며, 행사 내용도 각기 달랐다. 남답가는 가두, 무인, 악인 등으로 뽑힌 전상인과 전하인이, 사이바라를 노래하고 발을 구르며 춤을 춘다. 그러면서 청량전 동쪽 어전에서 시작하여 상황전, 동궁전, 중궁전을 돌아 도읍의 경의 호화 저택을 돌면 집집마다 술과 음식을 제공했다. 983년 이후 폐지되어 이치조(一条) 천황시대에는 행해지지 않았다.

대내기大內記 중무성 관리. 정6위에 상당한다. 소칙 선명을 작성하고, 위기(位記)를 쓰는 직책. 글에 재능이 있는 유학자를 임명했다.

대바구니 대나무로 짠 바구니. 짜고 남은 끝부분이 수염처럼 나와 있다. 과일이나 꽃을 담는다.

대부감大夫監 대재부의 대감. 대이, 소이 다음가는 직책. 정6위하에 상당하고 종5위 품계를 받은 자.

대재大宰 **소이**少貳 대재부 차관. 대이(大貳) 다음가는 직책. 종5위에 상당한다. 정원은 두 명.

대학료大學寮 식부성(式部省). 문장도(文章道), 명경도(明經道), 명법도(明法道), 산도(算道)가 있다. 입학 자격은 열세 살 이상부터 열여섯 살 이하. 5위 이상의 자제와 동서 사부의 자제, 8위 이상의 자제 가운데에서 선발된다.

도끼 자루가 썩어 '도끼 자루 썩으면 다시 바꾸리라, 괴로운 세상에 다시 돌아가고 싶지 않으니'(『고금화가육첩』古今和歌六帖 제2). 진(晉)의 왕질(王質)이 산속에 나무를 하러 갔다가 바둑을 두는 동자를 보았는데, 그 사이에 도끼 자루가 썩을 정도로 시간이 흘러 있었다. 집으로 돌아와보니 시대가 바뀌어 있었다는 란카(爛柯)의 고사(『술이기』述異記)를 은유한 것이다.

도요오카豊岡 **히메** 아마테라스 오미카미(天照大御神).

도원桃園 일조의 북쪽, 대궁대로의 서쪽 언저리.

도읍의 9조 헤이안 경의 남쪽 끝에 있는 동서대로. 9조 대로에서 북쪽의 9

조 방문소로 언저리까지. 이 9조는 좌경(左京)으로 추측된다. 북쪽의 7조 언저리에 동시(東市)가 있다.

독경讀經 계절에 따른 독경. 봄가을 두 번에 걸쳐 자신전에 백 명의 스님을 청하여 나흘 동안 『대반야경』을 강론한다. 동궁, 중궁, 상황, 섭정의 집안에서도 행했다.

동전상童殿上 궁중의 예법을 배우기 위해 어렸을 때부터 궁중으로 들어간 귀족의 자제. 전상에 오르는 것이 허락된다.

딱딱하고 멋없는 종이 참빗살나무 껍질로 만든 종이. 하얗고 두꺼워 소식을 전하는 편지에 사용한다. 연문에는 적당하지 않고 풍류가 없다.

마도이 모여서 둥그렇게 둘러앉는 것. 노래 모임 등 사람들이 모인 자리.

마쓰라松浦 **신사** 사가(佐賀) 현 가라쓰(唐津) 시 가가미(鏡) 산에 있는 가가미 신사. 진구(神功) 황후, 후지와라노 히로쓰구(廣嗣)를 모신다. 마쓰라는 사가 현, 나가사키(長崎) 현 중에서 겐카이나다(玄海灘)와 접하고 있는 지역.

마장전馬場殿 경마나 기사(騎射: 말을 타고 달리면서 활을 쏘는 것)를 구경하는 곳.

만춘락萬春樂 남답가 때 읊는 축언.

머리카락 여성의 아름다움을 상징한다. 어렸을 때는 등 언저리에서 반듯하게 자른다. 제1권 「어린 무라사키」 첩에서 어린 무라사카의 반듯하게 자른 머리카락이 흔들리는 모습이 주목되고 있다.

문장박사文章博士 대학료에서 문장도(시문詩文 · 기전紀傳)를 가르치는 사람. 종5위하에 상당한다.

미루코 다마카즈라(玉鬘)의 몸종. 여동. 가시와기(柏木)와 다마카즈라를 중재했다.

미시마에三島江 셋쓰(摂津) 지방의 명승지. 오사카 부 다카키(高槻) 시 도요(淀) 강 중류의 오른쪽 기슭.

미야스도코로御息所 천황의 총애를 받는 여성. 특히 황자나 황녀를 낳은 여어, 갱의를 뜻하는 존칭이다.

바위틈에서 샘솟는 물 제5권 「나비」 첩에서 가시와기가 다마카즈라에 보낸 노래. 내가 이렇듯 흠모하는 것을/그대는 모르시겠지요/끓어오르는 마

음 하염없어도/바위틈에서 샘솟는 물은/그 색과 온기를 알 수 없듯이

바지를 입히는 의식 어린아이에게 바지치마 형식의 아랫도리를 처음 입히는 의식. 세 살부터 일곱 살 사이에 행한다. 황자의 경우에는 천황이 허리끈을 묶어주는 역할을 맡는 예가 많았다.

박사들 문장박사는 정원이 두 명이라 다른 유학자들도 있다. 『겐지 이야기』에서 박사나 유학자들은 한자를 뜻으로 읽는 등, 독특한 말투로 대화하기 때문에 해학적인 존재로 그려지는 경우가 많다.

발원문願文 신불에게 소원을 빌 때, 그 취지를 쓴 글.

『백씨문집』白氏文集 중국의 시인 백거이의 시문집. 71권(원래는 75권). 헤이안 시대 『문선』(文選)과 함께 많은 사랑을 받았다고 하는데, 이는 『마쿠라노소시』(枕草子)에 '글씨는 백씨문집. 문선'이라 돼 있는 것으로 보아 알 수 있다. 무라사키 시키부는 중궁 쇼시(彰子)에게 이 시문집의 「신락부」(新樂府)를 가르쳤다고 한다. 『겐지 이야기』에서는 제1권 「기리쓰보」 첩 이후 「장한가」, 「이부인」 등이 자주 인용되면서 이야기의 주제에 깊이 관여한다. 그밖에도 풍류시의 인용이 많은 것도 한 특징이다.

버릇 겐지의 성격을 특징짓는 표현. 제1권 「하하키기」 첩의 도입부에 '마음고생의 씨가 될 사랑을 굳이 관철하려는 골치 아픈 버릇이 있었지요'라는 표현이 있다.

봄을 기다리는 제4권 「무희」 첩에서 아키고노무 중궁이 부르는 노래. 봄을 좋아하여 아직도 먼/봄을 기다리는 그 앞뜰에/가을 뜨락의 단풍을/바람에 실어 보내니/보아주세요

분고豊後의 개介 분고 지방의 차관. 종6위상에 상당한다. 분고는 오늘날의 오이타(大分) 현. 분고에는 살지 않고 히젠(肥前)의 토호(土豪)였다.

불구佛具 불전에 바치는 공양물을 담는 그릇, 툇마루 끝에 마련된 알가(閼伽) 선반 위에 놓는다. 또는 불사에 필요한 도구.

비단필 비단을 둘둘 만 것. 녹으로 하사받았을 때는 허리춤에 끼고 물러난다.

『사기』史記 중국의 역사서로 전한의 사마천이 지었다. 기원전 91년 성립. 상고시대의 황제(黃帝)로부터 전한의 무제에 이르는 2천 수백년간의

통사. 130권, 기전체. 12본기, 10표, 8서, 30세가, 50열전으로 구성된다. 헤이안 시대의 관인들이 중시한 책.

사랑의 번뇌에는 공자도 쓰러진다 공자 같은 현인이라도 실수는 있다는 뜻. 당시의 속담인가.

사이바라催馬樂 고대 가요. 원래는 민요였지만 헤이안 시대에 아악으로 편성되었다. 사이바라의 반주는 홀, 박자, 육현금, 비파, 칠현금, 피리, 대금, 생황 등이 한다. 춤은 없다. 궁중이나 귀족의 연회석, 사원의 법회 등에서 불렀다.

4정四町 정(町)이란 조방제의 대로, 소로로 나뉜 한 구역의 땅. 1정은 사방이 120미터. 약 1만 5천 제곱미터.

산골 헤이안 시대의 귀족이 산장을 지은 곳. 산골에 수심에 잠긴 여자가 산다는 것은 야마토 그림의 전형적인 장면.

삼조三條 다마카즈라의 하녀.

상달부上達部 공경(公卿)을 뜻한다. 섭정, 관백, 태정대신, 좌우대신, 내대신, 대중납언, 참의 및 3위 이상의 총칭.

상시尙侍 내시사(內侍司)의 수장으로 두 명이며 천황을 가까이에서 모시면서 주청과 선지를 전하고, 궁정의식을 관장했다. 천황의 총애를 받는 자도 많아 여어와 갱의에 준하는 지위가 되었다.

생황笙篁 중국에서 건너온 관악기. 나무로 만든 바가지 모양의 받침. 포(匏)에 대나무 관을 17개 세우고, 포의 옆면에서 입으로 불어 연주한다.

서른일곱 나이에 액년 여자의 대액. 13, 25, 37, 49, 61세 등, 태어난 해의 십이지가 돌아오는 해가 액년이다.

성인식 여자는 성인식 때 처음으로 겉치마를 입고 머리를 올리며, 남자는 상투를 틀고 관을 쓰며 성인용 옷으로 갈아입는다. 성인식은 보통 열두 살에서 열네 살경에 치른다.

셋쓰摂津 가와지리(川尻) 요도(淀) 강의 하구. 오자키(尼崎) 시의 북동부. 이곳에서 요도 강을 거슬러 올라가 교토로 들어간다.

소맷자락 눈물에 적셔 제2권 「잇꽃」 첩에서 스에쓰무하나의 노래. 당신의 불성실한 마음이/견딜 수 없이 괴로우니/이 몸의 옷자락은/늘 눈물에 젖어 축축하여라

속옷袘 동녀가 한삼 밑에 입는 속옷. 겉옷으로 입기도 하고, 성인 남녀가 입는 경우도 있다.

수령受領 실제로 임지에 내려가 정무를 집행하는 국사의 최고 지위.

술과 간식을 대접하는 장소 식사를 대접하는 곳은 대대적인 접대를 해야 하나, 이곳은 그렇지 않다. 사전에 담당이 정해진다.

시녀인 선지 아사가오의 시녀.

시장에서 장사하는 여자 시장에서 물건을 파는 여자이나 장사를 하는 외에 주선업도 겸한 것인가.

시종侍従 중무성(中務省)에 소속. 천황을 가까이 모시며 직무를 보좌한다. 종5위하에 상당한다. 보통 문장생은 종6위에 상당하는 식부 소승 등에 임명되었다.

시종향侍従香 향의 이름. 침향(沈香), 정자향(丁子香), 갑향(甲香), 감송, 숙울금(熟鬱金) 등을 배합한 것.

식부경式部卿 아사가오 재원의 아버지인 도원(桃園) 식부경. 식부경에는 높은 자리의 친왕이 임명된다.

신상제新嘗祭 **절회** 아직 아무도 손을 대지 않은 그해의 햇곡식을 신에게 바치고 제사하는 신사. 궁정 의례는 음력 시월 묘일(卯日). 천황이 햇곡식을 신들에게 바치고 자신도 먹는다.

쌍조雙調 아악 6음계의 하나. 양악의 G음에 가까운 쌍조를 주음으로 하는 여선율 음계. 봄의 음계.

쓰바이치椿市 미와(三輪) 산 기슭. 오늘날의 나라(奈良) 현 사쿠라이(桜井) 시 미와카나야(三輪金屋). 옛날부터 시장이 있었고, 헤이안 시대에는 하세(長谷) 절에 참배하는 사람들로 번성했다.

쓰쿠시筑紫 지쿠젠(筑前)과 지쿠고(筑後) 지방. 지금의 후쿠오카(福岡) 현. 옛날에는 규슈(九州) 전체를 가리켰다.

아마가쓰天兒 **인형** 어린아이를 지키는, 아이 모양의 인형. 몸 가까이에 두고 재난을 대신 당하게 한다. 비단을 기워, 안에 솜을 넣어 만든다.

아악료雅樂寮 치부성(治部省)에 속하며 궁중의 가무와 음악을 관장하는 기관. 주로 의식의 주악(奏樂)을 담당한다.

액막이 제 신에게 기도하며 죄와 부정을 씻어내는 것, 또는 그 행사. 원래

계와는 다르다. 계보다 액막이 제가 광범위하며, 전자는 개인적이고 자발적인 것에 반해 후자는 사회적이고 강제적이었다. 그러다가 헤이안 시대 이후에는 두 가지가 혼동되었다.

어여쁜 옷 스에쓰무하나의 융통성 없는 노랫말. 옷에 관한 동음이의어. 당의.

여동女童**, 동녀**童女 소녀 몸종 또는 하인.

여악女樂 여성으로 구성된 관현악. 제4권 「첫 새 울음소리」에는 묘사돼 있지 않지만, 제8권 「다케 강」 첩에 등장하는 회상 장면을 통해 실제로 행해졌다는 것을 알 수 있다.

여어女御 천황의 후궁(後宮). 황후와 중궁의 뒤를 잇는 지위. 통상 황족이나 섭정, 관백, 대신의 딸이어야 될 수 있었다.

여흥餘興**에 등장하는 광대** 즉흥적이고 우스꽝스러운 흉내를 내는 재주꾼. 이 여흥을 사루카구(猿樂)라고 한다.

연관年官 해마다 일정 하급 지방관을 임명하고 그 봉록을 천황 이하의 소득으로 하는 것.

연못가 건물 침전의 정원에서 연못에 임하도록 지은 건물. 더위를 식히거나 놀이와 연회를 할 때 사용한다.

연인 시녀로서 시중을 들면서 주인의 애정을 받은 여자. 처첩의 지위는 인정되지 않는다.

연작年爵 해마다 일정 종5위하의 품계를 받은 자의 위전(位田)의 수입을 상황 이하의 소득으로 하는 것.

염송당念誦堂 염송을 하기 위한 불당. 집 안에 있다. 염송이란 마음으로 기도하고 입으로는 경문, 불명을 읊조리는 것.

오사五師 절의 승직명. 신불이 섞여 있는 탓에 하치만 궁 경내에 많은 사원이 있었고, 절의 승려가 이와시미즈 하치만 궁을 살폈다.

오언율시五言律詩 한시의 한 형식. 8구로 이루어진다. 2, 4, 6, 8구의 끝에 운자가 있다.

오엽송五葉松 짧은 나뭇가지에 바늘 모양 잎이 다섯 장 달린 소나무.

오이大堰 **강** 교토의 아라시(嵐) 산 부근을 흐르는 강. 상류는 호쓰(保津) 강, 하류는 가쓰라(桂) 강.

오죽吳竹 담죽. 잎이 가늘다.

옥색 포 하얀 빛이 도는 엷은 청색. 연녹색. 6위가 착용하는 포의 색.

왕명부王命婦 후지쓰보의 궁녀. 제1권 「어린 무라사키」 첩에서 겐지와 후지쓰보의 밀회를 중개했다.

외출복 중류 계급 이상의 여자가 걸어서 외출할 때의 차림새. 늘어진 머리칼을 겉옷 속에 넣고 그 위에 삿갓을 쓴다.

요시키요良淸 겐지의 가신. 하리마의 수의 자식. 제1권 「어린 무라사키」 첩에서 아카시의 승려에 대한 소문을 얘기했던 인물.

용두익수龍頭鷁首, **용과 익이 장식된 중국식 배** 헤이안 시대의 귀족이 연회에 사용했던 배. 두 척이 한 쌍이다. 당악(唐樂)을 연주하는 배의 뱃머리에는 '용', 고려악을 연주하는 배의 뱃머리에는 '익'이라는 상상 속의 물새의 형상을 조각하거나 그렸다.

우근右近 유가오의 시녀. 유가오가 급사한 자리에 함께 있었으며, 그 후에는 겐지의 시중을 들다가 겐지가 스마로 내려간 후에는 무라사키 부인의 시녀가 되었다.

운韻 **맞히기** 옛 시 등에서 운자가 있는 곳을 가리고, 시의 내용을 통해 가려진 운자를 맞히는 놀이.

원앙鴛鴦 새의 이름. 수컷과 암컷이 함께 있기 때문에 금실이 좋은 부부의 비유로 쓰인다. 헤이안 시대의 노래에서는 원래는 같이 있어야 하는데 혼자 있는 외로움을 노래하는 경우가 많다. '다정하게 떠 있는'과 '울음소리'는 동음이의어. 눈 내리는 밤/그리운 옛 추억이 무수히 떠오르는데/한결 정취를 더하는 것은/연못에 다정하게 떠 있는/원앙의 울음소리일런가

유가오夕顔 두중장과의 정분으로 다마카즈라를 낳은 여성. 제1권 「밤나팔꽃」 첩에서, 오조의 임시 가옥에서 지낼 때, 밤나팔꽃에 비유하여 노래를 주고받은 인연으로 겐지와 사랑에 빠졌다. 그러나 팔월 십육일, 겐지가 데리고 간 모처에서 돌연사했다.

유모乳母 어머니를 대신하여 갓난아이의 수유와 양육을 담당하는 여자. 일반적인 시녀와는 다른 권한이 있었다. 주군에 대해서도 친모와 다름없는 애정으로, 운명을 함께하며 봉사하는 경우가 많다.

유모의 딸 구모이노카리(雲居)의 시종. 유기리(夕霧)와 구모이노카리 사이를 주선한다.

육조원六条院 육조 미야스도코로의 구택을 에워싸듯 지은 겐지의 사택. 동남, 동북, 서남, 서북의 네 방향에 각기 봄, 여름, 가을, 겨울을 배치하여 사방 사계절의 구조를 지닌다. 신하로서의 신분을 넘어서는 권력의 체현이라고도 해석된다.

율律 음악의 조(調). 단조적인 선율. 중국 전래의 장조적인 선율은 여(呂)라고 한다.

음양박사와 천문박사, 역박사 음양료(陰陽寮)에 속하는 박사들. 천문, 역수, 점 등을 행하는 박사.

음양사陰陽師 음양료(陰陽寮)에 속하여 천문, 역수, 점, 계, 제의 등을 관장하는 직책. 훗날에는 일반적으로 점이나 액막이 제에 관계하는 자를 일컫게 되었다.

의문장생擬文章生 대학료의 시험에 합격한 자.

이데井手 야마시로(山城) 지방. 교토 부 쓰즈키(綴喜) 군 이데 정. 기즈(木津) 강의 오른쪽 기슭. 황매화나무와 개구리 울음소리로 유명하다.

이와시미즈 하치만 궁石清水 八幡 宮 교토(京都) 부 하치만(八幡) 시 오토코(男) 산. 오진(応神) 천황, 진구(神功) 황후, 히메노오카미(比咩大神)를 모시고 있다. 860년 후젠(豊前) 지방의 우사(宇佐) 하치만을 옮겨서 모신 것. 이세 신궁 다음가는 황실의 조신(祖神)으로, 진호(鎮護)국가의 신. 이곳의 임시 축제는 삼월 중순, 또는 마지막 오일(午日). 아즈마아소비(東遊び)를 연주한다.

이조원二条院 겐지의 사택. 제4권 「무희」 첩에서 육조원이 완성, 겐지와 주된 부인들은 육조원으로 이사했다.

이조원二条院 **동원**東院 이조원의 동쪽에 있는 건물. 이조원의 동쪽에 지은 별채. 우쓰세미와 스에쓰무하나 등이 남았다.

인사이동 관직을 임명하는 것. 가을의 인사이동 때는 주로 경관(京官)이라 불리는 중앙의 관리를 임명했다.

임시 연회 주로 정월 초이틀에 섭관대신의 집안에서 친왕, 공경들을 초대하여 베푼 향연.

자子 실명이 아닌 중국식 호칭. 성의 한 글자를 위에 붙인 두 글자의 이름.

자일子日 정월 첫 자일(子日)에 작은 소나무를 뽑아 장수를 기원하는 행사. 제4권 「첫 새 울음소리」 첩에서는 설날과 자일이 겹쳤다.

자격이 없는 딸 친자식이 아닌 딸을 무희로 진상하였다는 뜻인가. 자식은 그 부모가 가장 잘 안다. 당시의 속담.

재궁齋宮 천황을 대신해 이세 신궁에서 신을 모시는 미혼의 황녀 또는 친왕의 딸. 천황이 즉위할 때마다 바뀐다.

재상宰相 유기리의 유모.

적색 포 행차 등 행사의 자리에서 천황과 좌대신(一の上卿)은 적색 포를 입고, 그밖의 자들은 푸른색이 도는 담황색 포를 입는다.

전상인殿上人 4위, 5위 중에서 청량전 전상의 방에 오를 수 있는 자. 또는 5위, 6위 장인을 뜻한다.

전시典侍 내시사의 차관. 종6위에서 종4위로 진급하는 상급 궁녀.

절구絶句 한시 형태의 하나. 기승전결의 4구로 이루어진다. 5언 또는 7언.

젓대 소리에도 옛 성현의 가르침이 담겨 있다 유교에서는 음악을 중시하기 때문이다.

정식 서편 편지를 포장지로 세로로 싸고 위아래를 비튼다. 연문으로 여겨지지 않기 위한 장치.

절회행사節會行事 계절이 바뀌거나 공무가 있을 때, 조정이 군신에게 술과 음식을 베푸는 행사. 정월 절회에는 설날(정월 일일), 백마(정월 칠일), 답가(정월 십사일, 십육일)가 있다. 정월 십사일의 남답가는 983년 이후 폐지됐다.

제帝 '미카도'라고 읽는다. 천황을 의미하는 미카도는 절대 권력자는 황제와는 개념이 다른 일본 고유의 존재이다.

제5황녀 기리쓰보 선황, 고 식부경 친왕(아사가오의 아버지), 대부인(고 태정대신의 정부인이며 아오이 부인의 어머니)의 여동생. 제4권 「나팔꽃」 첩에는 제5황녀, 겐 전시 등 기리쓰보 선황 대를 기억하는 늙은 여인들이 등장한다.

좌대변佐大弁, **식부의 대보**大輔, **좌중변**左中弁 제4권 「무희」 첩에만 등장하는 인물. 이 직책은 모두 문장도 출신이 맡는다. 좌중변은 강사였다.

주작원 행차朱雀院 行幸 겐지 나이 열여덟 살 때, 기리쓰보 제가 주작원으로 행차한 것. 제의 행차를 특히 행행(行幸)이라고 한다. 이 경우는 기리쓰보 제나 주작원에 사는 상황인 형의 마흔 살 축하연, 또는 쉰 살 축하연을 열기 위한 행차.

중장中將 겐지의 시녀. 겐지의 연인. 겐지가 스마로 내려간 후에는 무라사키 부인의 시녀가 되었다.

짙은 감색, 옅은 먹색 상복의 색.

창가唱歌 금(琴)이나 비파의 선율을 입으로 노래하는 것. 또는 연주하면서 선율에 맞춰 노래를 부르는 것.

초서체草書體 히라가나만큼 흘려 쓰지 않는 서체.

추풍락秋風樂 아악의 곡명. 당악(唐樂), 반섭조. 중국에서 전래된 곡이 사가(嵯峨) 천황 대에 개작되었다고 여겨지고 있다.

춘앵전春鶯囀 아악의 곡명. 당악. 일월조(壹越調)의 대곡. 제2권 「꽃놀이」 첩에서 연주되었다. 당시 동궁이었던 스자쿠가 겐지에게 춤을 청했다.

출가한 우쓰세미空蟬 남편인 히타치(常陸)의 개(介)와 사별한 후 의붓아들인 가와치(河內)의 수(守)의 접근을 피해 출가한다. 그 후 겐지의 비호를 받으며 이조 동원에서 생활한다.

칙제勅題 천황이 내리는 시가의 제목.

친왕親王 황족의 칭호. 천황의 형제와 황자는 친왕, 자매와 황녀는 내친왕이라 했다.

칠현금七絃琴 현이 일곱 줄인 현악기. 기러기발이 없고, 주법이 어렵다. 뛰어난 음악은 뛰어난 정치와 통한다는 유교 이념에 근거해 황족과 상류층 귀족들이 즐겨 연주했으나, 『겐지 이야기』 시대에는 거의 연주되지 않았다고 한다. 『우쓰호 이야기』(宇津保物語)에서는 신비로운 악기로 귀히 여겨졌고, 『겐지 이야기』에서는 황족들이 주로 연주한다.

탈것을 사용하지 않고 걸어서 신심이 깊고, 큰 덕을 얻기 위해 고행을 하는 뜻으로 걸어가는 것.

평상복 여성의 평상복. 겉옷 위에 착용한다. 여동의 차림으로도 쓰인다.

포袍 귀인이 입는 겉옷. 관위, 직함에 따라 색과 무늬, 모양이 다르다.

풀 빠진 명주옷 비틀어 풀기를 빼고 부드럽게 한 비단. 붉은색인 경우가 많다.

하늘이 내린 성군의 대에도 내란 다이고(醍醐) 천황의 엔기(延喜) 시대에도 스가와라노 미치자네(菅原道眞)가 좌천을 당했다.

하루 여섯 번 있는 근행 여섯 번이란 신조(晨朝), 일중, 일몰, 초야, 중야, 후야를 말한다.

하리마播磨 **해협** 노래에 읊어진 명승지. 항해하기 어려운 곳.

하쓰세初瀬 **강** 하세(長谷) 절의 남쪽을 지나 서쪽으로 흐르는 강.

하쓰세長谷**의 관세음** 나라 현 사쿠라이(桜井) 시 하쓰세에 있는 하세 절의 관음. 진언종 풍산파(豊山派)의 총본산인 풍산 신락원(神樂院). 헤이안 시대 관음 신앙의 성지로 참배객의 줄이 끊이지 않았다.

하코자키筥崎 하코자키 궁. 후쿠오카(福岡) 시 동구 하코자키(箱崎). 오진(応神) 천황, 진구(神功) 황후, 다마요리(玉依) 히메를 모시고 있다. 921년에 신탁을 받아 923년에 지쿠젠(筑前) 지방 호나미(穗波) 군 다이부(大分) 궁에서 지금의 장소로 옮겼다. 진호(鎭護) 국가, 대외 무역의 신.

한 해에 세 번인 정진精進 해마다 정월, 오월, 구월의 세 번에 걸쳐 그 달의 전반을 불도에 정진하는 것. 이들 달에는 제석천(帝釋天)이 중생의 선악을 조사하기 때문에 정진을 하면 죄업이 소멸되고 죽은 후에는 정토에 태어날 수 있다고 한다.

한삼汗衫 땀받이를 위해 입는 속옷. 행사 때 동녀들이 겉옷으로 입기도 했다.

해적海賊 세토나이카이(瀬戸內海) 해적들이 출몰했다는 기록은 『도사(土佐) 일기』에도 있다.

홑옷袙 겉옷 밑에 받쳐 입는 속옷.

황매화의 곶 오미(近江) 지방의 명승지. 이시야마(石山) 절 부근. 황매화의 명소.

황장皇麞 무악의 곡명. 당악. 평조. 갑옷을 입고 하얀 지팡이를 들고 춤춘다고 하는데, 곡만 전해지고 춤은 전해지지 않는다.

효토타兵藤太 분고(豊後)의 개(介)의 옛 이름.

후연後宴 성대한 연회를 치른 후의 약식 연회. 궁중에서는 이월이나 삼월에 답가의 후연을 치른다.

후지와라노 루리琉璃 **아씨** 다마카즈라는 두중장의 딸이므로 후지와라 씨이
다. 루리 아씨란 어렸을 때 이름인가. 아니면 우근이 임시로 생각해낸
이름인가. 루리(유리)는 일곱 가지 보석 중의 하나로 아씨의 소중함을
상징한다.

후지와라노 요시후사藤原良房, 804~872 후지와라노 후유쓰구(藤原冬嗣)의 아
들. 딸인 메이시(明子)는 세이와(清和) 천황의 생모. 857년 태정대신
이 되었으며, 866년에는 신하로서는 처음으로 섭정에 임명되었다. 이
후 후지와라 섭관 정치의 막이 열렸다. 백마를 자택에서 보았다는 기
록은 없다.

흑삼릉 부들목 흑삼릉과의 여러해살이풀. 늪에 자생한다. 가지는 가늘고
옆으로 뻗으며, 줄기는 곧게 선다.

희춘락熹春樂 황종조(黃鍾調)의 곡. 4인무. 춤도 노래도 전해지지 않는다.

흰말白馬 정월 칠일 백마절회의 말. 좌우마료(左右馬寮)에서 스물한 마리
의 흰말을 끌어내 황제, 동궁, 후궁들 앞을 돌게 한 후 군신들에게 술과
음식을 내리는 궁중행사. 연초에 이 행사를 구경하면 1년 내내 사악한
기운을 떨어낼 수 있다 했다. 원래는 푸른색이 도는 회색 말이었으나
훗날 흰말로 바뀌었다.

히젠肥前 오늘날의 사가(佐賀) 현. 나가사키(長崎) 현.

작성자: 다카기 가즈코(高木和子)

인용된 옛 노래

가네 곶을 이미 지났으나, 나는 잊지 않으리

파도가 사나운 가네 곶을 이미 지났으나

나는 잊지 않으리 시가의 해신을

※『만엽집』 권7

가라도마리에서 가와지리를 뱃길로 가다 보니

가라도마리에서 가와지리를 뱃길로 가다 보니

그렇듯 사랑스러운 처자식도 잊었네

라고 이어지는가.

　＊ 가라도마리는(唐泊)은 오늘날의 히메(姬路) 시 마토가타(的形)초 후쿠도마리(福泊)

인가. 가라도마리에서 가와지리까지는 바닷길로 사흘 정도가 걸린다고 한다.

가을날의 저녁에는 어쩐지 이상하게 그리움이 더하니

언제나 그 사람이 그립지 않을 때는 없으나

가을날의 저녁에는 어쩐지 이상하게 그리움이 더하니

※『고금집』 「사랑1」 · 작자 미상

구름 속 저 기러기도 나를 닮았는가

가을 안개 짙은

구름 속 저 기러기도 나를 닮았는가

달랠 길 없는 슬픔을 품고 있는 것일까

※『오쿠이리』(奧入)

귤꽃

오월 기다려 피는 귤꽃 향내 맡으면

그 옛날 그리운 사람 소맷자락에서

나던 향기가 떠오르네

＊『고금집』,「여름」· 작자 미상, 『이세 이야기』 60단
＊ 옛날을 그리워하게 하는 경치

그대의 만수무강을 기원하네

소나무와 학으로
그대의 만수무강을 기원하네
그 덕으로 내가 천년이고 살 수 있도록
＊『고금집』,「경하」· 소세이(素性) 법사

꾀꼬리 울음소리조차 들리지 않는 곳에서

오늘이라도 첫 울음소리를 들려주려마
꾀꼬리 울음소리조차 들리지 않는
고을은 살고 있는 보람이 없으니
＊『겐지석』

나의 옷은 싸리꽃으로 물들인 옷

철이 바뀌었으니 옷을 갈아입자
나의 옷은 들판 일대 우거진
들판의 싸리꽃으로 물들인 옷이요
＊사이바라의 율「옷 갈아입기」

낙엽이 미풍을 기다려 떨어지니 바람의 힘 실로 약함이오

무릇 덕을 세우는 근본이란 항상 있느니라. 그러나 공을 세우는 길은
하나가 아님이라. 이는 마음에 따라 생각하는 자는 자신에게 충실하나,
사물에 따라 행동하는 자는 타인에게 얽매이기 때문이니라. 자신에게
충실한 자는 많고 적음이 분수에 맞으나, 사물에 얽매이는 자는 풍부함
을 그저 만났을 뿐임이라. 낙엽이 미풍을 기다려 떨어지니 바람의 힘 실
로 약함이오, 맹상이 옹문을 만나 눈물을 흘리나 이는 금의 연주소리에
감동했기 때문은 아님이라. 왜냐하면 떨어지는 낙엽은 세찬 바람에 의
함이 아니요, 떨어지는 눈물은 금의 슬픈 가락 때문이 아닌 까닭이니라.
＊『문선』권46, 리쿠시코(陸士衡)의「호사부서」(豪士賦序)의 모두(冒頭)

남녀 사이란 꿈의 나루터의 배다리처럼 덧없는 것인가

남녀 사이는 꿈의 나루터의 배다리처럼 덧없는 것인가
그 사람을 만나고부터는 수심에 잠기니
＊『오쿠이리』

남들에게는 글쎄 모르오라고 말해다오 내 이름을 밝히지 말아다오

이누가미의 도코 산 기슭을 흐르는

이사야 강은 아니지만

남들에게는 글쎄 모르오라고 말해다오

내 이름을 밝히지 말아다오

＊『고금화가육첩』 제5

내일 돌아오리

사쿠라 사람이여 그 배를 멈춰다오

나는 섬의 논을 십 정 갈고 있으니

그 논을 보고 돌아오리 내일 돌아오리

입으로는 내일이라 하지만 당신은 거기 있으니

이 아내를 놔두고 멀리 간 서방님은

내일도 결코 돌아오지 않으리 내일도 결코 돌아오지 않으리

＊사이바라의 여 「사쿠라 사람」

「다케 강」

다케 강 다리 옆에 있소 다리 옆에 있소

그 꽃밭에 그 꽃밭에 날 보내주오 날 보내주오

소녀들을 같이 붙여서

＊사이바라의 여 「다케 강」

＊ 남답가 때 부르는 노래

「다케쿠마의 소나무와 잔소나무처럼」

심을 때 약속했던 것일까

다케쿠마의 소나무와 다시 만나게 되었으니

＊『후찬집』 「잡3 · 1241」

＊ 다케쿠마(武隈)는 미치노쿠(陸奧)의 명승지. 현재의 미야기(宮城) 현 이와누마(岩沼) 시의 옛 국부(國府) 자리에 있었다는 상생의 소나무. 늘 푸른 소나무와 달리 이 소나무는 때에 따라 시들고 마르기도 했다. 이 시의 머리말에 후지와라노 모토요시(藤原元善)가 미치노쿠의 수로 부임했을 때, 다케쿠마의 소나무가 마른 것을 보고 잔소나무를 다시 심었다고 한다.

도끼 자루가 썩을 지경으로

도끼 자루 썩으면 다시 바꾸리라

괴로운 세상에는 돌아가고 싶지 않으니

＊진(晉)의 왕질(王質)이 산속에 나무를 하러 갔다가, 바둑을 두는 동자를 보는 사이에 도끼 자루가 썩을 정도로 시간이 흘러 돌아보니 시대가 바뀌어 있었다는 란카(爛柯)의 고사(「술이기」述異記)를 은유하고 있다.

도읍 사람들과 이별하고 시골에 묻혀

이제껏 이런 생각을 한 적이 있을까
도읍 사람들과 이별하여 시골에 묻혀
어부의 망을 끌어 고기를 잡을 줄이야
＊『고금집』, 「잡하」·오노노 다카무라(小野篁)

돌려보낼까 하옵니다

보내주신 어여쁜 옷 입고 보니
평소의 매정하심이 몸에 저미어
내 신세만 서러우니 이 당의
소맷자락 눈물에 적셔
돌려보낼까 하옵니다
＊「머리 장식」첩, 다마카즈라의 노래

마도이

사이좋은 사람끼리 둥글게 모여 앉아
즐겁게 지내는 밤은
일어서기가 아쉽구나
＊『고금집』, 「잡상」·작자 미상
＊마도이는 둥글게 모여 앉는 것, 또는 노래 모임 등, 사람들이 모인 자리.

매화꽃 피는 언덕가에 집이 있으니

매화꽃 피는 언덕가에 집이 있으니
작게 들리지는 않는구나
꾀꼬리 울음소리
＊『고금화가육첩』권6

바위틈에서 샘솟는 물은

내가 이렇듯 흠모하는 것을
그대는 모르시겠지요
끓어오르는 마음 하염없어도
바위틈에서 샘솟는 물은

그 색과 온기를 알 수 없듯이

＊「나비」첩에서 가시와기가 다마카즈라에게 보낸 노래

반딧불을 벗 삼고 나뭇가지에 쌓인 눈을 가까이하며 학문에 정진하였다는 옛 사람들

손강(孫康)은 집이 가난하여 기름이 없어 항상 눈의 빛에 비추어 책을 읽었다. 진(晉)나라의 차륜(車胤)은 자는 무자(武子)이며 남평(南平) 사람이었다. 공손하고 부지런하여 책을 많이 읽고 다방면에 정통하였으나 집이 가난하여 평소에는 기름을 얻지 못하였으니 여름철이면 명주 주머니에 수십 마리의 반딧불을 잡아다 넣고 그 빛으로 책을 읽었다 한다. '창문의 반딧불'은 차륜의 고사. '나뭇가지의 눈'은 손강의 고사.

＊ 형설(螢雪)의 공을 쌓는 것.

벌써부터 천년에 걸친 그대의 영화가 비쳐 보이니

오미에는 거울산이 서 있어

벌써부터 천년에 걸치는

그대의 영화가 비쳐 보이니

＊『고금집』, 「가미아소비」(神遊び) · 오토모노 구로누시(大伴黑主)

봄을 기다리는 그 앞뜰에

봄을 좋아하여 아직도 먼

봄을 기다리는 그 앞뜰에

가을 뜨락의 단풍을

바람에 실어 보내니

＊「무희」첩, 아키고노무 중궁의 노래

부모도 없이 쓰러져 있는 나그네

가타오카 산에서 먹을 것에 굶주려

부모도 없이 쓰러져 있는 나그네여

＊『습유집』, 「애상」· 쇼토쿠 태자(聖德太子)

빨간 코의 색만은 봄 안개조차 가리지 못하니

연녹색 들판에 낀 봄 안개

사위를 모두 가리고 있는데

흐드러지게 핀 벚꽃은

화려한 색을 뽐내고 있구나

＊『습유집』, 「봄」 · 작자 미상

사랑치 않겠노라

사랑치 않겠노라

냇물로 몸을 씻고 맹세하였으나

신은 그 기원을 받아들이지 않았으니

＊『이세 이야기』 65단

사이좋게 같은 꽃을 머리에 꽂고 싶어

훗날의 은둔처라 생각하는 요시노 산에

그대가 함께 가겠노라면

사이좋게 같은 꽃을 머리에 꽂고 싶어

＊『후찬집』, 「사랑4」 · 이세

새벽하늘에 낀 안개 위로 비단을 펼쳐놓은 듯

멀리 바라보니 푸른 버들과 연분홍 벚꽃이 뒤섞이어

도읍은 마치 봄의 비단을 펼쳐놓은 듯하구나

＊『고금집』, 「봄상」 · 소세이 법사

소문에만 듣던 마쓰 섬

소문에만 듣던 마쓰 섬

오늘 처음 본 것 같구나

과연 이곳에는 고상한 해녀와 여승이 살고 있었구나

＊『후찬집』, 「잡1」 · 소세이 법사
＊ 마쓰 섬은 미치노쿠 지방의 명승지. 미야기 현 미야시로 군 시치가하마 초의 남해안
에 있는 작은 섬인가.

슬프구나, 이렇듯 멀리 떠나왔으니

떠나온 도읍이 더더욱 그리우니

부럽구나 돌아가는 파도여

＊『후찬집』, 「기려」(羈旅) · 아리와라노 나리히라(在原業平), 『이세 이야기』 7단(이 노래
가 반영되어 있는가)

아다비토노

가을이란 남의 일로만 생각하였는데

그것이 나를 버린 바람둥이의 이름이란 것을

이제야 알았네

＊『고금집』, 「사랑5」 · 작자 미상

애타는 마음을 고백하여 만나자 할까 말까 망설여지니

　내 사랑 난감하기 그지없네

　애타는 마음을 고백하여 만나자 할까 말까 망설여지니

　　❊『겐지석』

오래전부터 그대에게 마음을 두고 있었습니다

　소녀가 소매를 흔든다는

　후루 산의 신성한 울타리처럼

　오래전부터 그대를 그리워하고 있었네

　　❊『습유집』, 「잡사랑」·가키노모토노 히토마로(柿本人麿)

올해만큼은 잿빛으로 피어라

　후카쿠사 들판에 핀 벚꽃이여

　너에게 사람의 정리를 이해하는 마음 있다면

　올해만큼은 잿빛으로 피어라

　　❊『고금집』, 「애상」·가미쓰케노 미네오(上野岑雄)

옷자락은 늘 눈물에 젖어

　당신의 불성실한 마음이

　견딜 수 없이 괴로우니

　이 몸의 옷자락은

　눈물에 젖어 축축하여라

　　❊「잇꽃」첩에서 스에쓰무하나의 노래

우리나라의 옛 노래에서는 가을의 정취를 가장 칭찬하고 있습니다.

　봄이 좋은지 가을이 좋은지

　망설여지고 정하기 힘들구나

　그때그때의 계절따라 마음이 쏠리니

　　❊『습유집』, 「잡하」·기노 쓰라유키

　겨울 지나 봄이 오면 울지 않던 새도 날아와 지저귀고 피지 않았던 꽃
　도 피네

　허나 산은 울창하여 들어가 만져볼 수 없고 풀은 무성하여 꺾을 수도
　없네

　한편 가을 산은 단풍을 손에 쥐어 찬미하고 푸른 잎을 한탄하고 원망할
　수도 있다네

그런 가슴 설레는 가을을 나는 좋아한다네
　*『만엽집』권1·누카타노 오키미(額田王)

봄은 그저 꽃이 다같이 필 뿐
그윽한 정취야 가을이 뛰어나니
　*『습유집』,「잡하」·작자 미상

「이 전각은」

이 전각은 참으로 참으로 으리으리하구나
사키쿠사 세 갈래 가지처럼
세 채고 네 채고 전각을 짓고 있구나
전각을 짓고 있구나
　*사이바라의 여「이 전각은」

자식은 그 부모가 가장 잘 안다는 옛이야기

자식은 그 부모가 가장 잘 안다
　*『일본서기』유랴쿠 제(雄略帝, 23년)
　　*당시의 속담인가.

「존귀하도다」

존귀하도다 오늘의 존귀함이여
옛날에도 옛날에도 이리하였을까
오늘의 존귀함이여 오늘의 존귀함이여
　*사이바라의 여「존귀하도다」

「푸른 버들」

푸른 버들을 외올실로 꼬아
꾀꼬리가 꾀꼬리가 꿰어 만든다는
갓은 매화꽃 갓
　*사이바라의 율「푸른 버들」

호나라 땅에 허망하게도 처자식을 버려두었구나

양원의 고향땅도 볼 수가 없고 처자식은 허망하게 호나라 땅에
버려두었구나 호나라에 멸하여 붙잡혀서는 한나라 땅을 그리워하고
한나라에 돌아와서는 호나라 사람이라 위협 당해 포로가 되니
돌아와 일찍이 이와 같음을 알았더라면 하고 후회를 하네
양쪽 땅 어느 한쪽의 고통이 더 심할 리 있으랴

*『백씨문집』권3, 칠언50구, 가행체의 장시, 박융인(縛戎人)

 *『백씨문집』의 고본(古本)인 간다본(神田本)에서는 '호나라 땅에 허망하게도 처자식을 버려두었구나' 부분을 일본식으로 훈독하고 있다.

천년의 봄과 장수를 축하하기에는

천년이라 수명이 정해진 소나무도

오늘부터는 경사스러운 그대 덕에

만 년까지 오래오래 살리니

*『습유집』, 「봄」 · 오나카노시 요시노부(大中臣能宣)

지은이 **무라사키 시키부**(紫式部, 978년경~1014년경)는 헤이안(平安) 시대 중기에 활약한 여류작가로, 일본의 가장 위대한 문학작품이자 세계에서 가장 오래된 완전한 장편소설로 일컫는 『겐지 이야기』(源氏物語)의 저자다. 진짜 이름은 알려져 있지 않으며, '무라사키'라는 별명은 『겐지 이야기』의 여주인공 이름에서 딴 것으로 전해진다. 무라사키 시키부의 생애를 알려주는 주요 자료로는 1008~10년까지 쓴 일기가 있으며, 이것은 그녀가 모셨던 중궁 쇼시(彰子)의 궁정생활을 엿보게 해준다는 점에서도 상당히 흥미롭다. 일부에서는 『겐지 이야기』의 집필시기를 무라사키 시키부의 남편인 후지와라노 노부타카(藤原宣孝)가 죽은 1001년부터 그녀가 궁정에서 시녀로 일하기 시작한 1005년까지로 보고 있다. 그러나 이 길고 복잡한 작품을 쓰는 데는 훨씬 더 오랜 세월이 걸려 1010년 무렵에도 끝나지 않았을 가능성이 더 많다. 한편 히카루 겐지가 죽은 뒤의 이야기는 다른 작가가 썼다고 보는 견해도 있지만, 이 책을 현대어로 옮긴 세토우치 자쿠초는 무라사키 시키부가 오랜 세월을 두고 이 소설을 완성했을 것이란 설을 내세우고 있다.

현대일본어로 옮긴이 **세토우치 자쿠초**(瀬戸内寂聴, 1922~)는 일본 도쿠시마 현에서 태어나 도쿄 여자대학교를 졸업한 뒤 결혼한 남편과 중국으로 건너갔으나, 종전을 맞이해 일본으로 돌아온 뒤 작가의 길로 들어섰다. 1972년 불교에 귀의하고 종교활동과 집필활동을 병행하고 있다. 세토우치 자쿠초는 『겐지 이야기』에 대해 남다른 조예와 애정을 가진 작가로, 많은 글과 여러 활동을 통해 『겐지 이야기』의 매력을 널리 알리는 데 힘쓰고 있으며, 특히 『겐지 이야기』의 현대어역은 겐지 붐을 일으키는 계기가 되기도 했다. 2006년 문화·저술 부문에 이바지한 공로를 인정받아 문화훈장을 받았다. 저서로는 『석가모니』 『다무라 준코』 『여름의 끝』 『꽃에게 물어봐』 『백도』 『사랑과 구원의 관음경』 등이 있으며, 무라사키 시키부의 『겐지 이야기』를 현대어로 옮겼다.

옮긴이 **김난주**(金蘭周)는 1958년 부산에서 태어나 경희대학교 국문과를 졸업하고 같은 학교 대학원에서 수학했다. 일본 쇼와 여자대학교에서 일본 근대문학을 전공하여 석사학위를 받은 후, 오쓰마 여자대학교와 도쿄 대학교에서 일본 근대문학을 연구했다. 옮긴 책으로는 한길사에서 펴낸 세토우치 자쿠초의 『겐지 이야기』, 시오노 나나미의 『어부 마르코의 꿈』 『콘스탄티노플의 뱃사공』을 비롯해, 요시모토 바나나의 『키친』, 에쿠니 가오리의 『냉정과 열정 사이』 『언젠가 기억에서 사라진다 해도』, 오가와 요코의 『박사가 사랑한 수식』, 마루야마 겐지의 『천년 동안에』, 시마다 마사히코의 『천국이 내려오다』, 나라 요시토모의 『작은별 통신』 등이 있다.

감수자 **김유천**(金裕千)은 한국외국어대학교 일본어과를 졸업하고, 일본 도쿄 대학교 인문과학연구과에서 석사학위, 인문사회계연구과 일본문화연구전공으로 박사학위를 받았다. 현재는 상명대학교 일본어문학과 조교수로 있다. 저서로는 『일본의 연애가』(공저) 등이 있으며, 주요 논문으로는 「일본문학과 일본인의 성의식 연구—『源氏物語』를 중심으로」 「『源氏物語』의 논리와 주제성」 「『源氏物語』의 불교」 등이 있다.